2026

강남대 논술고사

기출문제 + 실전문제

통합본

강남대 논술고사

기출문제+실전문제
[통합본]

인쇄일 2025년 9월 1일 초판 1쇄 인쇄
발행일 2025년 9월 5일 초판 1쇄 발행
등 록 제17-269호
판 권 시스컴 2025

발행처 시스컴 출판사
발행인 송인식
지은이 타임논술연구소

ISBN 979-11-6941-687-0 13800
정 가 17,000원

주소 서울시 금천구 가산디지털1로 225, 514호(가산포휴) ǀ **홈페이지** www.siscom.co.kr
E-mail siscombooks@naver.com ǀ **전화** 02)866-9311 ǀ Fax 02)866-9312

그동안 내신 모의고사 3등급 이하의 학생들이 대학에 입학하기 위한 도구로써 활용했던 대입적성검사가 폐지되고 가칭 약술형 논술고사가 새로운 대안으로 떠올랐다. 약술형 논술고사는 400~1,000자의 서술을 요구하는 상위권 대학의 작문형 논술고사가 아니라, 한두 어절이나 30~40자 이내의 한 문장 또는 빈칸 채우기 등의 단답형 논술고사이다.

약술형 논술고사는 학생들의 시험 준비부담을 덜기 위해 고교 교과과정 내에서 또는 EBS 수능연계 교재를 중심으로 출제되므로, 학생들은 별도의 사교육 부담 없이 학교 수업과 정기고사의 단답형 주관식 시험을 충실하게 준비하고, 아울러 EBS 연계 교재를 꼼꼼히 학습한다면 좋은 성과를 얻을 수 있다.

본 도서는 약술형 논술고사를 통해 대학 입학의 관문을 두드리는 학생들에게 각 대학에서 시행하는 약술형 논술고사의 출제경향과 문제흐름을 익힐 수 있도록 다음과 같은 특징들을 갖고 출간되었다.

시험장에서 바로 볼 수 있는 핵심이론

실전문제를 풀기에 앞서 각 과목별 핵심이 되는 기본 이론이나 공식들만 간추려 수록함으로써, 시험장에서 꼭 필요한 필수 이론과 공식을 암기할 수 있도록 하였다.

해당 단원을 총괄하는 대표문제

해당 단원을 가장 대표하는 예시문제를 엄선하여 모범답안, 바른해설, 채점기준에서부터 예상 소요 시간과 배점에 이르기까지 해당 대표문제에 대한 총괄적인 문항 내용을 직관적으로 파악할 수 있게 하였다.

기출유형과 100% 똑 닮은 실전문제

각 대학별 약술형 논술 유형을 철저히 분석하여 실제 시험과 문제 스타일이나 출제방식이 똑 닮은 싱크로율 100%의 실전문제를 수록하였다.

실제 시험 유형을 대비한 최신 기출문제

각 대학에서 시행한 최신 기출문제를 수록하여 학생들이 각 대학들의 논술시험 특징을 파악하고 엉뚱한 시험 범위와 잘못된 공부 방법으로 시간을 낭비하지 않도록 유도하였다.

부디 이 책이 학생들의 대학 진학에 조금이나마 도움이 되길 바라며, 아울러 수험생들의 충실한 길잡이가 되기를 기원한다.

●● 2026학년도 **약술형 논술대학**

※ 전형일정 및 입시요강 등은 학교 측의 입장에 따라 변경 가능하므로, 추후 공지되는 변경사항을 각 대학교 홈페이지에서 반드시 확인하시기 바랍니다.

[전형기초]

대학	모집인원	시험과목	시간	문항수	전형방법	수능 최저
가천대	1,009명 (의예6명)	국어+수학	80분	인문: 국어9+수학6 자연: 국어6+수학9	논술100	○
강남대 [신설]	359명	국어+수학	60분	인문: 국어8+수학2 공학: 국어3+수학7 자유전공: 국어5+수학5	학생20+논술80	X
고려대 (세종)	318명	인문: 국어+사탐 자연: 수학(미적분)	120분	인문: 통합국어2 자연: 수학6	논술100	○
국민대 [신설]	226명	국어+수학 (자연: 미적분)	90분	인문: 국어8+수학2 자연: 국어2+수학8	논술100	○
삼육대	154명	국어+수학	80분	인문: 국어9+수학6 자연: 국어6+수학9	논술100	○
상명대	101명	국어+수학	60분	인문: 국어8+수학2 자연: 국어2+수학8	학생10+논술90	X
서경대	204명	국어+수학	60분	공통: 국어4+수학4	학생10+논술90	X
수원대	441명	국어+수학	80분	인문: 국어10+수학5 자연: 국어5+수학10	학생40+논술60	X
신한대	166명	국어+수학	80분	인문: 국어9+수학6 자연: 국어6+수학9	학생10+논술90	X
을지대	251명	국어+수학	70분	공통: 국어7+수학7	학생20+논술80	X
한국공학대	280명	수학1+수학2	80분	수학9	학생20+논술80	X
한국 기술교대	150명	수학1+수학2	80분	수학10	논술100	X
한국외대 (글로벌)	162명	수학1+수학2	90분	자연: 수학7	논술100	○
한신대	261명	국어+수학	80분	인문: 국어10+수학5 자연: 국어5+수학10	학생40+논술60	X
홍익대 (세종)	120명	수학1+수학2	70분	수학7	학생10+논술90	○

2026학년도 강남대 논술전형

[전형일정]

구분	일시	비고
원서접수	2025. 9. 8.(월) 10:00 ~ 12(금) 18:00까지	인터넷 접수
시험일	2025. 11. 22(토)	고사시간 및 고사장(실)은 추후 본교 입학처 홈페이지 공지
합격자 발표	2025. 12. 12(금)	본교 입학처 홈페이지 공지(개별 통보하지 않음)

[논술고사 특징]

강남대학교의 논술고사는 고등학교 정기고사와 대학수학능력시험을 성실하게 준비한다면 충분히 풀 수 있는 '쉬운 논술'이며, 사교육 없이 준비 가능하도록 EBS교재(특강, 완성)와 연계해 출제할 예정이다.

약술형 논술	국어	제시문을 바탕으로 핵심적인 개념을 명확하게 이해하여 문제에서 요구하는 조건에 맞게 단답형, 단문형으로 서술
	수학	답을 도출하기까지 풀이 과정을 수식을 사용하여 명확하게 서술

[출제범위 및 평가기준]

– 고교 교육과정 범위 내에서 고등학교 정기고사 서술 · 논술형 문제 난이도로 출제
– EBS 수능 연계 교재(EBS 수능완성, 수능특강) 활용

구분	출제범위	평가기준
국어	문학, 독서	– 제시문의 핵심 내용을 정확하게 이해한 답안 – 문제에서 요구하는 조건에 충실한 서술
수학	수학 I , 수학 II	– 문제에 필요한 개념과 원리에 대한 정확한 서술 – 정확한 용어, 기호를 사용한 표현

[평가방법]

계열	문항 수		배점	고사 시간	총점	답안지 형식
	국어	수학				
인문사회계	8	2	국어: 문항별 10점, 수학: 문항별 차등(8,10,12점)	60분	100점 + 700점 (기본점수)	노트 형식의 답안지 작성(흑색 볼펜 사용)
공학계	3	7				
자유전공학부	5	5				

[점수 산출방법]

구분	국어	수학			계산 방법
	10점	8점	10점	12점	
인문 사회계	8	1	–	1	국어 80점(8문항×10점) + 수학 20점(1문항×8점, 1문항×12점) + 기본점수 700점 = 800점
공학계	3	2	3	2	국어 30점(3문항×10점) + 수학 70점(2문항×8점, 3문항×10점, 2문항×12점) + 기본점수 700점 = 800점
자유전공 학부	5	1	3	1	국어 50점(5문항×10점) + 수학 50점(1문항×8점, 3문항×10점, 1문항×12점) + 기본점수 700점 = 800점

[모집단위 및 모집인원]

계열	대학	모집단위	모집인원
인문사회	부총장직속	자유전공학부	33
	복지융합대학	복지융합대학	32
	경영관리대학	상경학부	37
		법행정세무학부	29
	글로벌문화콘텐츠대학	글로벌문화콘텐츠대학	35
공학	공과대학	컴퓨터공학부	19
		인공지능융합공학부	23
		전자반도체공학부	25
		부동산건설학부	28

계열	대학	모집단위	모집인원
인문사회	사범대학	교육학과(사)	7
		유아교육과(사)	11
		초등특수교육과(사)	4
		중등특수교육과(사)	4
	복지융합대학	사회복지학부(야)	15
	경영관리대학	상경학부(야)	31
		법행정세무학부(야)	26
합계			359명

[지원자격]

국내 고등학교 졸업(예정)자 및 이와 동등 이상의 학력 소지자
※ 수능 최저학력기준 : 없음

[전형방법]

사정단계		학생부교과	논술	합계	수능최저학력기준
일괄 합산	비율	20%	80%	100%	없음
	배점	200점	800점	1,000점	

[전형요소별 최고점/최저점]

구분	학생부교과	논술
일괄합산	최저점: 175, 최고점: 200	최저점: 700, 최고점: 800

[선발원칙]

- 합격자는 전형방법에 따라 모집단위별 총점에 의한 석차 순으로 모집인원의 100%를 선발함
- 미등록충원을 위한 예비합격자는 최초합격자 발표 시 후보순위를 발표하며, 합격자의 미등록 또는 등록포기 등으로 인한 결원은 후보순위에 따라 충원함
- 논술고사 결시자는 선발대상에서 제외함

[동점자 처리기준]

계열	처리기준
인문 사회	① 논술 성적 우수자 　– 총점 〉 국어 총점 〉 고배점 문항 순 다득점자 〉 논술 문항별 만점이 많은 자 〉 논술 문항별 0점이 적은 자 ② 교과 이수단위의 합이 높은 자(해당 교과 이수단위가 없는 경우 0으로 처리) 　1) 반영된 교과(20개) 이수단위의 합 　2) 교과별 이수단위의 합: 국어 〉 영어 〉 수학 〉 사회 〉 과학
공학, 자유전공 학부	① 논술 성적 우수자 　– 총점 〉 수학 총점 〉 고배점 문항 순 다득점자 〉 논술 문항별 만점이 많은 자 〉 논술 문항별 0점이 적은 자 ② 교과 이수단위의 합이 높은 자(해당 교과 이수단위가 없는 경우 0으로 처리) 　1) 반영된 교과(20개) 이수단위의 합 　2) 교과별 이수단위의 합: 수학 〉 영어 〉 국어 〉 과학 〉 사회

※ 위 기준으로 동점자 처리 불가 시 동순위 처리함

[제출서류]

구분	제출서류명	제출방법	비고
공통	입학원서	• 추가 서류 제출자만 인터넷 원서접수 사이트에서 출력 후 제출	
국내고 졸업(예정)자	고등학교 학교생활기록부	• 학생부 온라인 제공 동의자는 별도 제출 불필요 • 학생부 온라인 제공 비동의자 및 동의 불가능자는 학교생활기록부(대입전형용) 제출	2025.09.08. 기준 3개월 이내 발급분
검정고시 출신자	고졸 검정고시 성적증명서	• 대입전형자료 온라인제공 동의자는 별도 제출 불필요 • 대입전형자료 온라인제공 비동의자 및 제외자 제출	
외국고 졸업(예정)자	외국고 성적증명서 및 졸업(예정) 증명서	• 영사확인 또는 아포스티유 확인 필요(영어 이외의 언어의 경우 번역 공증 포함) • 모든 서류는 원본제출을 원칙으로 하며, 사본 제출 시 반드시 본교 입학처에서 원본대조필을 받아야 함(입학 후 원본 제출 필수)	2025.09.08. 기준 1년 이내 발급분

※ 학교폭력 조치사항 확인을 위하여 '검정고시 출신자 및 외국고 졸업(예정)자' 중 국내 고교 학교생활기록부가 있는 자는 국내 고교 학교생활기록부를 제출해야 함

[학교 생활기록부 성적 산출방법]

1) 반영과목

구분	반영교과	반영과목	활용지표
인문	국어, 수학, 영어, 사회(역사/도덕 포함), 과학, 한국사	반영교과 중 상위 20개 과목 반영(이수한 과목이 반영교과에서 20과목 미만인 경우 이수한 과목만 반영)	석차등급 및 이수단위
공학			
자유전공학부			

2) 환산등급 점수표

석차등급	1등급	2등급	3등급	4등급	5등급	6등급	7등급	8등급	9등급
배점	100	99	98	97	96	95	94	91	87.5
점수차	–	1	1	1	1	1	1	3	3.5
배점	200	198	196	194	192	190	188	182	175
점수차	–	2	2	2	2	2	2	6	7

[원서접수 유의사항]

- 원서접수는 반드시 본인이 본 모집요강의 내용을 충분히 숙지한 후 직접 입력하여 중복접수, 인적사항 입력오류, 지원자격 미달 등의 과실이 발생하지 않도록 유의하기 바람

- 수시모집에서 6개 전형을 초과하여 지원한 경우 지원자격을 부여하지 않으므로 수험생들은 이를 유의하여 지원하여야 함(타 대학에 지원한 횟수를 모두 포함하며, 산업대학 · 전문대학에 지원한 경우는 횟수에 포함하지 않음). 지원자가 6개 전형을 초과하여 지원할 경우, 초과 접수한 모든 전형은 접수취소 처리됨. 만학도 특별전형은 모집시기를 구분하지 않음에 따라 모집시기 간 복수지원 금지사항을 적용하지 않음

- 전형료 결제(입금) 후에는 원서접수를 취소하거나 이미 작성한 원서의 기재사항을 수정할 수 없으므로 원서작성 시 신중을 기하여야 하고, 본인의 부주의로 인한 오기 및 작성 누락에 따른 책임은 지원자 본인에게 있음을 유의하기 바람

- 성명 및 주민등록번호는 주민등록상에 기재된 내용과 동일하여야 하며, 만약 학교생활기록부와 입학원서 상의 주민등록번호 또는 성명이 다른 경우에는 지원자 본인의 주민등록표초본 1부를 추가로 제출하여야 함

- 지원자와 보호자의 주소 · 전화번호는 전형기간 중 긴급하게 사용되므로 연락이 가능한 전화 · 휴대전화번호 등을 빠짐없이 기재하여야 하며, 연락처가 변경된 경우에는 즉시 입학처 홈페이지에서 개인정보 수정 신청을 해야 함

- 원서접수 마감일은 접속자 폭주로 전산시스템의 장애가 발생할 우려가 있으니 마감일 전에 시간적 여유를 가지고 접수하기 바라며, 접수 마감시한까지 원서접수를 하지 못하는 경우 지원자 본인의 책임임

- 원서접수 또는 전형료 결제과정에서 문제가 발생하는 경우 ㈜uwayapply(1588-8988) 또는 본교 입학전형 관리팀(031-280-3851~6)으로 문의 바람

- 지원서류 제출대상자는 반드시 해당 서류를 우편으로 발송하거나 직접 방문하여 제출하여야 하며 제출하지 않을 경우 서류미제출로 불합격 처리함

●● Study plan

영 역			날 짜	시 간
PART 1 국어 영역	Ⅰ. 문학	핵심이론		
		실전문제		
	Ⅱ. 독서	핵심이론		
		실전문제		
PART 2 수학 영역	수학 Ⅰ	Ⅰ. 지수함수와 로그함수	핵심이론	
			실전문제	
		Ⅱ. 삼각함수	핵심이론	
			실전문제	
		Ⅲ. 수열	핵심이론	
			실전문제	
	수학 Ⅱ	Ⅳ. 함수의 극한과 연속	핵심이론	
			실전문제	
		Ⅴ. 다항함수의 미분법	핵심이론	
			실전문제	
		Ⅵ. 다항함수의 적분법	핵심이론	
			실전문제	
2026학년도 강남대 논술문제		모의문제		

● ● 구성과 특징

시험장에서 바로 볼 수 있는 핵심이론

실전문제를 풀기에 앞서 각 과목별 핵심이 되는 기본 이론이나 공식들만 간추려 수록함으로써,
시험장에서 꼭 필요한 필수 이론과 공식을 암기할 수 있도록 하였다.

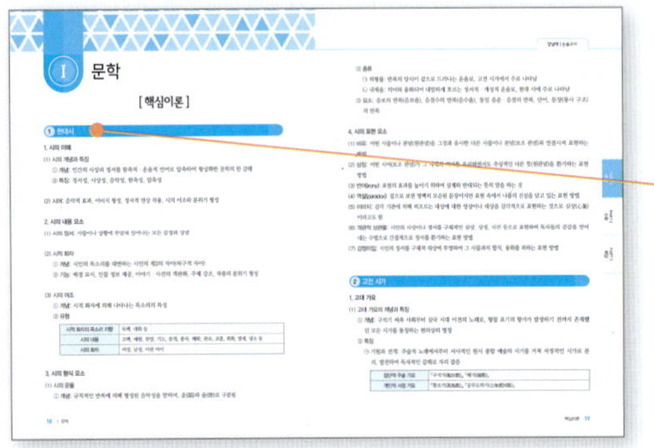

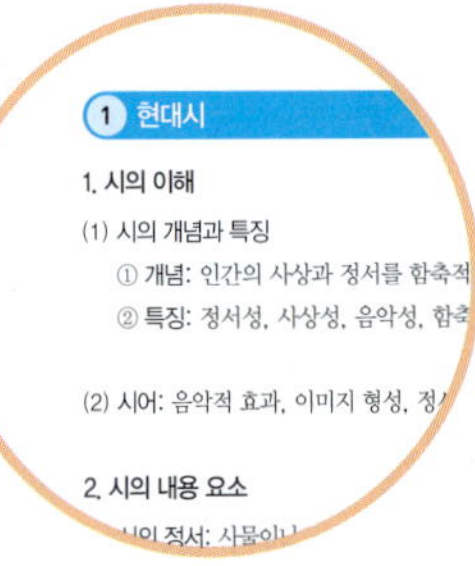

기출유형과 100% 똑 닮은 실전문제

각 대학별 약술형 논술 유형을 철저히 분석하여
실제 시험과 문제 스타일이나 출제방식이 똑 닮
은 싱크로율 100%의 실전문제를 수록하였다.

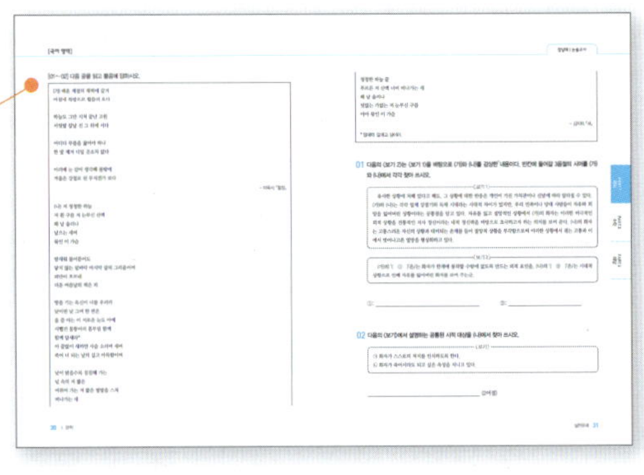

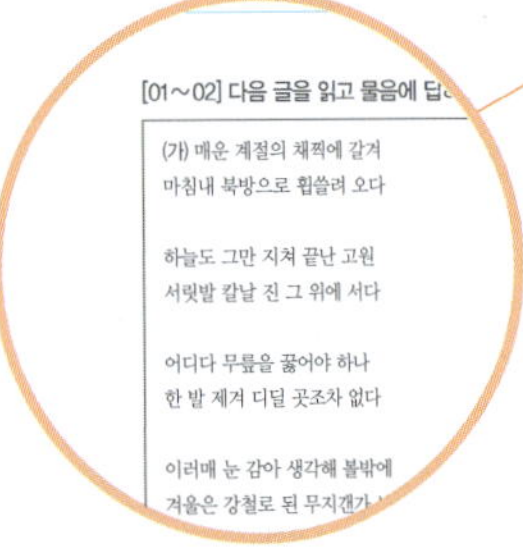

대표문제

해당 단원을 총괄하는 대표문제

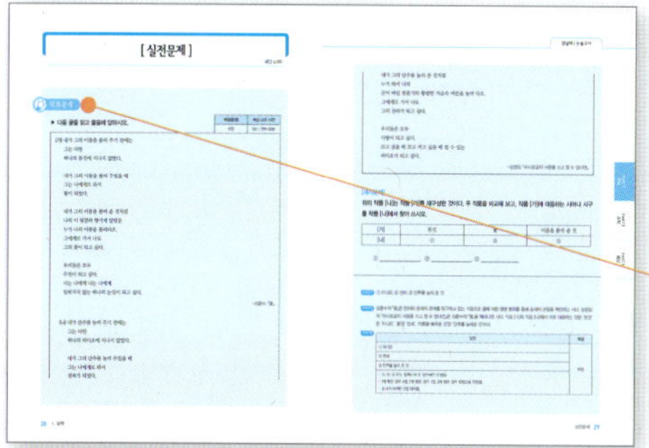

해당 단원을 가장 대표하는 예시문제를 엄선하여 모범답안, 바른해설, 채점기준에서부터 예상 소요 시간과 배점에 이르기까지 해당 대표문제에 대한 총괄적인 문항 내용을 직관적으로 파악할 수 있게 하였다.

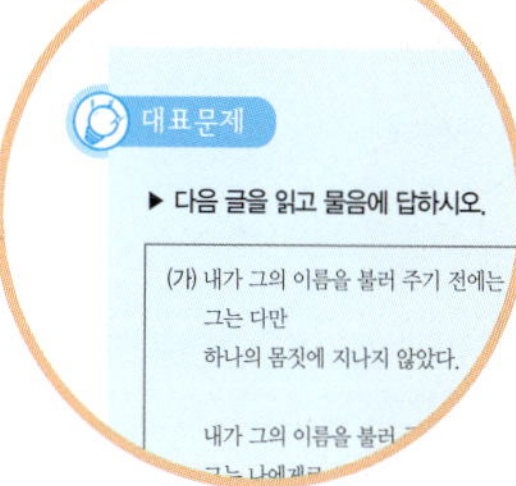

기출문제

실제 시험 유형을 대비한 모의 또는 기출문제

각 대학에서 시행한 모의 또는 기출문제를 수록하여 학생들이 각 대학들의 논술시험 특징을 파악하고 엉뚱한 시험범위와 잘못된 공부 방법으로 시간을 낭비하지 않도록 유도하였다.

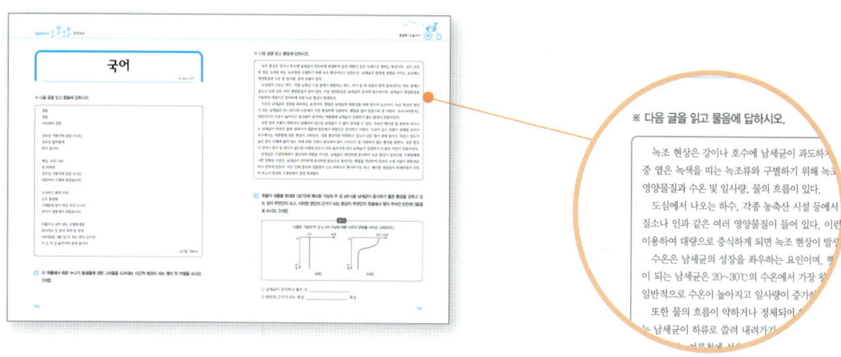

합격을
기원합니다

CONTENTS

시스컴은
여러분을
응원합니다

PART 1

국어

I. 문학

II. 독서

Ⅰ 문학

[핵심이론]

1 현대시

1. 시의 이해

(1) 시의 개념과 특징

　① 개념: 인간의 사상과 정서를 함축적 · 운율적 언어로 압축하여 형상화한 문학의 한 갈래

　② 특징: 정서성, 사상성, 음악성, 함축성, 압축성

(2) 시어: 음악적 효과, 이미지 형성, 정서적 연상 작용, 시의 어조와 분위기 형성

2. 시의 내용 요소

(1) 시의 정서: 사물이나 상황에 부딪혀 일어나는 모든 감정과 상념

(2) 시적 화자

　① 개념: 시인의 목소리를 대변하는 시인의 제2의 자아(허구적 자아)

　② 기능: 배경 묘사, 인물 정보 제공, 이야기 · 사건의 객관화, 주제 강조, 작품의 분위기 형성

(3) 시의 어조

　① 개념: 시적 화자에 의해 나타나는 목소리의 특성

　② 유형

시적 화자의 목소리 지향	독백, 대화 등
시의 내용	고백, 애원, 찬양, 기도, 분개, 풍자, 해학, 관조, 교훈, 회화, 염세, 냉소 등
시의 화자	여성, 남성, 어린 아이

3. 시의 형식 요소

(1) 시의 운율

　① 개념: 규칙적인 반복에 의해 형성된 음악성을 말하며, 운(韻)과 율(律)로 구분됨

② 종류

　　㉠ 외형률: 반복의 양식이 겉으로 드러나는 운율로, 고전 시가에서 주로 나타남

　　㉡ 내재율: 의미와 융화되어 내밀하게 흐르는 정서적·개성적 운율로, 현대 시에 주로 나타남

③ 요소: 음보의 반복(음보율), 음절수의 반복(음수율), 동일 음운·음절의 반복, 단어, 문장(통사 구조)의 반복

4. 시의 표현 요소

(1) 비유: 어떤 사물이나 관념(원관념)을 그것과 유사한 다른 사물이나 관념(보조 관념)과 연결시켜 표현하는 방법

(2) 상징: 어떤 시어(보조 관념)가 그 자체의 의미를 유지하면서도 추상적인 다른 뜻(원관념)을 환기하는 표현 방법

(3) 반어(irony): 표현의 효과를 높이기 위하여 실제와 반대되는 뜻의 말을 하는 것

(4) 역설(paradox): 겉으로 보면 명백히 모순된 문장이지만 표현 속에서 나름의 진실을 담고 있는 표현 방법

(5) 이미지: 감각 기관에 의해 떠오르는 대상에 대한 영상이나 대상을 감각적으로 표현하는 것으로 심상(心象)이라고도 함

(6) 객관적 상관물: 시인의 사상이나 정서를 구체적인 심상, 상징, 사건 등으로 표현하여 독자들의 공감을 얻어 내는 수법으로 간접적으로 정서를 환기하는 표현 방법

(7) 감정이입: 시인의 정서를 구체적 대상에 투영하여 그 사물과의 합치, 융화를 꾀하는 표현 방법

② 고전 시가

1. 고대 가요

(1) 고대 가요의 개념과 특징

① 개념: 구석기 씨족 사회부터 삼국 시대 이전의 노래로, 향찰 표기의 향가가 발생하기 전까지 존재했던 모든 시가를 통칭하는 편의상의 명칭

② 특징

　　㉠ 기원과 전개: 주술적 노래에서부터 서사적인 원시 종합 예술의 시기를 거쳐 서정적인 시가로 분리, 발전하여 독자적인 갈래로 자리 잡음

집단적 주술 가요	「구지가(龜旨歌)」, 「해가(海歌)」
개인적 서정 가요	「황조가(黃鳥歌)」, 「공무도하가(公無渡河歌)」

    ⓛ 문자 없이 구전되다가 한자의 습득과 더불어 한역으로 전해짐

    ⓒ 배경 설화와 함께 전해짐

(2) **주요 작품**: 공무도하가(公無渡河歌), 구지가(龜旨歌), 황조가(黃鳥歌), 정읍사(井邑詞)

2. 향가

(1) **향가의 개념과 특징**

  ① **개념**: 신라 때부터 고려 초기까지 존재했던 정형시가를 의미하며, 넓은 의미로는 중국 한시에 대한 우리나라의 노래를 의미함

  ② **특징**

    ㉠ 표기: 한자의 음과 뜻을 빌려 순 우리말을 국어의 어순대로 적은 향찰(鄕札)로 표기

    ㉡ 형식: 4구체, 8구체, 10구체

(2) **주요 작품**

4구체	「서동요(書童謠)」, 「풍요(風謠)」, 「헌화가(獻花歌)」, 「도솔가(兜率歌)」
8구체	「모죽지랑가(慕竹旨郞歌)」, 「처용가(處容歌)」
10구체	「혜성가(彗星歌)」, 「원왕생가(願往生歌)」, 「원가(怨歌)」, 「제망매가(祭亡妹歌)」, 「안민가(安民歌)」, 「찬기파랑가(讚耆婆郞歌)」

3. 고려 가요

(1) **고려 가요의 개념과 특징**

  ① **개념**: 고려 때 서민, 평민들이 부르던 민요를 궁중에서 일부 개편하여 궁중 속악으로 부른 노래가사로, 경기체가를 제외한 고려 가요를 말하는데, 향가계 가요까지도 포함된다.

  ② **특징**

    ㉠ 형식

구조	분절체(=분연체, 연장체) 구조가 많음
후렴구	각 연마다 후렴구가 붙음(후렴구는 일정하지 않음)
운율	3 · 3 · 2조 또는 3 · 3 · 4조의 3음보 운율을 지님

    ㉡ 내용: 남녀 간의 애정, 자연에 대한 예찬, 이별에 대한 아쉬움 등

(2) **주요 작품**: 동동(動動), 정석가(鄭石歌), 처용가(處容歌), 청산별곡(靑山別曲), 서경별곡(西京別曲), 가시리, 쌍화점(雙花店), 만전춘(滿殿春), 사모곡(思母曲), 상저가(相杵歌), 유구곡(維鳩曲)

4. 경기체가

(1) 개념: 고려 중엽 이후 대두되기 시작한 신흥 사대부에 의해 향유된 시가로, 노래 말미에 반드시 '위~경긔 엇더하나잇고'라는 후렴구가 붙음

(2) 특징

① 형식

형식	몇 개의 연이 중첩되어 한 작품을 이루는 연장(聯章) 형식
구조	분절 구조로 각 장은 4구의 전대절(前大節)과 2구의 후소절(後小節)로 나누어짐
운율	전 3구는 3 · 3 · 4조, 4 · 4 · 4조 등으로 이루어진 3음보이며, 후 3구는 4 · 4 · 4 · 4조로 4음보인 경우가 많음

② 내용: 귀족들의 멋과 풍류, 사물이나 경치, 학식과 체험 등을 주로 노래하였으며, 고답적 · 퇴폐적 · 도피적 성격의 내용이 대부분임

(3) 주요 작품: 한림별곡(翰林別曲), 관동별곡(關東別曲), 죽계별곡(竹溪別曲)

5. 시조

(1) 시조의 개념과 형식

① 개념: 고려 말에서 조선 초에 이르는 기간에 정제되어, 조선 시대와 개화기를 거쳐 현재에 이르기까지 생명력을 유지해 온 서정 시가

② 형식

평시조	3장 6구 45자 내외의 기본 형태를 가진 시조
엇시조	초장 또는 종장 중 어느 한 장이 긴 중형 시조
사설시조	3장의 의미 단락만 유지되고, 3장 중 2장 이상이 길어져 파격을 이룬 시조
연시조	2수 이상의 시조를 거듭하여 한 편의 작품을 이룬 시조

(2) 주요 작품

① 조선 전기: 맹사성 「강호사시사」, 이현보 「어부사」 · 「농암가」, 이황 「도산십이곡」, 이이 「고산구곡가」, 정철 「훈민가」 · 「장진주사」 등

② 조선 후기: 박인로 「오륜가」 · 「조홍시가」, 윤선도 「견회요」 · 「어부사시사」, 안민영 「오륜가」, 작자미상 「창 내고쟈 창 내고쟈」 · 「귀또리 져 귀또리」 등

6. 가사

(1) 가사의 개념과 특징

　① 개념: 고려 말에 경기체가가 쇠퇴하면서 나타난 시가 문학으로, 조선조(朝鮮朝)에 들어와 본격적으로
　　전개되면서 사대부들에게 널리 향유되었던 4음보의 운문 장르

　② 특징

　　㉠ 형식: 보통 3·4조, 4·4조의 4음보 연속체로 구성(한 행의 길이는 제한이 없음)

　　㉡ 내용: 강호한정, 연주충군, 사대부 여인의 신세 한탄 등

(2) 주요 작품: 「누항사(陋巷詞)」, 「속미인곡(續美人曲)」, 「일동장유가(日東壯遊歌)」, 「농가월령가(農家月令歌)」,
　「규원가(閨怨歌)」

---

③ 소설

1. 소설의 이해

(1) 소설의 개념과 특징

　① 개념: 현실 세계에 있을 법한 일을 작가의 상상력에 의해 창조해 낸 허구의 이야기로, 인물이나 사건
　　의 전개를 통일성 있게 구성하여 인생의 진리를 표현하려는 산문 문학

　　현실 세계 ⇨ 모방(창조) ⇨ 허구의 세계

　② 특징: 허구성, 개연성, 진실성, 모방성, 서사성, 산문성

(2) 소설의 요소

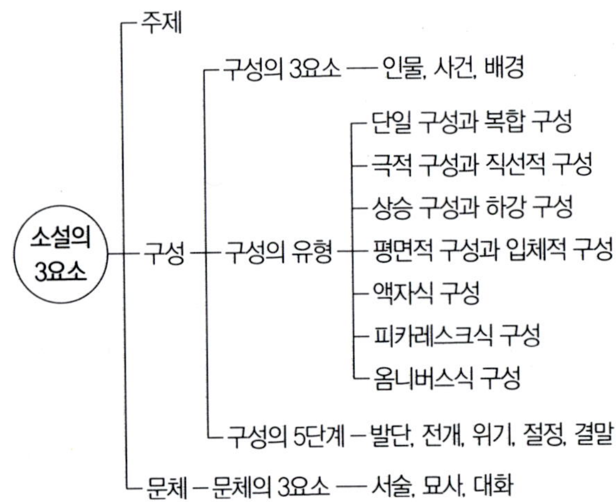

2. 주제

(1) **개념**: 작가가 작품을 통해서 전달하고자 하는 말(작품 속 중심 사상)

(2) **표현 방법**

① 작품 속에서 직접 제시 ◉고전 소설, 신경향파 소설, 카프 소설

② 갈등 구조와 해소를 통해 제시 ◉하근찬 「수난 이대」, 윤흥길 「장마」

③ 상징적 사물에 의해 제시 ◉이상 「날개」, 이범선 「오발탄」

④ 작중 인물의 대화를 통해 제시 ◉김승옥 「서울, 1964년 겨울」, 이태준 「해방전후」

3. 구성

(1) **개념**: 주제를 효과적으로 표현하기 위해 일정한 형식과 작가의 미적 안목에 의해 통일성 있게 구성하는 것

(2) **구성의 단계**

발단	이야기가 시작되는 부분으로 인물과 배경이 처음으로 제시되고, 주제와 사건의 실마리가 암시되는 단계
전개	사건이 구체적으로 전개되면서 갈등이 표면화되는 단계
위기	새로운 사건이 발생하기도 하고, 갈등이 고조되고 심화되는 단계
절정	갈등이 최고조에 이르고, 사건 해결의 분기점이 되는 단계
결말	갈등과 위기가 해소되고, 등장인물의 운명이 분명해지는 단계

4. 인물

(1) **개념**: 소설에서 행위나 사건을 수행하는 주체

(2) **인물의 성격 제시 방법**

직접적 제시(분석적, 논평적 제시)	간접적 제시(극적, 장면적 제시)
말하기(telling), 설명적	보여주기(showing), 묘사적
인물의 성격이나 특성을 서사, 서술을 사용하여 설명함	인물의 성격이나 특성을 행동, 대화, 장면의 묘사를 통해 보여줌
서술이 간단하고 시간이 절약됨	구체적이고 감각적인 묘사로 독자의 상상적 참여가 가능함
구체성을 잃고 추상적 설명으로 흐르기 쉬운 단점이 있음	표현상의 제약이 있음

5. 갈등(사건)

(1) 개념: 등장인물이 겪게 되는 대립적 관계로서, 한 인물의 내부적 혼란이나 그를 둘러싼 외적인 요소 간의 대립

(2) 갈등의 양상

내적 갈등	개인 내부의 심리적 모순에 의한 내적 갈등	
외적 갈등	개인과 개인	주인공과 그와 대립하는 인물 간의 갈등
	개인과 사회	개인과 개인이 속해 있는 사회적 환경과의 갈등
	개인과 운명	개인과 인간의 조건과의 대결에서 오는 갈등

6. 시점과 거리

(1) 시점의 개념: 서술의 진행 양상을 바라보는 서술자의 각도와 위치를 말하며, 서술자의 위치나 태도에 따라 시점은 달라짐

(2) 시점의 종류
　① 1인칭 주인공 시점: 주인공이 자기 자신의 이야기를 하는 시점
　② 1인칭 관찰자 시점: '나'가 관찰자의 입장에서 주인공에 대해 이야기하는 시점
　③ 전지적 작가 시점: 작가(서술자)가 전지전능한 위치에서 인물의 심리나 행동을 분석하여 서술하는 시점
　④ 작가 관찰자 시점: 서술자가 외부 관찰자의 입장에서 이야기를 서술하는 시점

④ 기타 문학의 갈래

1. 수필

(1) 수필의 개념 : 인생이나 자연의 모든 사물에서 보고, 듣고, 느낀 것이나 경험한 것을 형식과 내용상의 제한을 받지 않고 붓 가는 대로 쓴 글

(2) 수필의 종류
　① 경수필 : 일정한 격식 없이 개인적 체험과 감상을 자유롭게 표현한 수필로 주관적, 정서적, 자기 고백적이며 신변잡기적인 성격이 담김
　② 중수필 : 일정한 격식과 목적, 주제 등을 구비하고 어떠한 현상을 표현한 수필로 형식적이고 객관적

이며 내용이 무겁고, 논증, 설명 등의 서술 방식을 사용

③ **서정적 수필** : 일상생활이나 자연에서 느낀 정서나 감정을 솔직하게 주관적으로 표현한 수필

④ **교훈적 수필** : 인생이나 자연에 대한 지은이의 체험이나 사색을 담은 교훈적 내용의 수필

2. 희곡

(1) 희곡의 정의와 특성

① **희곡의 정의** : 희곡은 공연을 목적으로 하는 연극의 대본, 등장인물들의 행동이나 대화를 기본 수단으로 하여 관객들을 대상으로 표현하는 예술 작품

② **희곡의 특성**

㉠ 무대 상연을 전제로 한 문학 : 공연을 목적으로 창작되었기 때문에 여러 가지 제약(시간, 장소, 등장인물의 수)이 따름

㉡ 대립과 갈등의 문학 : 희곡은 인물의 성격과 의지가 빚어내는 극적 대립과 갈등을 주된 내용으로 함

㉢ 현재형의 문학 : 모든 사건을 무대 위에서 배우의 행동을 통해 지금 눈앞에 일어나는 사건으로 현재화하여 표현함

(2) 희곡의 구성 요소와 단계

① **희곡의 구성 요소**

㉠ 해설 : 막이 오르기 전에 필요한 무대 장치, 인물, 배경(때, 곳) 등을 설명한 글로, '전치 지시문'이라고도 함

㉡ 대사 : 등장인물이 하는 말로, 인물의 생각, 성격, 사건의 상황을 드러냄

㉢ 지문 : 배경, 효과, 등장인물의 행동(동작이나 표정, 심리) 등을 지시하고 설명하는 글로, '바탕글'이라고도 함

㉣ 인물 : 희곡 속의 인물은 의지적, 개성적, 전형적 성격을 나타내며 주동 인물과 반동 인물의 갈등이 명확히 부각됨

② **희곡의 구성 단계**

㉠ 발단 : 시간적, 공간적 배경과 인물이 제시되고 극적 행동이 시작됨

㉡ 전개 : 주동 인물과 반동 인물 사이의 갈등과 대결이 점차 격렬해지며, 중심 사건과 부수적 사건이 교차되어 흥분과 긴장이 고조

㉢ 절정 : 주동 세력과 반동 세력 간의 대결이 최고조에 이름

㉣ 반전 : 서로 대결하던 두 세력 중 뜻하지 않은 쪽으로 대세가 기울어지는 단계로, 결말을 향하여 급속히 치닫는 부분

ⓜ 대단원 : 사건과 갈등의 종결이 이루어져 사건 전체의 해결을 매듭짓는 단계

> **TIP**
>
> 〈희곡의 구성단위〉
> - **막(幕, act)** : 휘장을 올리고 내리는 데서 유래된 것으로, 극의 길이와 행위를 구분
> - **장(場, scene)** : 배경이 바뀌면서, 등장인물이 입장하고 퇴장하는 것으로 구분되는 단위

(3) 희곡의 갈래

① **희극(喜劇)** : 명랑하고 경쾌한 분위기 속에 인간성의 결점이나 사회적 병폐를 드러내어 비판하며, 주인공의 행복이나 성공을 주요 내용으로 삼는 것으로, 대개 행복한 결말로 끝남

② **비극(悲劇)** : 주인공이 실패와 좌절을 겪고 불행한 상태로 타락하는 결말을 보여 주는 극

③ **희비극(喜悲劇)** : 비극과 희극이 혼합된 형태의 극으로 불행한 사건이 전개되다가 나중에는 상황이 전환되어 행복한 결말을 얻게 되는 구성 방식

④ **단막극** : 한 개의 막으로 이루어진 극

(4) 희곡의 제약

① 희곡은 무대 상연을 전제로 하기 때문에 시간적, 공간적 제약을 받음

② 등장인물 수가 한정

③ 인물의 직접적 제시가 불가능, 대사와 행동만으로 인물의 삶을 드러냄

④ 장면 전환의 제약을 받음

⑤ 서술자의 개입 불가능, 직접적인 묘사나 해설, 인물 제시가 어려움

⑥ 내면 심리의 묘사나 정신적 측면의 전달이 어려움

3. 시나리오(Scenario)

(1) 시나리오의 정의와 특징

① **시나리오의 정의** : 영화나 드라마 촬영을 위해 쓴 글(대본)을 말하며, 장면의 순서, 배우의 대사와 동작 등을 전문 용어를 사용하여 기록

② **시나리오의 특징**

㉠ 등장인물의 행동과 장면의 제약 : 예정된 시간에 상영될 수 있도록 해야 함

㉡ 장면 변화와 다양성 : 장면이 시간이나 공간의 제약 없이 자유자재로 설정

㉢ 영화의 기술에 의한 문학 : 배우의 연기를 촬영해야 하므로, 영화와 관련된 기술 및 지식을 염두에 두고 써야 함

(2) 시나리오의 갈래

　① **창작(original) 시나리오** : 처음부터 영화 촬영을 목적으로 쓴 시나리오

　② **각색(脚色) 시나리오** : 소설, 희곡, 수필 등을 시나리오로 바꾸어 쓴 것

　③ **레제(lese) 시나리오** : 상영이 목적이 아닌 읽기 위한 시나리오

(3) 시나리오와 희곡의 공통점

　① 극적인 사건을 대사와 지문으로 제시

　② 종합 예술의 대본, 즉 다른 예술을 전제로 함

　③ 문학 작품으로 작품의 길이에 어느 정도 제한을 받음

　④ 직접적인 심리 묘사가 불가능

[실전문제]

해답 p.190

 대표문제

▶ **다음 글을 읽고 물음에 답하시오.**

배점(총점)	예상 소요 시간
10점	5분 / 전체 60분

(가) 내가 그의 이름을 불러 주기 전에는
　　그는 다만
　　하나의 몸짓에 지나지 않았다.

　　내가 그의 이름을 불러 주었을 때
　　그는 나에게로 와서
　　꽃이 되었다.

　　내가 그의 이름을 불러 준 것처럼
　　나의 이 빛깔과 향기에 알맞은
　　누가 나의 이름을 불러다오.
　　그에게로 가서 나도
　　그의 꽃이 되고 싶다.

　　우리들은 모두
　　무엇이 되고 싶다.
　　너는 나에게 나는 너에게
　　잊혀지지 않는 하나의 눈짓이 되고 싶다.

—김춘수, 「꽃」

(나) 내가 단추를 눌러 주기 전에는
　　그는 다만
　　하나의 라디오에 지나지 않았다.

　　내가 그의 단추를 눌러 주었을 때
　　그는 나에게로 와서
　　전파가 되었다.

내가 그의 단추를 눌러 준 것처럼
누가 와서 나의
굳어 버린 핏줄기와 황량한 가슴속 버튼을 눌러 다오.
그에게로 가서 나도
그의 전파가 되고 싶다.

우리들은 모두
사랑이 되고 싶다.
끄고 싶을 때 끄고 켜고 싶을 때 켤 수 있는
라디오가 되고 싶다.

–장정일, 「라디오같이 사랑을 끄고 켤 수 있다면」

[예시문제]

위의 작품 [나]는 작품 [가]를 재구성한 것이다. 두 작품을 비교해 보고, 작품 [가]에 대응하는 시어나 시구를 작품 [나]에서 찾아 쓰시오.

[가]	몸짓	꽃	이름을 불러 준 것
[나]	①	②	③

① ____________, ② ____________, ③ ____________

모범답안 ① 라디오, ② 전파, ③ 단추를 눌러 준 것

바른해설 김춘수의 「꽃」은 언어와 존재의 관계를 탐구하고 있는 작품으로 꽃에 대한 명명 행위를 통해 존재의 본질을 확인하는 시다. 장정일의 「라디오같이 사랑을 끄고 켤 수 있다면」은 김춘수의 「꽃」을 패러디한 시다. 작품 [가]와 작품 [나]에서 서로 대응하는 것은 '몸짓'은 '라디오', '꽃'은 '전파', '이름을 불러준 것'은 '단추를 눌러준 것'이다.

채점기준

답안	배점
① 라디오	
② 전파	
③ 단추를 눌러 준 것	10점
– ①, ②, ③ 모두 정확하게 쓴 경우에만 인정함.	
– 1개 맞은 경우 4점, 2개 맞은 경우 7점, 3개 맞은 경우 10점으로 인정함.	
– 순서가 바뀌면 0점 처리함.	

[01~02] 다음 글을 읽고 물음에 답하시오.

(가) 매운 계절의 채찍에 갈겨
마침내 북방으로 휩쓸려 오다

하늘도 그만 지쳐 끝난 고원
서릿발 칼날 진 그 위에 서다

어디다 무릎을 꿇어야 하나
한 발 제겨 디딜 곳조차 없다

이러매 눈 감아 생각해 볼밖에
겨울은 강철로 된 무지갠가 보다

― 이육사, 「절정」

(나) 저 청청한 하늘
저 흰 구름 저 눈부신 산맥
왜 날 울리나
날으는 새여
묶인 이 가슴

밤새워 물어뜯어도
닿지 않는 밑바닥 마지막 살의 그리움이여
피만이 흐르네
더운 여름날의 썩은 피

땅을 기는 육신이 너를 우러러
낮이면 낮 그여 한 번은
울 줄 아는 이 서로운 눈도 아예
시뻘건 몸뚱어리 몸부림 함께
함께 답새라*
아 끝없이 새하얀 사슬 소리여 새여
죽어 너 되는 날의 길고 아득함이여

낮이 밝을수록 침침해 가는
넋 속의 저 짧은
여위어 가는 저 짧은 볕발을 스쳐
떠나가는 새

청청한 하늘 끝
푸르른 저 산맥 너머 떠나가는 새
왜 날 울리나
덧없는 가없는 저 눈부신 구름
아아 묶인 이 가슴

– 김지하, 「새」

* 답새라: 없애고 싶어라.

01 다음의 〈보기 2〉는 〈보기 1〉을 바탕으로 (가)와 (나)를 감상한 내용이다. 빈칸에 들어갈 3음절의 시어를 (가)와 (나)에서 각각 찾아 쓰시오.

〈보기 1〉

유사한 상황에 처해 있다고 해도, 그 상황에 대한 반응은 개인이 가진 가치관이나 신념에 따라 달라질 수 있다. (가)와 (나)는 각각 일제 강점기와 독재 시대라는 시대적 차이가 있지만, 우리 민족이나 당대 사람들이 자유와 희망을 잃어버린 상황이라는 공통점을 담고 있다. 자유를 잃고 절망적인 상황에서 (가)의 화자는 이러한 비극적인 외적 상황을 전통적인 지사 정신이라는 내적 정신력을 바탕으로 초극하고자 하는 의지를 보여 준다. (나)의 화자는 고통스러운 자신의 상황과 대비되는 존재를 들어 절망적 상황을 부각함으로써 이러한 상황에서 겪는 고통과 이에서 벗어나고픈 열망을 형상화하고 있다.

〈보기 2〉

(가)의 '(①)'은/는 화자가 한계에 봉착할 수밖에 없도록 만드는 외적 요인을, (나)의 '(②)'은/는 시대적 상황으로 인해 자유를 잃어버린 화자를 보여 주는군.

①: ________________________________   ②: ________________________________

02 다음의 〈보기〉에서 설명하는 공통된 시적 대상을 (나)에서 찾아 쓰시오.

〈보기〉

㉠ 화자가 스스로의 처지를 인식하도록 한다.
㉡ 화자가 죽어서라도 되고 싶은 속성을 지니고 있다.

________________________________ (2어절)

[03~04] 다음 글을 읽고 물음에 답하시오.

[앞부분 줄거리] 현세는 해방을 맞아 만주에서 서울로 돌아왔지만, 셋방에서 쫓겨날 신세가 된다. 어느 날 현세는 우연히 초등학교 동창 두갑이를 만나게 된다. 두갑이는 어떤 집주인이 셋방 사람들을 내보내려 하는데 그들이 나가지 않으려고 한다면서 현세에게 거짓 연극에 동참할 것을 제안한다. 두갑이는 현세에게 그 집을 구매할 사람인 척하여 셋방 사람들을 내쫓아 주면 방 한 칸을 얻어 주겠다고 약속한다. 이를 믿은 현세는 집을 구매하는 척하여 셋방 사람들을 내쫓는 데 성공한다.

"그만하믄 되디 않습네까?"

"선생님두 아시다시피 이번 사신 집이야 그저 은으셨죠. 어제두 요 뒤에 집 매매가 있었는데 매 칸에 꼭꼭 일만 오천 원씩에 팔렸죠. 그런데 비기면 그저지 뭡니까. 거 다 선생님 복이지만, 내가 별별 수단을 다 써서 그렇게 싸게 사셨다는 것두 생각허셔야죠. 그리구 전에두 잠깐 말씀드렸지만서두 일이 성사만 되게 허느라구 저편에서는 일전 한 푼 못 받았습죠. 그뿐인가요, 전재민*으루 오신 선생님네 하루라두 속히 이사 오시두룩 허느라구 셋방 사람들 방 내는 덴 을마나 또 속을 썩였다구요. 선생님두 그날 같이 가셨었으니까 짐작이 가시겠지만 그동안 내가 하루에두 몇 번씩 그 노파 성화를 받았는지 모르죠. 증말 이번에 학질 뗐습니다. 학질 뗐어요. 제 자랑이 아니라 나 아니면 절대루 셋방 사람들 내보내지 못헙니다. 그 다 선생님네 하루라두 속히 이사 오시두룩 허기 위해 헌 게 아닙니까. 그러니 선생님이 이런 거 다 생각해 주셔야 헙죠."

셋방 사람들 내보내는 데 힘들었다는 것은 집주름* 영감의 말대로 그렇다 해도, 저편 집주인 구문*은 물론 셋방 사람들 방 얻어 내보내 준 삯까지 모두 두갑이의 말대로 받았을지도 모른다고 생각했다. 그러나 그건 어찌됐건 현세는 이 일을 어서 끝내고만 싶었다.

"우린 전재민이 아니웨까?"

"그런 말씀을…… 어디 전재민이구 전재민 아니구가 있나요. 선생님 겉은 이헌테 비기면 우리가 전재민이죠. 수다한 식솔에, 식구가 자그만치 열넷이랍니다. 버는 사람이라군 이 늙은 것 혼자구 그나마 조금씩 보태든 아들 녀석은 턱 앓아 눕지를 않었수. 그런데다 엊그젠 또 며늘애가 몸꺼지 풀어 놨으니, 그래 우리 성한 사람이야 어쨌건 앓는 사람 죽술*이나 허구 애어미 미역국이나 끓여 먹여야 허잖겠수? 선생님 그러시지 마시구 더 좀 생각해 주십쇼."

그러는 늙은 집주름의 얼굴은 온통 땀투성이가 되고 눈도 충혈이 돼 있었다.

현세는 문득 자기네도 미역 이파리나 사 놔야 하지 않나 하는 생각이 들었다. 그러자 현세는 이 늙은 집주름에게 이번 집 매매의 내막을 툭 털어놓고 얘기하고 싶은 충동을 느꼈다. 그러다 다음 순간 현세는 그런 이야기를 할 경황도 경황이려니와 우선 그럴 기운이 없다는 걸 느꼈다.

현세가 그냥 걷기 시작하니까 집주름 영감은 다급하게,

"아니 선생님, 다른 건 다 그만두구 보통 구문대루 일 푼만 친대두 천 원이면 십만 원에 대한 구문밖엔 더 안 되지 않수? 어디 그래서야 되나요."

하고 수표를 도로 돌려주기라도 할 것 같은 기세를 보이는 것이었다.

여기서 현세는 두갑이가 말한 찰거머리라는 말과 잡아뗄 적에는 딱 잡아떼야 한다는 말이 떠올랐으나 그보다도 이제는 더 서서 말할 기운조차 없어 그냥 걷기만 했다. 이 현세의 태도가 늙은 집주름에게는 또 혹시 수표를 내준다면 그것은 그냥 받아 가지고 갈 것같이 보였던지 탄원하는 어조로,

"그럼 선생님 다시 잘 생각하셔서 처분해 주십쇼. 그럼 조심해 가시우."

하면서 꾸뻑꾸뻑 절을 했다.

(중략)

"그런데 말야, 자네에게 미안한 말 하나 하게 됐네."

한다.

현세는 왜 그런지 가슴이 섬뜩함을 느꼈다.

"저, 다른 게 아니구 말야, 집쥔이 자기네가 방을 다 써야 될 일이 생겼다누만."

현세는 종내 가슴이 철렁 무너앉을밖에 없었다.

두갑이는 바지 뒤 포켓에서 십 원짜리 한 묶음을 꺼내 현세 앞에 놓으며,

"그래 미안하다구 하믄서 이걸 보내데. 정말 안됐네. 좋은 일 하려다 되레 자네한텐 원망 듣게 됐어."

그러고는 살피듯이 현세를 한 번 바라다보고 나서,

"글쎄 첨엔 단돈 오백 원을 내놓지 않겠어? 그래 내 고함을 질렀지. 그 사람이 돈이나 오백 원 바래구 그런 숭한 광대 놀음할 사람인 줄 아느냐구. 당신 눈에는 오백 원이 대단해 뵐지 모르지만 그 사람은 아무리 전재민이라두 이런 돈 없이두 사는 사람이라구 해 줬지. 그랬더니 오백 원을 더 내놓두만. 서울깍쟁이라더니 정말……."

사뭇 분개해하는 말투요 표정이었다.

현세는 또 이 두갑이의 분개해하는 말투와 표정과는 달리 가슴속 한가운데서 누구에게라 없이 악이 머리를 들고 일어남을 느꼈다. 그것은 뱀같이 독이 오른 대가리였다.

"하기야 요즘 아무리 돈 가치가 없대두 천 원이믄 적잖은 돈이지. 그리구 말야, 자네 방 문젠 내 또 알아봄세. 발 벗구 나서믄 그까짓 방 한 칸쯤 문젠가. 내 꼭 책임지지. 아예 이번 집에 못 가게 된 거 서운하게 생각 말라구. 되레 잘되는 일인지두 몰라. 교통두 불편하구 더구나 요새 그 집쥔은 돈냥이나 버니까 뭣 부족할 것 없이 들여다 먹는데 말야, 한집에서 그걸 보구 어떻게 견디나. 내 자네 있기 존 방 하나 구해 주지."

현세의 악은 이제야 분명히 누구에게보다도 먼저 이 두갑이에게 향해짐을 느꼈다. 그저 이놈의 우뚝한 코를 평안도식으로 한 대 지끈! 그러나 그것은 벌써 이미 다 죽어 가는 ⓐ실뱀의 악에 지나지 못하는 것이었다.

두갑이가 윗몸을 현세 앞으로 내밀더니 돈 묶음을 들어 엄지손가락으로 한편 끝을 몰아 쥐었다가 펄럭펄럭 놓아 주면서,

"요새 십 원짜리 2호에 가짜 돈이 많다네. 그래서 여긴 2호짜린 한 장두 받아 오지 않았지."

그러는 두갑이의 두꺼비 입에서는 또 불고기와 소주와 마늘을 먹은 뒤에 나는 냄새가 풍기어 왔다.

현세는 종내 이 두갑이의 입김에 못 견디어 도망이나 하듯 그곳을 나오고 말았다. 저도 모르는 새 돈 묶음만은 집어 쥔 채. 두 갑이의, 자기는 이 다방에만 오면 만날 수 있으니 꼭 만나자는 말을 먼 메아리처럼 등 뒤로 들으면서.

두꺼비 같은 것, 두꺼비 같은 것, 장마철에 떡돌 밑에서 기어 나온 ⓑ옴두꺼비 같은 것…… 옴에는 사람이 죽지 않는다지? 옻에는 죽어도…… 요행 아내가 옻이 아니었든지, 달걀 흰자위가 효험 있었든지 나아서 다행이다. 그런데 이번 집 일을 아내에게 무어라고 말하노? ……두꺼비 같은 것, 옴두꺼비 같은 것, 그놈의 아가리로는 파리 대신 불고기와 소주와 마늘…… 참 그놈의 두꺼비 아가리에서 나오는 냄새란 속이 빈 사람에겐 영 견딜 수 없더군.

– 황순원, 「두꺼비」

*전재민: 전쟁으로 재난을 입은 사람.

*집주름: 집을 사고팔거나 빌리는 흥정을 전문으로 하는 사람.

*구문: 흥정을 붙여 주고 그 보수로 받는 돈.

*죽술: 몇 숟가락의 죽. 얼마 안 되는 죽을 이름.

03 위 작품에서 ⓐ와 ⓑ가 상징하는 등장인물을 차례대로 쓰시오.

ⓐ: _______________________   ⓑ: _______________________

04 다음은 위 작품의 제목인 '두꺼비'가 형상화한 인물 유형을 설명한 것이다. 그 내용의 타당성을 '참'과 '거짓'으로 구분하시오.

〈설명〉	참/거짓
생존의 기로에 놓인 약자를 이용해 자신의 이익을 챙기는 인물을 상징한다.	(①)
현실 저항 의식을 지녔으나 시련에 좌절한 인물을 상징한다.	(②)
인물이 문제 해결 과정에서 이상적인 본보기로 삼아 형상화한 존재이다.	(③)
타인을 이용하여 자신의 이득을 취하는 이해타산적인 인물을 형상화한 존재이다.	(④)
부정적인 현실에 영합하지 않고 자신의 소신을 지키는 의지적 인물을 형상화한 존재이다.	(⑤)

[05~06] 다음 글을 읽고 물음에 답하시오.

> 와룡산(臥龍山) 내린 아래 반무당(半畝塘)* 새로 여니
> 티 없는 거울에 산영(山影)이 잠겼구나
> 이 내의 경영(經營)하는 뜻은 그를 보려 하노라   〈제1수〉
>
> 솔 아래 길을 내고 못 위에 대를 쌓으니
> 풍월(風月) 연하(煙霞)는 좌우로 오는고야
> 이 사이 한가히 앉아 늙는 줄을 모르리라   〈제3수〉
>
> 봄에는 꽃이 피고 여름에는 녹음(綠陰)이 난다
> 금수(錦繡) 추산(秋山)*에 밝은 달이 더욱 좋다
> 하물며 백설(白雪) 창송(蒼松)*이야 일러 무엇하리오   〈제8수〉

도원(桃源)이 있다 하여도 예 듣고 못 봤더니
홍하(紅霞)*가 만동(滿洞)하니 이 진짓 거기로다
이 몸이 또 어떠하뇨 무릉인(武陵人)인가 하노라 〈제14수〉

육십 년(六十年)을 다 지낸 후에 또 두 해를 지냈더니
오늘날 봄을 보니 또 한 해 또 오도다
매일에 또 한 해 또 한 해 하면 천백 년(千百年)에 이르리로다 〈제26수〉

젊은 벗님네야 늙은이 웃지 마라
젊기는 잠깐 사이요 늙기사 더 쉬우니
너희도 나 같으면 또 웃을 이 있으리라 〈제38수〉

칠십 년(七十年)을 다 지낸 후에 또 팔 년(八年)에 다다르니
한가한 이 몸이 수역 중(壽域中)에* 늙어 간다
오늘날 또 봄을 만나 격양가(擊壤歌)*를 하노라 〈제39수〉

늙기는 다 서럽거니와 오래 살기 어려우니
진실로 오래 살면 늙을수록 더 놀리라
우리는 낙이망우(樂而忘憂)하야* 늙는 줄을 모르리라 〈제44수〉

– 김득연, 「산중잡곡」

*반무당: 조그만 연못.

*금수 추산: 비단같이 아름다운 가을 산.

*백설 창송: 눈 속의 푸른 소나무.

*홍하: 붉은 노을.

*수역 중에: 오래 살았다고 할 만한 나이로.

*격양가: 삶에 만족하여 부르는 노래.

*낙이망우하야: 삶을 즐기며 근심을 잊어.

05 이 작품에서 다음 설명에 해당하는 행의 첫 어절을 찾아 쓰시오.

① 유사한 속성을 지닌 사물에 빗대어 공간의 아름다움을 드러내고 있다.

⇒ ________________________

② 청자를 특정하여 자신이 원하는 바를 전달하고 있다.

⇒ ________________________

06 다음의 〈예시〉처럼 제시된 작품의 감상 내용에 맞는 수를 찾아 쓰시오.

─── 〈 예시 〉 ───

〈제26수〉와 〈제39수〉에서 「산중잡곡」에 실린 개별적인 수들이 긴 시간에 걸쳐 만들어졌음을 알 수 있다.

〈 ① 〉와 〈 ② 〉에서 화자가 고향의 산중에 연못과 길을 인위적으로 만들고 한가롭게 생활하고 있음을 알 수 있다.

〈 ③ 〉에서 화자가 생활 공간에서 사계절의 변화를 체험하며 즐거움을 느끼고 있음을 알 수 있다.

〈 ④ 〉에서 화자가 자신이 은거하는 장소를 이상향과 같다고 인식하고 있음을 알 수 있다.

[07~08] 다음 글을 읽고 물음에 답하시오.

[앞부분 줄거리] 서북간도로 이주하기 위해 거쳐야 할 길목에 위치한 목넘이 마을에 떠돌이 개 신둥이가 나타난다. 동장 형제는 신둥이를 미친개로 몰아 동네 개 누렁이, 검둥이, 바둑이가 신둥이와 어울렸다는 이유로 잡아먹고, 신둥이도 잡으려 든다.

동네 사람들이 방앗간의 터진 두 면을 둘러쌌다. 그리고 방앗간 속을 들여다보았다. 과연 어둠 속에 움직이는 게 있었다. 그리고 그게 어둠 속에서도 흰 짐승이라는 걸 알 수 있었다. 분명히 그놈의 신둥이 개다. 동네 사람들은 한 걸음 한 걸음 죄어들었다. 점점 뒤로 움직여 쫓기는 짐승의 어느 한 부분에 불이 켜졌다. 저게 산개의 눈이다. 동네 사람들은 몽둥이 잡은 손에 힘을 주었다. 이 속에서 간난이 할아버지도 몽둥이 잡은 손에 힘을 주었다. 한 걸음 더 죄어들었다. 눈앞의 새파란 불이 빠져나갈 틈을 엿보듯이 휙 한 바퀴 돌았다. 별나게 새파란 불이었다. 문득 간난이 할아버지는 이런 새파란 불이란 눈앞에 있는 신둥이 개 한 마리의 몸에서 나오는 것이 아니고 여럿의 몸에서 나오는 것이 합쳐진 것이라는 생각이 들었다. 말하자면 지금 이 신둥이 개의 뱃속에 든 새끼의 몫까지 합쳐진 것이라는. 그러자 간난이 할아버지의 가슴속을 흘러 지나가는 게 있었다. 짐승이라도 새끼 밴 것을 차마?

이때에 누구의 입에선가, 때레라! 하는 고함 소리가 나왔다. 다음 순간 간난이 할아버지의 양옆 사람들이 욱 개를 향해 달려들며 몽둥이를 내리쳤다. 그와 동시에 간난이 할아버지는 푸른 불꽃이 자기 다리 곁을 빠져나가는 것을 느꼈다.

뒤이어 누구의 입에선가, 누가 빈틈을 냈어? 하는 흥분에 찬 목소리가 들렸다. 그리고 저마다, 거 누구야? 거 누구야? 하고 못마땅해하는 말소리 속에 간난이 할아버지 턱 밑으로 디미는 얼굴이 있어,

"아즈반이웨다레."

하는 것은 동장네 절가였다.

그러자 저편 어둠 속에서 궁금한 듯 큰동장의,

"어떻게들 됐노?"

하는 소리가 들려왔다.

"파투웨다."

절가의 말에 크고 작은 동장이 한꺼번에 지르는 목소리로,

"파투라니?"

하는 소리에 이어 큰동장이 이리로 걸어오는 목소리로,

"틈새를 낸 놈이 누구야?"

하는 결난 소리가 들려왔다.

간난이 할아버지는 옆의 자기 집으로 들어갔다.

좀 뒤에 역시 큰동장의 결난 목소리로,

"늙은 것은 뒈데야 해, 뒈데야 해."

하는 소리가 집 안까지 들려왔다.

이런 일이 있은 지 한 달쯤 뒤, 가을도 다 끝나고 이제 곧 겨울나무 준비로 바쁜 어느 날, 간난이 할아버지는 서산 너머의 옛날부터 험한 곳이라고 해서 좀처럼 나무꾼들이 드나들지 않는, 따라서 거기만 가면 쉽게 나무 한 짐을 해 올 수 있는 여웃골로 나무를 하러 갔다. 손쉽게 나무 한 짐을 해 가지고 돌아오는 길에, 무심코 길 한옆에 눈을 준 간난이 할아버지는 거기 웬 짐승의 새끼가 뭉쳐 있는 걸 보았다. 이게 범의 새끼나 아닌가 하고 놀라 자세히 보니, 그것은 다른 것 아닌 잠든 강아지들이었다. 그리고 저만큼에 바로 신둥이 개가 이쪽을 지키고 서 있는 것이었다. 앙상하니 뼈만 남아 가지고.

간난이 할아버지가 강아지께로 가까이 갔다. 다섯 마린가 되는 강아지는 벌써 한 스무 날은 넉넉히 됐을 성싶었다. 그러자 간난이 할아버지는 다시 한번 속으로 놀라고 말았다. 잠이 들어 있는 다섯 마리 강아지 속에는 틀림없는 누렁이가, 검둥이가, 바둑이가 섞여 있는 게 아닌가. 그러나 다음 순간, 이건 놀랄 일이 아니라 응당 그럴 일이라고, 그 일견 험상궂어 뵈는 반백의 텁석부리 속에 저절로 미소가 지어지는 것이었다. 좀 만에 그곳을 떠나는 간난이 할아버지는 오늘 예서 본 일은 아무한테나, 집안사람한테도 이야기 말리라 마음먹었다.

이것은 내 중학 이삼 년 시절 여름 방학 때 내 외가가 있는 목넘이 마을에 가서 들은 이야기로, 그때 간난이 할아버지와 김 선달과 차손이 아버지가 서산 앞 우물가 능수버들 아래에 일손을 쉬며 와 앉아 이런 이야기 저런 이야기 끝에 한 이야기다. 간난이 할아버지가 주가 되어 이야기를 해 나가는 도중 벌써 수삼 년 전 일이라 이야기의 앞뒤가 바뀐다든가 착오가 있으면 서로 바로잡고, 빠지는 대목은 서로 보태가며 하는 것이었다.

간난이 할아버지는 여웃골에서 강아지를 본 뒤부터는 한층 조심해서 누가 눈치채지 못하게 나무하러 가서는 이 강아지들을 보는 게 한 재미였다. 사람이 먹기에도 부족한 보리범벅이었으나, 그 부스러기를 집안사람 몰래 가져다주기도 했다. 아주 강아지가 밥을 먹게쯤 됐을 때 간난이 할아버지는 집안사람들보고 아무 곳 아무개한테서 얻어 오는 것이라 하며 강아지 한 마리를 안고 내려왔다. 한동네 곱단이네도 어디서 얻어 준다고 하고 한 마리 안아다 주었다. 그리고 여웃골에서 그냥 갈 수 있는 절골 사는 아무개네도 한 마리, 서젯골 사는 아무개네도 한 마리, 이렇게 한 마리씩 다섯 마리를 다 안아다 주었다.

이런 이야기 끝에, 간난이 할아버지는 지금 자기네 집에 기르는 개가 그 신둥이의 증손녀라는 말과 원체 종자가 좋아서 지금 목넘이 마을에서 기르는 개란 개는 거의 다 이 신둥이의 증손이 아니면 고손이라고 했다. 크고 작은 동장네 두 집에서까지도 요새 자기네 개가 낳은 신둥이 개의 고손자를 얻어 갔다는 말도 했다.

– 황순원, 「목넘이 마을의 개」

＊아즈반: '아저씨'의 방언.

＊파투: 일이 잘못되어 흐지부지됨을 비유적으로 이르는 말.

07 다음은 위 작품의 구조를 도식화한 것이다. 빈칸에 들어갈 구성 방식과 시점을 차례대로 쓰시오.

(ⓐ) 구성

[외부 이야기]

(ⓑ) 시점

[내부이야기]

(ⓒ) 시점

ⓐ ______________________________

ⓑ ______________________________

ⓒ ______________________________

08 다음 〈보기〉의 밑줄 친 ㉠을 반영할 때, 위 작품에서 '신둥이'가 상징하는 것이 무언인지 쓰시오.

〈보기〉

선생님: 소설은 작품의 제목 속에 주제를 가장 함축적으로 담기 마련입니다. 1948년 발표된 「목넘이 마을의 개」에서 '목넘이'는 어떤 곳으로 가기 위해 거쳐야 할 통로를 지나는 것으로, 어떠한 과정을 넘는 것을 의미한다고 할 수 있습니다. 또한 '개'는 주인공인 신둥이를 가리키는데 ㉠신둥이는 흰둥이의 방언으로, 신둥이가 겪는 폭력과 배척 등의 고난과 이를 헤쳐 낸 신둥이의 강인한 생명력은 작품이 발표된 격동의 시기에 우리 민족이 겪은 삶과 밀접한 관련이 있다고 할 수 있겠죠.

〈유의 사항〉

– 4음절어로 쓸 것.

[09~10] 다음 글을 읽고 물음에 답하시오.

해가 저문 어느 날, 오막살이 토굴에 사는 노승 앞에 더벅머리 학생이 하나 찾아왔다. 아버지가 써 준 편지를 꺼내면서 그는 사뭇 불안한 표정이었다.

사연인즉, 이 망나니를 학교에서고 집에서고 더 이상 손댈 수 없으니, 스님이 알아서 사람을 만들어 달라는 것이었다. 물론 노승과 그의 아버지는 친분이 있는 사이였다.

편지를 보고 난 노승은 아무런 말도 없이 몸소 후원에 나가 늦은 저녁을 지어 왔다. 저녁을 먹인 뒤 발을 씻으라고 대야에 가득 더운 물을 떠다 주었다. 이때 더벅머리의 눈에서는 주르륵 눈물이 흘러내렸다.

그는 아까부터 훈계가 있으리라 은근히 기다려지기까지 했지만 스님은 한마디 말도 없이 시중만을 들어 주는 데에 크게 감동한 것이었다. 훈계라면 진저리가 났을 것이다. 그에게는 백천 마디 좋은 말보다는 다사로운 손길이 그리웠던 것이다.

이제는 가고 안 계신 한 노사(老師)로부터 들은 이야기다. 내게는 생생하게 살아 있는 노사의 모습이다.

산에서 살아 보면 누구나 다 아는 일이지만, 겨울철이면 나무들이 많이 꺾인다. 모진 비바람에도 끄떡 않던 아름드리 나무들이, 꿋꿋하게 고집스럽기만 하던 그 소나무들이 눈이 내려 덮이면 꺾이게 된다. 가지 끝에 사뿐사뿐 내려 쌓이는 그 가볍고 하얀 눈에 꺾이고 마는 것이다.

깊은 밤, 이 골짝 저 골짝에서 나무들이 꺾이는 메아리가 울려올 때, 우리들은 잠을 이룰 수 없다. 정정한 나무들이 ⓐ부드러운 것 앞에서 넘어지는 그 의미 때문일까. 산은 한겨울이 지나면 앓고 난 얼굴처럼 수척하다.

사밧티의 온 시민들을 공포에 떨게 하던 살인귀 앙굴리말라를 귀의시킨 것은 부처님의 불가사의한 신통력이 아니었다. 아무리 흉악무도한 살인귀라 할지라도 차별 없는 훈훈한 사랑 앞에서는 돌아오지 않을 수 없었던 것이다.

ⓑ바닷가의 조약돌을 그토록 둥글고 예쁘게 만든 것은 무쇠로 된 정이 아니라, 부드럽게 쓰다듬는 물결이다.

– 법정, 「설해목」

09 ⓐ의 '부드러운 것'이 지칭하는 대상물을 윗글에서 찾아 쓰시오.

10 ⓑ에서 글쓴이가 말하고자 하는 바를 윗글의 주제와 연관 지어 기술하시오.

〈유의사항〉
– 10자(±5)의 한 문장으로 기술할 것(공백 제외)

[11~12] 다음 글을 읽고 물음에 답하시오.

(가)
우리는 썩어 가는 참나무 떼,
벌목의 슬픔으로 서 있는 이 땅
패역*의 골짜기에서
서로에게 기댄 채 겨울을 난다
함께 썩어 갈수록
바람은 더 높은 곳에서 우리를 흔들고
이윽고 잠자던 홀씨들 일어나
우리 몸에 뚫렸던 상처마다 버섯이 피어난다
황홀한 음지의 꽃이여
우리는 서서히 썩어 가지만
너는 소나기처럼 후드득 피어나
그 고통을 순간에 멈추게 하는구나
오, 버섯이여
산비탈에 구르는 낙엽으로도
골짜기를 떠도는 바람으로도
덮을 길 없는 우리의 몸을
뿌리 없는 너의 독기로 채우는구나

– 나희덕, 「음지의 꽃」

*패역: 마땅히 해야 할 도리에 어긋남

(나)
겨울 바다에 가 보았지
미지(未知)의 새
보고 싶던 새들은 죽고 없었네

그대 생각을 했건만도
매운 해풍에
그 진실마저 눈물져 얼어 버리고

허무의
불
물이랑 위에 불붙어 있었네

나를 가르치는 건
언제나

시간……
끄덕이며 끄덕이며 겨울 바다에 섰었네
남은 날은
적지만

기도를 끝낸 다음
더욱 뜨거운 기도의 문이 열리는
그런 영혼을 갖게 하소서

남은 날은
적지만

겨울 바다에 가 보았지
인고(忍苦)의 물이
수심(水深) 속에 기둥을 이루고 있었네

           – 김남조 「겨울 바다」

11 작품 (가)에서 생명력이 소실된 공간에서 피어난 버섯의 강인한 생명력을 표현한 시구(詩句)를 찾아 쓰시오.

12 작품 (나)에서 대립적인 소재를 통해 '허무'를 극복하고자 하는 화자의 내면 심리를 시각적으로 구체화한 연을 찾아 첫 어절과 마지막 어절을 쓰시오.

첫 어절: ______________________ , 마지막 어절: ______________________

[13~14] 다음 글을 읽고 물음에 답하시오.

　채색 구름이 감도는 올림포스산 최고봉에 자리 잡은 제신(諸神)의 대리석 궁전은 휘황찬란하였다. 문지기만 하여도 눈이 부셔서 잘 보지 못할 지경이었다.

　연못에서 최고봉까지 꼬박 일주일 동안 험한 산길을 더듬어 오른 개구리들은 기진맥진하였다. 개중에는 도중에서 쓰러진 자도 적지 않았다.

　궁전이 쳐다보이는 참나무 숲에 도착한 제일진은 아득하게 멀리 산기슭까지 퍼진 개구리 떼를 바라보면서 아픈 다리를 쉬고 있었다. 개구리로 뒤덮인 이 산은, 기어 오느라고 수성대는 그들로 바글바글 끓는 듯하였다. 위해한 광경이었다. 멍텅구리일망정 몸은 건장이어 제일진에 끼인 파랑이는 입을 벌리고 감탄하였다.

　－ 우리두 위대하구나아.

　일찍이 개구리의 씨가 지상에 떨어진 이래 먹고 자는 여가를 타서 촌가를 아껴 번식에 노력한 그들의 역사는 여기 대단원을 연출하고 있었다. 감탄한 것은 파랑이뿐이 아니었다. 이 광경을 보는 뭇 개구리들은 자신들의 위대성을 처음으로 깨달았다.

　입을 놀리면 청산유수같이 당할 자 없는 얼룩이도 몸을 부리는 실제 행동에는 말이 아니었다. 맨 뒤꽁무니를 가까스로 따라갔다. 그가 제일진이 기다리고 있는 참나무 밑에 도착한 것은 다른 자들이 다리를 쉬고 한잠 자고 난 후였다. 말주변이 좋은 그는 물론 대표로 뽑혀서 신전으로 나아가게 되었다.

　이윽고 뭇 개구리가 머리를 조아리는 가운에 얼룩이는 파랑이와 검둥이를 거느리고 제우스 신 앞에 나가 국궁 삼배하고 입을 열었다.

　"연못의 개구리들은 삼가 지성지엄하옵신 제우스 신 어전에 아뢰나이다. 일찍이 신등의 조상이 땅 위에 삶을 시작한 이래 광대무변하옵신 은총을 받자와 이같이 번영을 누리게 되오니 무엇으로써 이 홍은의 만분지일이라도 보답하오리까……."

　찬란한 보좌에 앉아 까딱없이 듣고만 있던 제우스 신은 이마를 찌푸리면서 가로막았다.

　"가만있어, 얘 개굴아. 너희들이 잘 살아가는 것이 내 덕이라 이 말이지?"

　얼룩이는 황송하여 땅에 딱 붙었다가 침을 꿀꺽 삼키고 머리를 들었다.

　"황감하오나 그런 줄 아뢰나이다."

　"그렇게 생각해 주니 고맙긴 하다마는 약간 쑥스럽구나."

　"그 말씀 더구나 황송하나이다. 이제 신등이 어진에 아뢰옵고자 하는 바는, 백수(百獸)에는 사자가 있어 다스리고, 백금(百禽)에는 독수리가 통치하고 있사온 바, 유독 신등 개구리만은 통치자 없이 제각기 제멋대로 날치는 판국이오니 이를 가련히 여겨사 조속한 시일 내에 임금을 내려 주시옵소서."

　제우스는 두 눈으로 멍하니 보고만 있다가 한 손으로 뺨을 만지면서 물었다.

　"임금이 없어 불편한 점이 있더냐?"

　얼룩이는 한 걸음 바싹 나아가 엎드리면서 목청을 높였다.

　"불편하옴보다도 질서가 없음을 걱정하나이다."

　"질서? 무슨 질서 말이냐?"

　"상하도 예의범절도 없이 제멋대로 날뛰는 이 현상이 어찌 가탄하지 아니하오리까? 억센 힘으로 가련한 이 무질서, 군중을 꽉 틀어쥐고 질서와 단계를 세워 빛나는 통치를 할 군주를 갈망함은 가뭄에 비를 기다리는 심정인가 하나이다."

　"㉠너희들같이 어리석은 자의 눈에는 무질서로 보이리라. 그러나 그 뒤에는 더 높은 질서가 있다. 사자는 사자, 독수리는 독수리, 개구리는 개구리다. 애써 멍에를 쓰자고 덤비는 그 심사를 모르겠구나. 이 땅 위에 가장 행복한 것은 바로 너희들이니 돌아가 이 뜻을 뭇 개구리에게 선포하고 아예 어리석은 생각은 말라고 하여라."

얼룩이는 이마의 진땀을 앞발로 씻으면서 애걸하였다.

"그러하오나 임금을 모시고 섬기려는 개구리족의 결의는 이미 견결한가 하나이다."

제우스는 혼잣말같이 중얼거렸다.

"노예근성!"

얼룩이는 떨었다. 떨면서도 현명한 자기와 자기 동료의 진의를 오해한 것만 같아서 기어드는 목소리로 한마디 더 하였다.

"신등이 행복하옴은 오로지 홍은의 소치로 감읍불이하옵는 바 어 행복에 금상첨화로 질서를 더할까 하옵는 것이 소원인가 하나이다."

제우스는 우울한 표정이었다.

"아아, 의식(意識)의 비극이여, 너는 조작을 쉬지 못하고, 조작하면 반드시 이루어지나니 낸들 어찌하랴! 의식에는 이미 불행의 씨가 깃들었거든……. 들어 보아라, 너희들이 생각하고 소원하고 행동하였거든 그것이 이루어지는 것은 나도 막을 도리가 없다. 이제 연못으로 돌아가 기다려라. 곧 너의 소원을 풀어 주리라."

얼룩이는 감격의 눈물을 흘리면서 또다시 국궁 삼배하고 물러나와 뭇 개구리에게 성공을 알리니 땅에 엎드려 절하던 그들의 눈에는 눈물이 감도는 자도 있었다.

개구리들은 돌아섰다. 산을 넘고 강을 건너 더듬어 가는 길은 피곤하였으나, 머리에 그리는 개구리 제국의 꿈은 그들에게 용기를 북돋아 주었다.

돌아온 다음 날 아침이었다. 조반을 마치고 바윗등에 뒹굴고 있노라니까 멀리 보이는 올림포스산의 흰 봉우리에 무지개가 서더니 검은 것이 하늘 높이 솟자 이어서 이리로 향하여 쏜살같이 떨어져 왔다. 연못이 왈각 뒤집힐 듯이 물을 뿌리면서 검은 것이 풍덩 빠졌다가 잠시 후에 물에 떴다.

그것은 큼직한 통나무였다.

제우스가 보내 준 자기들의 임금이라는 것을 의심하는 자는 아무도 없었다. 개구리들은 예전에 날짐승들이 독수리 앞에서 하던 모습을 생각하고 얼룩이의 지휘로 통나무 앞 물 위에 정렬하였다. 정렬이 끝나자 얼룩이는 재빨리 앞으로 나아가 어전에 대령하였다.

– 김성한, 「개구리」

13 윗글에서 제우스가 ㉠처럼 말한 것은 개구리들에게 무엇을 일깨워주기 위한 것인지 2어절로 쓰시오.

14 의인화와 관련된 〈보기 1〉의 내용을 바탕으로 위의 작품을 감상한 〈보기 2〉의 빈칸에 들어갈 말을 차례대로 쓰시오.

〈보기 1〉

　　의인화란 인간이 아닌 존재에 인간의 속성을 부여하는 표현 방식을 가리킨다. 이때 부각되는 인간적인 성격은 지향하는 가치가 실현되어야 할 세계와 실현되지 못한 세계, 그 가치가 보존된 사회와 훼손된 현실의 대비를 통해 강조된다. 의인화를 통해 가치가 실현되는 세계를 구현하기 위해서는 이상적인 인간상을 제시하는 경우가 많고, 과도한 욕망으로 훼손된 현실을 바로잡기 위해서는 문제의 원인에 대한 비판적인 시선을 나타내기도 한다.

〈보기 2〉

　　제우스가 임금을 원하는 개구리들의 요구를 행복을 모르는 어리석음에 비롯된 것이라고 간주하는 것은 현실 문제가 (　　ⓐ　　)에서 비롯된 것임을 비판적으로 나타내고 있다. 또한 제우스가 개구리들의 결의를 의식의 비극이라고 비난하는 것은, 보존되고 있는 가치가 (　　ⓑ　　)에 의해 훼손되는 현실에 대한 비판적인 시선을 드러낸 것이다.

[15～16] 다음 글을 읽고 물음에 답하시오.

　　칠월 초여드레 갑신일(甲申日). 맑음.

　　정사(正使)와 가마를 함께 타고 삼류하(三流河)를 건넜다. 냉정(冷井)이란 곳에서 아침 식사를 했다. 그리고 십 리 남짓 가서 산기슭 일대를 돌아 나오는데, 태복(泰卜)이가 갑자기 공손히 허리를 굽히고 재빠른 걸음으로 말 머리를 지나서는, 땅에 넙죽 엎드리며 소리 높여 외쳤다.

　　"백탑(白塔)이 현신(現身)*합신다 아뢰오!"

　　태복이란 자는 정 진사(鄭進士)의 마부다. 산기슭이 여전히 시야를 가로막고 있어 백탑은 보이지 않았다. 말을 더욱 빨리 몰아서 수십 걸음을 채 못 가 산기슭을 막 벗어나자, 눈이 어찔어찔하면서 갑자가 눈 앞에 한 무더기의 흑점들이 어지럽게 오르내린다. 나는 오늘에사 깨달았노라, 인간의 삶이란 본래 의지할 데가 없으며, 오직 하늘을 머리에 이고 땅을 발로 디디면서 살아갈 수밖에 없음을!

　　말을 멈춰 세우고 사방을 둘러보다가, 저도 모르게 두 손을 들어서 이마에 대어 경례를 올리며 말하였다.

　　"통곡하기에 좋은 장소로다! 통곡할 만하구나!"

　　그러자 정 진사가 묻기를,

　　"이처럼 하늘과 땅 사이에 시야가 탁 트인 드넓은 곳을 만났는데, 갑자기 또 통곡을 생각하다니 왜 그러시오?"

　　하기에, 내가 말하였다.

　　"그렇기도 하오만, 꼭 그렇지만은 않소. 자고로 영웅은 울기를 잘하고 미인은 눈물이 많은 법이오. 하지만 그들의 울음은 두어 줄기의 소리 없는 눈물이 옷깃 앞에 굴러떨어지는 것에 지나지 않았으니, 그들의 울음소리가 천지에 가득 차서 종이나 경쇠에서 울려 나오는 듯했다는 말은 듣지 못했소.

　　사람들은 인간의 일곱 가지 감정[七情] 중에 오직 슬픔[哀]만이 통곡을 유발하는 줄 알고, 일곱 가지 감정이 모두 통곡할 만한 줄은 모르오. 기쁨[喜]이 극에 달하면 통곡할 만하고, 노여움[怒]이 극에 달하면 통곡할 만하고, 즐거움[樂]이 극에 달하면 통곡할 만하고, 사랑[愛]이 극에 달하면 통곡할 만하고, 미움[惡]이 극에 달하면 통곡할 만하고, 욕심[慾]이 극에 달하면 통곡할 만하다오.

그리고 억눌린 감정을 시원스레 풀어 버리는 것은 울음소리보다 더 빠른 게 없으니, 통곡이란 천지에 있어서 격렬한 천둥에 비길 만하오. 극에 달한 감정에서 우러나오고, 우러나온 것이 사리에 들어맞기만 한다면, 통곡이라 해서 웃음과 무엇이 다르리오?

사람들이 살아가면서 감정을 느낄 적에 이처럼 극에 달하는 경우는 겪어 본 적이 없는지라. 일곱 가지 감정을 교묘하게 배치하면서 그중 슬픔을 통곡과 짝지어 놓았소. 이로 말미암아 사람들은 누가 죽어 초상을 치를 적에야 비로소 억지로 '아이고 등의 소리'를 내어 울부짖지요.

하지만 진실로 일곱 가지 감정에서 우러난 지극하고 참된 목소리라면, 억누르고 꾹 참아서 천지 사이에 가득 쌓이고 맺혔어도, 감히 이를 공공연하게 드러내지 못하는 법이오. 저 가의(賈誼)란 사람은 통곡 장소를 얻지 못하여 참다가 못 견디자, 갑자기 선실(宣室)을 향해 한 번 큰 소리로 울부짖었으니, 어찌 사람들이 놀라 괴이쩍게 여기지 않을 수 없었겠소!"

그러자 정 진사가 묻기를,

"이제 이 통곡 장소가 저토록 드넓으니 나도 그대를 따라서 한번 통곡해야 하겠으나, 통곡하는 까닭을 모르겠구려. 일곱 가지 감정 중에서 찾자면, 무슨 감정 때문에 그러는 거요?"

하기에, 내가 말하였다.

"갓난아이한테 물어보시오! 갓난아이가 처음 태어날 적에 어떤 감정을 느꼈겠소? 처음으로 해와 달을 보고, 다음으로 부모를 보게 되며, 친척들은 눈앞에 가득 모여 기뻐하고 즐거워하지 않는 이가 없지요.

이와 같은 기쁨과 즐거움은 태어나서 늙을 때까지 둘도 없으니, 슬픔이나 노여움이 있을 리 없고 인정상 즐겁고 웃음이 나와야 할 텐데. 도리어 한없이 울부짖으며 분노와 원망이 속에 가득하오. 이는 아마도 인간이란 신성한 제왕이든 어리석은 백성이든 예외 없이 죽기 마련이고, 살아 있는 동안에는 실수나 죄를 저지르고 온갖 근심 걱정을 겪게 되니, 아이가 제가 태어난 것을 후회하며 미리 스스로 통곡하며 애통해하는 것이라고 생각할 수도 있소.

하지만 이것은 결코 갓난아이의 본심이 아니오. 아이가 막에 싸여 태중에 있을 적에는 어둠 속에 갇혀서 얽매이고 짓눌리다가, 하루아침에 텅 비고 드넓은 데로 솟구쳐 나와, 손을 펴고 다리를 뻗게 되며 정신이 시원스레 트이니, 어찌 참된 목소리를 내질러서 감정을 남김없이 한바탕 쏟아 내지 않으리오!

그러므로 의당 가식 없는 갓난아이의 울음소리를 본받아, 비로봉(毘盧峰) 꼭대기에 올라 동해를 바라보며 그곳을 통곡 장소로 삼을 만하고, 장연(長淵)의 금사산(金沙山)에 가서 그 곳을 통곡 장소로 삼을 만하오. 그런데 이제 요동 벌판에 임하여 보니, 여기서부터 산해관(山海關)까지는 일천이백 리나 되는데 사방 어느 곳이든 산 한 점 없으며, 하늘가와 땅끝이 풀로 붙인 듯 실로 꿰맨 듯 맞닿아 있고, 예나 지금이나 비 뿌리고 구름 피어나는 가운데 오직 끝없이 아득할 뿐이라, 이 곳을 통곡 장소로 삼을 만하구려."

– 박지원, 「통곡하기에 좋은 장소」

*현신: 아랫사람이 윗사람에게 예를 갖추어 자신을 보이는 일

---

15 윗글에서 무생물을 의인화하여 표현한 문장을 찾아 쓰시오. (한자 제외)

— 김광규, 「뺄셈」

16 박지원이 말하는 통곡하기에 좋은 장소에서 행 할 〈보기〉의 밑줄 친 '지극하고 참된 소리'는 어떤 소리인지 윗글에서 찾아 기술하시오.

〈보기〉

박지원은 통곡에 대한 관습적 인식을 부정하며 울음과 관련된 자신의 생각을 정 진사와의 대화를 통해 드러낸다. 특정 감정과의 연결이 아닌, 극에 달한 감정이 사리에 맞게 터진다면 웃음과 울음이 다르지 않다고 설명하면서 지극하고 참된 소리만 가슴에 맺힌 감정을 남김없이 한바탕 쏟아내는 것임을 밝힌다. 또한 통곡하기에 좋은 장소에 대한 견해를 제시하며 지극하고 참된 소리는 적절한 상황에서 펼쳐야 한다고 이야기한다.

〈유의사항〉

– 4어절로 기술할 것(공백 제외)

[17~18] 다음 글을 읽고 물음에 답하시오.

(가)
덧셈은 끝났다
밥과 잠을 줄이고
뺄셈을 시작해야 한다
남은 것이라곤
때 묻은 문패와 해어진 옷가지
이것이 나의 모든 재산일까
돋보기안경을 코에 걸치고
아직도 옛날 서류를 뒤적거리고
낡은 사전을 들추어 보는 것은
품위 없는 짓
찾았다가 잃어버리고
만났다가 헤어지는 것 또한
부질없는 일
이제는 정물처럼 창가에 앉아
바깥의 저녁을 바라보면서
뺄셈을 한다
혹시 모자라지 않을까
그래도 무엇인가 남을까

— 김광규, 「뺄셈」

(나)

'언제나 나무 있는 뜰 안을 거닐며 살아 보나' 하던 소원이 이루어지매, 그때는 나무마다 벌레 먹은 잎사귀 하나 가지에 남지 않은 쓸쓸한 겨울이었다. 그래서 어서 봄이 되었으면 하고 조석(朝夕)으로 아쉽던 그 봄, 요즘은 그 봄이어서 아침마다 훤하면 일어나 뜰을 거닌다.

진달래나무 앞에 가서 한참, 개나리 나무 옆에 가서 한참, 살구나무 밑에 가서 한참, 그러다가 거리에 나올 시간이 닥쳐 밥상을 대하면 눈엔 아직 붉고 누른 꽃만 보이었다. 눈만 아니라 코에도 아직 꽃향기였다.

그러던 꽃이 다 졌다. 며칠 동안 그림 구경하듯 아침저녁으로 한참씩 돌아가며 바라보던 꽃이 간밤 비에 다 떨어져 흩어졌다. 살구꽃은 잎잎이 흩어졌고 진달래와 개나리는 송이째 떨어져 엎어도 지고 자빠도 졌다. 그중에도 엎어진 꽃이 더욱 마음을 찔렀다.

가만히 보면 엎어진 꽃만 아니라 모두가 쓸쓸한 모양이었다. 가지에 달려서는 소곤거리지 않는 송이가 없는 것 같더니, 떨어진 걸 보니 모두 침묵이요, 적막이요, 슬픔이다.

그러나 거기에는 조그만큼도 죽음은 느껴지지 않았다. 오직 삶도 아니요, 죽음도 아닌 마음에 사무칠 따름이었다.

낙화(落花)의 적막! 다른 봄에도 낙화를 보았겠지만 이번처럼 마음을 찔려 본 적은 없었다.

나는 낙화는 생각도 하지 못했었다. 그래서 꽃이 열릴 나뭇가지는 자주 손질을 하였으나 꽃이 떨어질 자리는 한 번도 보살펴 주지 못했다. 이제 그들의 놓일 자리가 거칠음을 볼 때 적지 않은 죄송함과 '나도 꽃을 사랑하는 사람인가?' 하고 스스로 부끄러움을 누를 수 없다.

낙화는 꽃이 아니냐 하는 옛 말씀도 있거니와 낙화야말로 더욱 볼 만한 꽃인가 싶다. 그는 의지할 데 없는 몸이라 가지에 달려서 보다 더욱 박명(薄命)은 하리라. 그러나 떨어진 꽃의 그 적막함, 우리 동양인의 심기로 그 적멸의 경지에서처럼 위대한 예술감이 어디서 일어날 것인가. 낙화는 한번 보되 그 자리에서 천고(千古)를 보는 양, 우리 심경에 영원한 감촉을 남기는 것인가 한다.

그런 낙화를 위해 나무 아래의 거칠음을 나는 한 번도 생각하지 못하였다. 다시금 부끄럽다.

— 이태준, 「낙화의 적막」

*적멸: 세계를 영원히 벗어남. 또는 그런 경지.

---

17 다음의 〈보기〉를 참고하여 (가)를 감상할 때, '덧셈'과 '뺄셈'이 의미하는 바를 〈보기〉에서 각각 찾아 쓰시오.

〈보기〉

　　김광규는 일상적 언어를 사용하여 구체적인 삶의 모습을 형상화하고, 이를 바탕으로 일상의 현실을 뒤덮고 있는 거짓된 가치를 버리고 진솔한 삶의 가치를 드러내고자 하였다. (가)에는 평이한 시어를 통해 일상에서 발견한 삶의 가치와 의미를 그려 내는 시인의 작품 세계가 잘 드러나 있다. 덧셈과 뺄셈이라는 단순한 셈법에 삶의 자세를 빗대어, 채우며 살아가는 욕심의 삶보다는 비우며 살아가는 진솔한 삶의 의미를 되새겨 보고 있다.

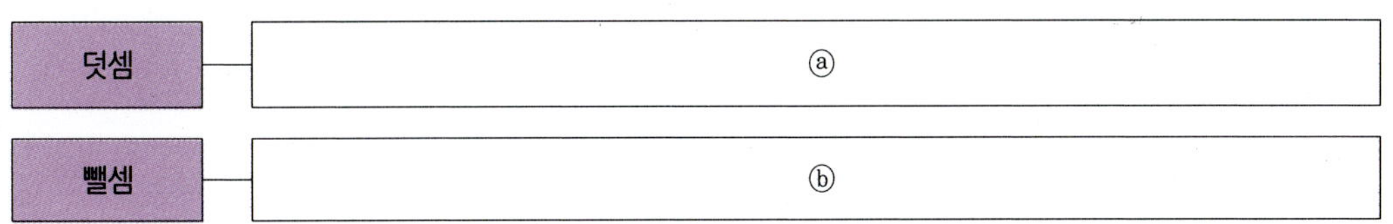

〈유의 사항〉 ⓐ, ⓑ 모두 4어절로 기술할 것(공백 제외)

18 (나)에서 글쓴이가 이전에 생각하지 못했던 '낙화'의 아름다움을 부각하고 이를 새롭게 인식하는 문장을 찾아 첫 어절과 마지막 어절을 차례대로 쓰시오.

첫 어절: _______________________ , 마지막 어절: _______________________

[19~20] 다음 글을 읽고 물음에 답하시오.

(가)
무거운 쇠사슬 끄으는 소리 내 맘의 뒤를 따르고
여기 쓸쓸한 자유는 곁에 있으나
풋풋이 흰 눈은 흩날려 이정표 썩은 막대 고이 묻히고
드런 발자욱 함부로 찍혀
오즉 치미는 미움
낯선 집 울타리에 돌을 던지니 개가 짖는다.

어메야, 아즉도 차디찬 묘 속에 살고 있느냐.
정월 기울어 낙엽송에 쌓인 눈바람에 흐트러지고
산짐승의 우는 소리 더욱 처량히
개울물도 파랗게 얼어
진눈깨비는 금시에 나려 비애를 적시울 듯
도형수(徒形囚)*의 발은 무겁다.

– 오장환, 「소야(小夜)의 노래」

*도형수: 도형을 받은 죄인. 도형은 조선 시대에, 오형(五刑) 가운데 죄인을 중노동에 종사시키던 형벌

(나)
전신이 검은 까마귀,
까마귀는 까치와 다르다.
마른 가지 끝에 높이 앉아
먼 설원을 굽어보는 저
형형한 눈.
고독한 이마 그리고 날카로운 부리.
얼어붙은 지상에는
그 어디에도 낱알 한 톨 보이지 않지만
그대 차라리 눈발을 뒤지다 굶어 죽을지언정
결코 까치처럼
인가의 안마당을 넘보진 않는다.

검을 테면
철저하게 검어라. 단 한 개의 깃털도
남기지 말고……
겨울 되자 온 세상 수북이 눈은 내려
저마다 하얗게 하얗게 분장하지만
나는
빈 가지 끝에 홀로 앉아
말없이
먼 지평선을 응시하는 한 마리
검은 까마귀가 되리라.

– 오세영, 「자화상 2」

19 (가) 시에서 역설적 표현이 사용된 시구(詩句)를 모두 찾아 쓰시오.

20 (나) 시에서는 '까치'와 '까마귀'의 대비를 통해 작가가 추구하는 삶의 모습을 드러내고 있다. 각 대상이 상징하는 존재는 어떤 존재인지 다음의 빈칸에 기술하시오.

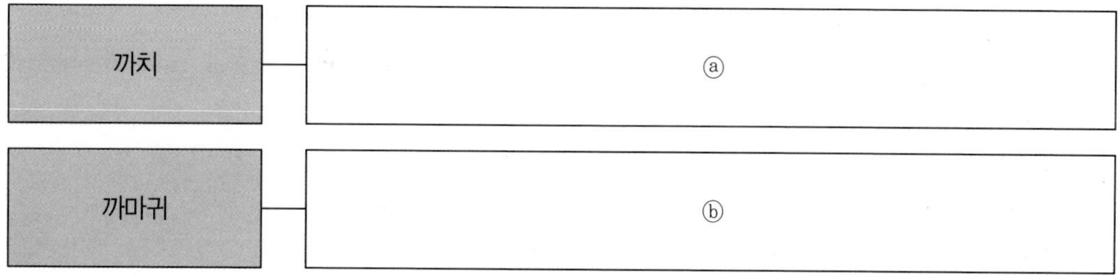

까치	ⓐ
까마귀	ⓑ

〈유의사항〉

– ⓐ, ⓑ 모두 2어절로 기술할 것(공백 제외)

[21~22] 다음 글을 읽고 물음에 답하시오.

명절날 나는 엄매 아배 따라 우리 집 개는 나를 따라 진할머니 진할아버지가 있는 큰집으로 가면

얼굴에 별 자국이 솜솜 난 말수와 같이 눈도 껌벅거리는 하루에 베 한 필을 짠다는 벌 하나 건넛집엔 복숭아나무가 많은 신리(新里) 고무 고무의 딸 이녀(李女) 작은 이녀(李女)

열여섯에 사십(四十)이 넘은 홀아비의 후처가 된 포족족하니 성이 잘 나는 살빛이 매감탕 같은 입술과 젖꼭지는 더 까만 예수쟁이 마을 가까이 사는 토산(土山) 고무 고무의 딸 승녀(承女) 아들 승(承)동이

육십 리(六十里)라고 해서 파랗게 뵈이는 산을 넘어 있다는 해변에서 과부가 된 코끝이 빨간 언제나 흰옷이 정하던 말끝에 설게 눈물을 짤 때가 많은 큰골 고무 고무의 딸 홍녀(洪女) 아들 홍(洪)동이 작은 홍(洪)동이

배나무 접을 잘하는 주정을 하면 토방돌을 뽑는 오리치를 잘 놓는 먼 섬에 반디젓 담그려 가기를 좋아하는 삼춘 삼춘 엄매 사춘 누이 사춘 동생들이 그득히들 할머니 할아버지가 있는 안간에들 모여서 방 안에서는 새 옷의 내음새가 나고

또 인절미 송구떡 콩가루차떡의 내음새도 나고 끼때의 두부와 콩나물과 뽁운 잔디와 고사리와 도야지비계는 모두 선득선득하니 찬 것들이다

저녁술을 놓은 아이들은 외양간 섶 밭마당에 달린 배나무 동산에서 쥐잡이를 하고 숨굴막질을 하고 꼬리잡이를 하고 가마 타고 시집가는 놀음 말 타고 장가가는 놀음을 하고 이렇게 밤이 어둡도록 북적하니 논다

밤이 깊어 가는 집 안엔 엄매는 엄매들끼리 아르간에서들 웃고 이야기하고 아이들은 아이들끼리 웃간 한 방을 잡고 조아질 하고 쌈방이 굴리고 바리깨돌림하고 호박떼기하고 제비손이구 손이하고 이렇게 화디의 사기방등에 심지를 몇 번이나 돋구고 홍게닭이 몇 번이나 울어서 졸음이 오면 아릇목싸움 자리싸움을 하며 히드득거리다 잠이 든다 그래서는 문창에 텅납새의 그림자가 치는 아침 시누이 동세들이 욱적하니 흥성거리는 부엌으론 샛문 틈으로 장지문 틈으로 무이징게 국을 끓이는 맛있는 내음새가 올라오도록 잔다.

— 백석, 「여우난골족」

21 위 작품은 시간의 흐름과 장소의 이동에 따라 시상이 전개되고 있다. 시간의 흐름상 '밤'에 해당되는 문장을 찾아 첫 어절과 마지막 어절을 쓰시오.

첫 어절: ______________________________ , 마지막 어절: ______________________________

22 다음의 〈보기〉는 위 작품을 지은 시인과의 가상 인터뷰 내용이다. 밑줄 친 곳에 들어갈 내용을 쓰시오.

〈보기〉

기자: 이 작품의 창작 동기를 말씀해 주시겠습니까?

시인: 1930년대는 일제의 수탈로 전통적인 가족 공동체가 파괴되던 시기였습니다. 이 시기에 우리 민족은 힘든 삶을 살았고, 정든 고향을 떠날 수밖에 없었지요. 저는 일제의 횡포에 대한 반작용으로 고향이라는 원초적 공간을 그리워했고, 어린 날의 평화로운 장면을 회상의 형식으로 그려 냈지요. 저는 이 시를 통해 ______________________을/를 회복하고 싶은 소망을 표현하고 싶었습니다.

〈유의사항〉

– 2어절로 기술할 것(공백 제외)

[23~24] 다음 글을 읽고 물음에 답하시오.

선희궁께서 13일 내게 편지하시되

"어젯밤 소문은 더욱 무서우니, 일이 이왕 이리된 바에는 내가 죽어 모르거나, 살면 종사를 붙들어야 옳고, 세손을 구하는 일이 옳으니, 내 살아 빈궁을 다시 볼 줄 모르겠노라."

라고만 하시니, 내 그 편지를 붙들고 눈물을 흘리니라. 하지만 그날 큰 변이 날 줄 어이 알았으리오.

그날 아침에 영조께서 무슨 일로 자리에 좌정하려 하시며 경희궁에 있는 경현당 관광청(觀光廳)에 계시니, 선희궁께서 가서 울며 고하시되

"동궁의 병이 점점 깊어 바랄 것이 없으니, 소인이 차마 이 말씀을 드리는 것이 정리에 못 할 일이나, 옥체를 보호하고 세손을 건져 종사를 평안히 하는 일이 옳사오니, 대처분을 하소서."

하시니라. 또

"설사 그리하신다 해도 부자의 정이 있고 병으로 그리된 것이니 병을 어찌 꾸짖으리이까. 처분은 하시나 은혜를 끼치시고 세손 모자를 평안하게 하소서."

하시니, 내 차마 그 아내로 이 일을 옳다고는 못 하나 어쩔 수 없는 일이라. 그저 나도 경모궁을 따라 죽어 모르는 것이 옳되, 세손 때문에 차마 결단치 못하니라. 내 겪은 일이 기구하고 흉독함을 서러워할 뿐이라.

영조께서 선희궁의 말을 들으시고, 조금도 주저하며 지체하심이 없이 창덕궁 거둥령을 급히 내신지라. 선희궁께서는 모자의 인정을 어려이 끊고 대의를 잡아 말씀을 아뢰시고 바로 가슴을 치며 혼절하시니라. 그리고 당신 계신 양덕당에 오셔서 식음을 끊고 눈물 흘리며 누워 계시니, 만고에 이런 일이 어디 있으리오.

〈중략〉

경모궁께서는 나가신 후 즉시 영조의 엄노하신 음성이 들리니라. 휘령전이 덕성합과 멀지 않으니, 담 밑으로 사람을 보내니라. 경모궁께서는 벌써 곤룡포를 벗고 엎드려 계시더라하니라. 대처분이신 줄 알고, 천지 망극하고 가슴이 찢어지니라.

거기 있어 부질없으니 세손 계신 데로 와서, 서로 붙들고 어찌할 줄을 모르더라. 오후 세 시 즈음에 내관이 들어와 밧소주방의 쌀 담는 뒤주를 내라 하신다 하니, 이 어찌 된 말인고. 황황하여 궤를 내지는 못하고, 세손이 망극한 일이 벌어질 줄 알고 휘령전으로 들어가

"아비를 살려 주소서."

하니, 영조께서

"나가라."

명하시니라. 세손께서 나와서 휘령전에 딸린 왕자의 재실(齋室)에 앉아 계시니, 그 정경이야 고금 천지간에 다시 없더라. 세손을 내보낸 후 하늘이 무너지고 해와 달이 빛을 잃으니, 내 어찌 한때나마 세상에 머물 마음이 있으리오.

칼을 들어 목숨을 끊으려 하나, 곁에 있는 사람이 앗음으로써 뜻을 이루지 못하고, 다시 죽고자 하되 한 토막 쇳조각이 없으니 하지 못하니라. 숭문당에서 휘령전으로 나가는 건복문 밑으로 가니, 아무것도 보이지 않고, 다만 영조께서 칼 두드리시는 소리와 경모궁께서

"아버님, 아버님, 잘못하였으니, 이제는 하라 하시는 대로 하고, 글도 읽고 말씀도 들을 것이니, 이리 마소서."

애원하시는 소리가 들리더라. 그 소리를 들으니 간장이 마디마디 끊어지고 눈앞이 막막하니, 가슴을 두드려 아무리 한들 어찌하리오.

당신 용력(勇力)과 장한 기운으로 뒤주에 들라 하신들 아무쪼록 아니 드시지, 어찌 마침내 들어가시던고. 처음은 뛰어나가려 하시다가 이기지 못하여 그 지경이 되시니, 하늘이 어찌 이토록 하신고. 만고에 없는 설움뿐이라. 내 문 밑에서 울부짖되 경모궁께서는 응하심이 없더라.

세자가 벌써 폐위되었으니 그 처자가 편안히 대궐에 있지 못할 것이요, 세손을 그냥 밖에 두었으니 어찌 될까 두렵고 조마조마하여, 그 문에 앉아 영조께서 글을 올리니라.

"처분이 이러하시니 죄인의 처자가 편안히 대궐에 있기도 황송하옵고, 세손을 오래 밖에 두기는 귀중한 몸이 어찌 될지 두렵사오니, 이제 본집으로 나가게 하여 주소서."

그 끝에

"천은(天恩)으로 세손을 보전하여 주시길 바라나이다."

하고 써 가까스로 내관을 찾아 드리라 하였더라. 오래지 아니하여 오빠가 들어오셔서

"동궁을 폐위하여 서인으로 만드셨다 하니, 빈궁도 더 이상 대궐에 있지 못할 것이라. 위에서 본집으로 나가라 하시니 가마가 들어오면 나가시고, 세손은 남여(藍輿)를 들여오라 하였으니 그것을 타고 나가시리이다."

하시니, 서로 붙들고 망극 통곡하니라. 나는 업혀서 청휘문에서 저승전 앞문으로 가 거기서 가마를 타니, 윤 상궁이란 내인이 가마 안에 함께 타니라. 별감들이 가마를 메고, 허다한 상하 내인이 다 뒤를 따르며 통곡하니, 만고 천지간에 이런 경상(景狀)이 어디 있으리오. 나는 가마에 들 제 기운이 막혀 인사를 모르니, 윤 상궁이 주물러 겨우 명(命)은 붙었으나 오죽하리오.

– 혜경궁 홍씨, 「한중록」

23 위의 작품에서는 거처하는 궁의 이름을 빌려 각 인물들을 지칭하는데 사용하고 있다. 세자(사도 세자)를 지칭하는 궁을 모두 찾아 쓰시오.

24 다음의 〈보기〉는 윗글의 내용을 순서 없이 열거한 것이다. 사건이 일어난 순서대로 그 기호를 쓰시오.

〈보기〉

ⓐ 영조가 뒤주를 내라 명한다.

ⓑ 경모궁이 뒤주 안으로 들어간다.

ⓒ 경모궁이 곤룡포를 벗고 엎드려 있다.

ⓓ 세손이 영조에게 아비를 살려달라고 애원한다.

ⓔ '나'가 세손과 함께 대궐을 나와 본집으로 간다.

[25~26] 다음 글을 읽고 물음에 답하시오.

[앞부분의 줄거리] 예쁜 여자와 결혼을 하고 싶은 빈털터리 남자는 부자처럼 보이기 위해 옷과 모자, 구두, 넥타이 심지어 하인과 집까지 빌린다. 그러나 이 물건들에는 '시간'이라는 제약이 붙어 있다. 각 물건별로 일정한 대여 시간이 정해져 있어서 시간이 지나면 주인에게 돌려주어야 하는 것이다. 남자는 여성 잡지의 사교란에 주소를 낸 여자에게 전보를 치고, 얼마 후 맞선을 볼 여자가 도착한다. 남자는 자신이 가진 것들을 과시하며 여자에게 거짓말을 한다. 여자는 남자가 부자라는 사실에 기쁨을 감추지 못한다. 그리고 상대방이 부자이면 꼭 붙들어야 한다는 어머니의 당부를 떠올린다. 두 사람이 대화를 나누는 도중에도 물건들의 대여 시간이 지나면 하인은 남자에게서 물건들을 **빼앗는다.**

여자 : 갑자기 이런 말을 하면 놀라시겠지만요…….

남자 : 말해 봐요. 뭐든지.

여자 : 저는 이 세상에 태어났어요.

남자 : 놀랐습니다, 갑자기.

여자 : 네. 태어난다는 건 언제나 갑자기죠. 그래서요, 저는 태어날 때 제 기분이 어떠했는지 모르겠어요. 아무튼 그냥 그렇게 이 세상에 나온 거죠. 그리구 어렸을 때 제 별명이 뭔지 아시겠어요? 덤이에요, 덤.

남자 : 덤?

여자 : 네. 왜 조금 더 주는 것 있잖아요. 그거래요, 제가. 아버진 어머니에게 사랑을 주고, 그리고 또 덤으로 저를 주었죠. 그러니까 덤 아니겠어요? 덤, 이 말 속엔 뭔가 그리운 게 있어요. 덤, 덤, 덤……. 아버진 덤이 태어나자 달아

나셨대요. 말하자면 뺑소닐 치신 거죠. 나중에 알고 보니 사기꾼이었구 어머니에게 보여 줬던 그 많은 재산은 모두 다 잠시 빌렸던 거래요.

남자 : 덤, 덤, 덤…….

여자 : 하지만요, 저는 아버질 미워 안 해요. 덤, 혹시 그 분도 그렇게 이 세상에 태어나셨던 건 아닐지……. 안 그래요?

남자 : 덤, 덤, 덤…….

여자 : 어머니에겐 안됐지만요, 덤이라는 그 점이 저에겐 좋아요. 이런 말을 하면 어머닌 화를 내시곤 한답니다. 하긴 그렇죠. 고생 많으셨어요. 홀로 덤을 낳아 키운다는 건…… 그만둘까요, 제 이야기?

남자 : 덤, 더 해 주세요.

여자 : 그래서 어머니는요, 단단히 벼르시는 거예요. 이 덤을 키워서는 결코 사기꾼에겐 주지 않겠다고요. 전 어머니 말을 이해해요.

남자 : 나두 알 만합니다.

여자 : 고마워요.

남자 : 뭘요, 고맙기는요.

여자 : 사실 이런 덤 이야기는 처음인걸요. 아무에게도 말하지 않았답니다. 그냥 가슴속에 덮어 두었죠. 그리고 보면 당신은 참 이해심 많고 친절한 분이에요.

남자 : 덤.

여자 : 네?

남자 : 아, 아뇨. 그저 불러 본 겁니다.

여자 : 그 목소린 그저 불러 본 건 아닌데요?

남자 : 저어, 아닙니다.

(남자는 일어나 넥타이를 풀어 그것을 빌렸던 남성 관객에게 가서 되돌려 준다.)

남자 : 빌린 걸 되돌려 드립니다. 시간은 정확하게 지켰습니다. 그런데 왠지 모르게 슬퍼지는 건 무슨 까닭일까요? (관객석을 거닐며 그는 나지막하게 중얼거린다.) ⓐ덤, 덤, 덤, 난 당신을 사랑해. 덤, 덤, 난 당신을 사랑해…….

여자 : 거기서 뭘 하시죠?

남자 : (계속 혼잣말처럼) 덤, 난 당신을 사랑해…….

(여자, 남자에게 다가온다.)

여자 : 뭘 하구 계세요?

남자 : 덤……. 저어, 내 재산이 얼마쯤 될까, 그걸 생각하고 있었습니다.

여자 : 하필 이럴 때 그런 걸 생각하세요?

남자 : 부자의 인색한 버릇입니다. 그런데 난 재산이 너무 많아서 차라리 생각지도 말자, 그렇게 마음먹었습니다. 이젠 됐습니까?

(여자, 남자의 어깨에 기댄다. 사이. 하인, 위압적으로 한 걸음씩 남자에게 다가온다. 두려워지는 남자, 그 꼴을 여자에겐 보이고 싶지 않다.)

남자 : 눈을 감아요.

여자 : 감고 있는걸요, 이미.

남자 : 난 지금 행복합니다.

여자 : 저두 행복해요.

(하인, 남자에게 덤벼든다. 호주머니를 뒤져서 소지품들을 몽땅 털어 간다.)

남자 : ⓑ이번엔 자질구레한 여러 가지 것들이 떠나가고 있습니다. 그런데 난 자꾸만 행복해집니다.

여자 : (눈을 감은 채 미소를 짓고 있다.)

남자 : 그렇습니다, 덤. 여러 가지 것들, 헤아릴 수 없이 많은 것들이 떠나갔습니다. 뭐, 놀랄 건 못 되지요, 그저 시간이 지난 것뿐이니까요. 어떤 나무는요, 가을이 되자 수천 개의 이파리들을 몽땅 되돌려 주고도 아무 소리 없습니다. 덤, 나는 고양이 한 마리를 길러 봤습니다. 고양이는 차츰 늙고 그래서 시간이 다 지나가자 그 생명을 돌려 주고도 태연했습니다. 덤, 덤, 덤……. 난 뭔가 진실한 걸 안 것 같습니다. 덤, 덤. 그래요, 난 이제 자랑거리 하나가 생겼습니다. 그런 진실을 알았다는 것, 나에게는 그게 유일한 자랑이 될 겁니다.

여자 : 너무 겸손하신 자랑이에요.

남자 : 뭘요. 그런데 덤, 당신에겐 뭐 자랑거리가 없으십니까?

여자 : 있구 말구요, 보시겠어요?

남자 : 봅시다, 어디.

– 이강백, 「결혼」

25 '대사'는 '해설', '지문'과 함께 희곡의 3요소 중의 하나이다. 위의 작품에서 ⓐ에 사용된 '대사'의 종류를 쓰시오.

26 극 중 등장인물인 '남자'가 ⓑ와 같이 말한 이유를 다음의 핵심어를 사용하여 기술하시오.

핵심어: 소유, 사랑

〈유의사항〉

– 25자 이내로 기술할 것(공백 제외)

독서

[핵심이론]

1 독서의 본질

1. 독서의 준비

(1) 독서의 목적에 따라 글을 선택하는 방법

목적	글의 선택 방법
학업 독서	나에게 필요한 분야의 지식을 잘 정리한 책을 찾아서 정독함
교양 독서	나에게 필요한 교양이 무엇인지 생각하고 나서 읽을 만한 책을 찾음
문제 해결 독서	당면한 문제에 대해 분석하고 해결책을 제시한 책을 찾음
여가 독서	나의 흥미와 관심을 생각하여 책을 찾음
타인과의 관계 유지를 위한 독서	사람들의 공통적인 관심사를 생각하여 책을 찾음

(2) 독서 수준에 맞는 글을 선택하는 방법

① 표지를 통해 책의 성격에 대한 단서 찾기

② 목차와 서문을 통해 책에서 다룬 내용의 범위 확인하기

③ 본문을 보고 나의 지식이나 어휘력으로 이해할 수 있을지 짐작하기

(3) 가치 있는 글을 선택하는 방법

① 다른 사람이 쓴 서평 등을 참고하여 책 선택하기

② 여러 세대를 거치면서 검증되어 '고전'으로 인정된 책 선택하기

③ 권장 도서나 추천 도서로 선정된 책 선택하기

2. 주제 통합적 읽기

(1) 개념: 같은 화제를 다룬 여러 글을 읽고 비판적·통합적으로 이해하여 의미를 재구성하는 활동

(2) 필요성

① 다양하고 폭넓은 관점으로 주제를 바라볼 수 있음

② 주관적이고 비판적인 시각으로 다른 사람의 글을 읽을 수 있음

③ 인간과 세계를 폭넓게 이해하는 능력을 기를 수 있음

④ 문제 상황을 창의적으로 해결할 수 있는 능력을 기를 수 있음

(3) 과정

읽기의 목적 구체화하기
⇩
읽기 목적에 맞는 글 찾기
⇩
글의 분야, 글쓴이의 관점, 형식이 다른 글을 서로 비교하며 읽기
⇩
글의 주장을 비판적으로 검토하고 유용한 정보 추려 내기
⇩
자신의 관점에 따라 정보를 가려내어 화제에 대한 자신의 견해 정리하기(재구성하기)

2 독서의 방법

1. 사실적 읽기

(1) **개념**: 글에 드러난 정보를 확인하면서 읽는 활동으로, 글을 이해하기 위한 가장 기본적인 읽기 방법

(2) **방법**

① 제목을 주의 깊게 살펴보고 내용을 요약하기

② 글의 종류와 그에 따른 글 전체의 논리를 살펴 글의 구조를 파악하기

③ 글의 화제나 내용, 글의 전개 방식을 알려 주는 담화 표지 등을 살펴 글의 전개 방식을 파악하기

2. 추론적 읽기

(1) **개념**: 글에 드러난 내용 이외의 것들을 추측하며 읽는 활동

(2) **방법**

① 배경지식, 담화 표지, 글의 문맥 등을 종합적으로 활용하여 생략되거나 암시된 정보를 추론하기

  ② 글의 종류, 글 전체의 내용과 글의 맥락을 고려하여 글쓴이의 의도나 목적을 추론하기

  ③ 글쓴이의 입장, 글의 예상 독자, 글의 화제나 대상을 대하는 글쓴이의 태도 등을 종합하여 숨겨진 주제를 추론하기

3. 비판적 읽기

(1) **개념**: 글의 내용과 표현 방법, 글쓴이의 관점, 글의 배경이 되는 사회 · 문화적 이념 들을 판단하며 읽는 활동

(2) **방법**

  ① 글쓴이의 관점이 타당한지, 내용이 논리적으로 타당한지, 정확하고 믿을 만한지, 공정한지, 자료가 적합한지 등을 판단하기

  ② 글에 쓰인 표현 방법이 적절하고 효과적인지 판단하기

  ③ 글에 숨겨진 의도, 글에 전제되거나 글쓴이가 의도적으로 반영한 사회 · 문화적 이념을 판단하기

4. 감상적 읽기

(1) **개념**: 글에 대해 정서적으로 반응하며 읽는 활동

(2) **방법**

  ① 공감하거나 감동을 느낀 부분의 의미를 생각하기

  ② 글에서 깨달음과 즐거움을 얻기

  ③ 글의 내용을 자신에게 맞게 수용하기

5. 창의적 읽기

(1) **개념**: 글의 내용과 글쓴이의 생각에 독자 자신의 지식과 경험을 더해 새로운 의미를 만들어 내는 활동

(2) **방법**

  ① 문제 해결에 도움이 되는 글을 찾아 읽기

  ② 문제와 관련된 글쓴이의 생각을 평가하고 이에 대한 대안을 찾으며 능동적으로 읽기

③ 독서의 분야

1. 인문 · 예술 분야의 글 읽기

(1) 글의 특성

① 인문 분야: 인간 존재에 대해 철학적으로 탐구하고, 인간의 삶을 기록하기 위한 인간의 지적 활동이 축적된 글

　예 문학, 역사, 철학, 언어, 종교, 심리 등에 관한 글

② 예술 분야: 인간의 상상력과 기술을 발휘해 아름다움을 표현하려는 활동 및 그 결과로 만들어진 작품에 대한 설명, 예술이 탄생한 배경과 창작된 과정 등을 다룬 글

　예 예술 철학, 미학 등 예술론 일반에 대한 글, 작품론, 작가론, 음악, 미술, 연극, 영화, 무용, 건축, 사진, 공예 등

(2) 글을 읽는 방법

① 인문 분야와 예술 분야에 대한 배경지식을 활용하며 읽기

② 인문학적 세계관과 인간에 대한 글쓴이의 성찰을 비판적으로 이해하며 읽기

③ 예술과 삶의 문제를 대하는 인간의 태도를 비판적 시각에서 읽기

2. 사회 · 문화 분야의 글 읽기

(1) 글의 특성

① 사회 분야: 정치, 경제, 언론, 법률, 국제 관계, 교육 분야를 다룬 글

② 문화 분야: 의식주, 언어, 풍습, 종교, 학문 분야를 다룬 글

(2) 글을 읽는 방법

① 글에 담긴 사회적 요구와 신념을 비판적으로 파악하며 읽기

② 사회적 현상의 특성을 이해하며 읽기

③ 역사적 인물과 사건의 사회 · 문화적 맥락을 비판적으로 이해하며 읽기

3. 과학 · 기술 분야의 글 읽기

(1) 글의 특성

① 과학 분야

　㉠ 자연 현상이나 물리적 세계를 대상으로 하며, 대상의 구조나 변화의 원리를 보편적 인과 법칙에 의해 서술함

　　　　ⓛ 객관적 자료에 근거한 과학적 사실이나 법칙을 제시함

　　　　ⓒ 자연 과학에 관한 글뿐 아니라 과학에 관한 일반적인 글도 포함함

　　② 기술 분야

　　　　㉠ 과학 이론을 실제로 적용하여 자연과 사물 등을 인간 생활에 유용하도록 가공한 다양한 기술에 관해 서술함

　　　　ⓛ 기술 공학적 원리나 법칙을 탐구하고 설명함

(2) 글을 읽는 방법

　　① 과학 용어나 개념을 명확하게 이해하며 읽기

　　② 지식과 정보의 객관성을 파악하며 읽기

　　③ 논거의 입증 과정을 파악하고 논거의 타당성을 판단하며 읽기

　　④ 과학적 원리의 응용과 한계를 파악하며 읽기

4. 시대의 특성을 고려한 글 읽기

(1) 글쓰기 관습의 변화

　　① 세로쓰기 → 가로쓰기

　　② 한문 또는 한문과 한글의 병기 → 한글 표기

(2) 글 읽기 방법

　　① 글이 생산된 당대의 글쓰기 관습이나 독서 문화를 고려하며 읽기

　　② 글쓴이의 상황이나 당시의 사회 · 문화적 맥락을 고려하며 읽기

　　③ 자신의 필요나 상황에 맞추어 글의 의미를 재구성하며 읽기

5. 지역의 특성을 고려한 글 읽기

(1) 필요성

　　① 인간과 세계의 다양성에 대한 이해의 폭을 넓힐 수 있다.

　　② 다른 지역의 사회 · 문화가 갖는 특수성을 알 수 있다.

　　③ 다른 지역과 비교하여 우리 사회와 문화의 고유한 가치, 한 인간으로서 자신에 대한 이해를 높일 수 있다.

(2) 글 읽기 방법

　　① 글이 쓰인 당시 그 지역을 지배한 가치관과 문화를 고려하며 읽기

② 글이 지역의 가치관이나 문화에 끼친 영향을 생각하며 읽기

③ 지역적으로 편중되지 않도록 세계와 국내 여러 지역의 문화를 다룬 글을 두루 읽기

④ 각 지역의 문화적 특성을 존중하는 문화 상대주의적 관점을 지니고 읽기

6. 매체의 특성을 이용한 글 읽기

(1) 독서 환경의 변화

　　① 정보 통신 기술의 발달로 다양한 읽기 매체(스마트폰, 태블릿 컴퓨터, 전자책 단말기 등)가 생겨남

　　② 인터넷을 통해 사람들이 지식과 정보의 구성에 직접 참여하고, 손쉽게 자료를 복제하고 전송할 수 있게 됨

(2) 글 읽기 방법

　　① 매체의 유형과 특성을 고려하여 매체 자료를 읽기

　　② 매체 자료의 타당성, 신뢰성, 공정성 등을 평가하며 비판적으로 읽기

　　③ 다양한 매체에서 필요한 정보를 수집하여 활용할 수 있도록 능동적이고 주체적으로 읽기

④ 독서의 태도

1. 지속적인 독서 활동

(1) 효과

　　① 지식과 정보를 얻어 시대의 변화에 대응할 수 있음

　　② 자기 분야의 전문가로 성장할 수 있음

　　ⓒ 독서 문화를 향유하고 건전한 독서 문화 형성에 이바지할 수 있음

(2) 실천

　　① 독서에 대한 흥미와 관심을 유지함

　　② 자발적인 독서 태도를 지님

　　③ 자신의 독서 이력을 관리함

2. 독서를 통해 타인과 교류하는 방법

　　① 자신의 관심사에 맞는 다양한 독서 활동 찾기

　　② 독서 활동에 능동적으로 참여하기

　　③ 독서 활동의 경험을 공유하고 확산하기

[실전문제]

▶ **다음 글을 읽고 물음에 답하시오.**

배점(총점)	예상 소요 시간
10점	5분 / 전체 60분

　많은 글을 읽고 훌륭한 저서를 남긴 다산 정약용은 독서 방법으로, 많은 책을 닥치는 대로 읽기보다는 한 권의 책을 깊고 세밀하게 읽는 정독을 권하였다. 특히 독서를 할 때 그 요점을 자기 나름대로 정리하고, 그것을 내용에 따라 분류해 두는 것이 학문을 하는 사람들이 해야 할 기본적인 작업이라고 강조하였다. 다산은 독서의 구체적인 방법을 단계별로 구분하였다. 그는 ㉠'입지(立志)', '해독(解讀)', '판단(判斷)', '초서(抄書)', '의식(意識)'의 다섯 단계를 제시하였다. 이 중 초서하기에 게으름이 없도록 해야 한다며 자신의 생각을 적는 초서의 중요성을 특히 강조하였다. 이에 다산이 제시한 다섯 단계의 독서법을 초서 독서법이라 부른다.

　초서 독서법의 첫째 단계인 '입지'는 자신의 주관과 의견을 확인하는 독서 전 준비 단계이다. 무작정 책을 읽기보다는 미리 보기를 하면서 자신의 주관과 의견을 살펴 자신의 근본을 확립하는 단계이다. 둘째 단계인 '해독'은 실제로 책을 읽고 그 내용을 이해하면서 뜻과 의미를 찾는 단계이다. 일반적으로 사람들이 말하는 독서가 해독에 해당할 수 있다. 그러나 다산은 담벼락을 보듯 허투루 할 것이 아니라 이 과정에 심혈을 기울여야 한다고 강조하였다. 읽고 이해하면서 뜻이나 의미를 찾았다면 그에 대한 판단이 이루어진다. 셋째 단계인 '판단'은 읽은 내용을 수동적으로 수용하는 것이 아니라, 능동적으로 헤아리고 비판하는 단계이다. 자신의 주관이나 의견과 비교해 가며 이를 기준으로 취할 것은 취하고 버릴 것은 버리는 것이다.

　'해독'과 '판단'이 끝난 뒤 비로소 '초서'가 시작된다. 넷째 단계인 '초서'는 책에서 중요한 내용을 뽑아 체계적으로 정리하는 것을 말한다. 책을 읽는 도중 마음에 드는 부분이나 핵심적인 내용 등을 베껴 쓸 수도 있다. 하지만 이는 초서라 할 수 없다. 초서(抄書)는 판단의 단계를 통해 생각하고 비교한 결과에 따라 선택한 문장과 자신의 견해를 기록하는 것이다. 따라서 초서는 깊이 생각하고 궁리하면서 취사선택하는 과정을 거치고 난 결과물이라 할 수 있다. 마지막 단계인 '의식'은 지금까지 읽고 생각하고 쓴 모든 것을 통합해 자신만의 새로운 견해나 지식을 창조하는 단계이다. 다산은 의식 단계를 거치며 읽은 내용에 대해 더욱 심층적으로 이해할 수 있기 때문에 새로운 책을 쓰는 단계까지 쉽게 이를 수 있고 독서가 심층 학습 과정으로까지 확장될 수 있다고 보았다.

[예시문제]

〈보기〉는 윗글의 내용을 바탕으로 초서 독서법의 다섯 단계 중 일부를 정리한 것이다. 〈보기〉의 ①～③에 들어갈 적절한 말을 윗글의 ㉠에서 찾아 쓰시오.

〈 보기 〉

(①)은/는 책을 읽고 내용을 이해하여 새로운 견해나 지식을 창조하는 단계이다.

(②)은/는 깊이 생각하고 궁리하여 취사선택의 과정을 거친 결과물이 도출되는 단계이다.

(③)은/는 실제로 책을 읽고 이해하면서 뜻이나 의미를 찾는 단계이다.

---

① ______________ , ② ______________ , ③ ______________

모범답안 ① 의식 또는 의식(意識)

② 초서 또는 초서(抄書)

③ 해독 또는 해독(解讀)

바른해설 다산 정약용의 초서 독서법은 다섯 단계로, 두 번째와 세 번째 단락에서 각 단계를 상세하게 설명하고 있다. 해독은 실제로 책을 읽고 그 내용을 이해하면서 의미를 찾는 단계로 읽고 이해하는 단계이다. 초서는 책에서 중요한 내용을 뽑아 체계적으로 정리하는 단계로 자신의 견해를 기록하는 것이다. 의식은 이것들을 통합하여 자신만의 견해나 지식을 창조하는 단계이다.

채점기준

답안	배점
① 의식 또는 의식(意識)	
② 초서 또는 초서(抄書)	
③ 해독 또는 해독(解讀)	10점
– ①, ②, ③ 모두 정확하게 쓴 경우에만 인정함.	
– 1개 맞은 경우 4점, 2개 맞은 경우 7점, 3개 맞은 경우 10점으로 인정함.	
– 순서가 바뀌면 0점 처리함.	

[01~02] 다음 글을 읽고 물음에 답하시오.

(가) 유학에서는 일반적으로 경제와 관련된 이(利)와 도덕과 관련된 의(義) 중 의를 우선시하였다. 유학자인 맹자는 이와 의 중 나라를 이롭게 하려면 무엇이 더 먼저 이루어져야 하냐는 왕의 물음에 이보다 의가 먼저 이루어져야 함을 뜻하는 '의선이후'라는 대답을 하였으며, 유학 경전인 『서경』의 구절 중 하나인 '정덕이용후생'에 대해서도 대부분의 유학자는 유교적인 체계와 법도를 일컫는 정덕이 우선이고 의식주를 풍요롭게 하는 것을 일컫는 이용후생은 이후에 고려하는 것이 마땅하다는 해석을 하였다. 즉 유학에서는 의를 본으로 여기고 이를 말로 여긴 것이다.

유학에서 본과 말의 관계는 여러 특징을 가지고 있는 것으로 본다. 우선 어떤 대상이 중요한 본인지 그렇지 않은 말인지는 상황에 따라 다를 수 있다. 유교 사회인 조선에서는 사농공상 중 사를 본으로 농공상을 말로 여겼지만, 범위를 농공상으로 한정하면 농을 본으로 공상을 말로 여겼다. 또한 본과 말은 서로 동떨어진 것이 아니라 연관되어 있다. 의에 기초하여 이를 얻거나 소비해야 이는 가치가 있게 되는 것이고, 이를 갖추어 삶을 유지할 수 있어야 의를 실현할 수 있다.

조선에서 농업은 백성들의 생명에 직결되므로 여러 산업 중 본이 되는 것이 당연하였다. 이에 따라 다른 산업은 농업에 비해 경시될 수밖에 없었다. 그러나 조선의 일부 유학자들은 자연 환경이나 사회 환경이 농사짓기에 여의치 않을 때는, 우선 어업이나 광업 등에 힘써야 한다고 주장하였다. 농업과 비교하여 어업과 광업을 본이라고 생각해서가 아니다. 유학에 따르면 본말은 전도될 수 없으므로, 유학자인 이들 역시 농업이 본이고 어업이나 광업이 말이라고 여긴 것이다. 그럼에도 불구하고 어업이나 광업에 집중할 것을 주장한 것은 말이 본의 실현에도 도움을 줄 수 있다고 생각했기 때문이다. 즉 어업이나 광업을 통해 경제적 여유가 생기고 재화가 충족되면 농업을 진흥할 수 있는 기반이 조성된다고 생각한 것이다.

또한 재화를 만드는 방도로 한정하면 농업이 본이고 어업과 광업이 말이지만, 생각의 범위를 삶 자체로 넓히면 사람으로서 도리를 지키며 삶을 살아가는 것이 본이고 농업, 어업, 광업과 같이 삶을 살아가는 데 필요한 재화를 얻어 인간으로서 도리를 지키며 삶을 살아가는 것 또한 말로써 본을 달성하는 것이라 할 수 있으므로 유학적으로 어긋나지 않는 것으로 생각했다.

(나) 조선 시대 유학자인 이지함이 현감으로 부임한 지역은 토질이 좋지 않아 농업 생산량이 적었다. 따라서 이곳의 백성들은 늘 식량이 부족하였고, 신분을 막론하고 유민들이 생겨날 수밖에 없었다. 이지함은 유민을 수용해 머물 곳과 음식을 제공하고 각자 능력에 맞는 일을 주었다. 특별한 능력이 없는 유민에게는 짚신을 만들어 돈을 벌 수 있게 하여 자립의 기반을 마련해 주는 적극적 구휼 정책을 사용하였다.

하지만 일부 유민들이 경제적으로 자립한 것만으로는 이 지역의 경제적 문제가 해결되기에 부족하였고, 중앙 정부가 펼친 정책도 구휼미를 제공하거나 다른 고을의 곡식을 대여할 수 있게 하는 정도였으므로, 중앙 정부의 정책 또한 이 지역의 경제 문제에 대한 근본적인 해결책이 될 수 없었다. 이에 이지함은 이 지역이 경제적으로 자립할 수 있도록, 중앙 정부에 은 채굴을 허가해 줄 것과 무인도에 어업 기지와 염전을 만들어 이곳에서 나온 재화의 유통을 허가해 줄 것을 요청하였다. 그리고 이를 통해 얻은 재원으로 농업을 정비한 후 이 지역이 경제적 자립을 이루게 되면, 이권을 다른 어려운 고을로 넘기겠다고 하였다.

이지함은 백성들의 삶을 위해 경제적인 문제를 개선하는 것도 중요하지만, 도덕적인 문제를 개선하는 것 또한 중요하다고 생각했다. 16세기 조선은 이전 시대보다 경제적으로 발달하였지만, 백성들을 생각해야 할 양반 지배층이 도덕적으로 타락하여 재화의 대부분이 일부 계층에 몰려 있어 일반 백성들의 삶은 나아지지 않았다. 이런 상황을 해결하기 위해 이지함은 사회 지도층을 포함한 모든 백성이 도덕성을 갖추고 제대로 된 역할을 해야 한다고 보았다.

이지함은 경제적 이의 추구와 도덕적 의의 실현은 별개의 문제라기보다는 서로 연결되어 있다고 생각하고 의이상보론을 주장하였다. 이지함이 의와 이의 관계를 상보로 본 것은 백성들의 삶의 어려움과 사회의 도덕적 해이의 문제가 밀접한 관련이 있다고 생각했기 때문이다. 즉 그는 도덕적 의만 강조하면 경제적 어려움을 가볍게 보게 될 것이고, 경제적 이에만 치중하면 사회의 도덕적 타락을 막을 수 없다고 생각했다. 도덕적 이의 실현은 경제적 이를 바탕으로 나타나 수 있고, 경제적 이의 추구는 도덕적 의를 근본으로 해야 정당성을 지닐 수 있다고 생각한 것이다.

01 다음의 〈보기〉는 (가)를 이해하고, 유학에서 본과 말의 관계와 이에 따른 의와 이의 관계를 설명한 것이다. 빈칸에 들어갈 말을 차례대로 쓰시오.

───────────── 〈보기〉 ─────────────

유학에서는 경제와 관련된 (①)와/과 도덕과 관련된 (②) 중 의를 우선시하고, 의를 (③)으로 여기고 이를 (④)로 여겼다.

①: ___________ ②: ___________ ③: ___________ ④: ___________

02 다음의 〈보기〉에서 설명하는 이지함의 경제 사상을 (나)에서 찾아 한 단어로 쓰시오.

───────────── 〈보기〉 ─────────────

경제적 여유가 있어야 도덕성의 실현이 가능할 수 있으며 이익을 추구하는 행위의 바탕에는 도덕성이 있어야 한다.

[03~04] 다음 글을 읽고 물음에 답하시오.

회계란 회계 정보 이용자들이 합리적인 의사 결정을 할 수 있도록 그들에게 경제적 실체와 관련된 재무적 정보를 제공하는 것을 말한다. 예산이 화폐 단위로 표시된 일정한 회계 연도의 세입과 세출에 관한 내용으로 다양한 기능을 수행하며 미래에 대한 계획을 세우는 것인데 반해, 회계는 예산의 집행인 경제적 활동을 측정하고 전달하는 과정으로 과거에 대한 기록이라는 성격을 지니고 있다. 따라서 회계와 예산은 동전의 양면과 같은 성격을 띠고 있다.

회계는 기장* 방식에 따라 단식 부기 회계와 복식 부기 회계로 구분된다. 단식 부기는 현금의 수입 및 지출과 같이 단일 항목의 증감을 중심으로 기록하는 방식이다. 거래의 영향을 한 가지 측면에서 수입과 지출로만 파악해 기록하기 때문에 단순하며, 통제가 용이하다. 복식 부기는 하나의 거래를 대차 평균의 원리에 따라 자산, 부채 및 자본 등을 차변과 대변에 이중 기록하는 방식이다. 자산은 부채와 자본의 합으로 구성된다. 부채는 개인 혹은 기업이 외부로부터 조달한 자금으로, 미래에 상환해야 할 채무이다. 자본은 자산에서 부채를 제외한 것으로 개인이나 기업이 보유한 순자산이다. 그리고 대차 평균의 원리란 대변과 차변의 합계 금액이 항상 일치해야 한다는 것이다. 대변은 자산의 감소, 부채 및 자본의 증가, 수익 발생 등을 기록하며 대체로 장부의 오른쪽 변을 가리킨다. 차변은 자산의 증가, 부채 및 자본의 감소, 비용 발생 등을 장부의 왼쪽 변에 기록한다. 거래 행위는 일반적으로 이중성을 띠는데, 가령 어떤 기업이 은행에서 대출한 돈 가운데 1억 원을 갚을 경우, 이는 자산의 감소와 부채의 감소가 이중적으로 나타나게 되는 것이다. 복식 부기는 이러한 거래의 이중성을 회계 처리에 반영해 기록하는 방식이다. 복식 부기 방식은 차변의 합계와 대변의 합계가 반드시 일치하는가를 검증함으로써 재무 상태를 객관적으로 파악할 수 있다는 장점이 있다.

회계 정보를 기록하기 위해서는 특정한 기준을 우선 정해야 한다. 거래의 체결, 상품의 인수 및 인계, 그 대가인 현금의 교환과 같은 경제 행위 중 무엇을 기준으로 삼느냐에 따라 수입이나 지출에 대하여 기록되는 액수가 달라질 수 있고, 그 결과로 보고되는 일정 기간의 재무 성과가 달라질 수 있기 때문이다. 회계 정보를 기록하기 위한 기준을 현금의 유입과 유출에 초점을 두는 방식을 ㉠<u>현금주의</u>라 한다. 현금주의는 현금의 유입과 유출에 따라서 수익과 비용을 인식하므로 현금의 유입이 수입이나 수익이 되고 현금의 유출은 지출이나 비용으로 인식하게 된다. 즉 재화와 서비스를 제공하였으나 현금으로 회수되지 않은 동안은 수익으로 계산하지 않고, 재화와 서비스를 받은 경우에도 현금을 지급하기 전에는 비용으로 계산하지 않는다. 따라서 현금이 수반되지 않은 수익과 비용 및 자산과 부채의 증감은 고려하지 않고 감가상각비[*]도 제외된다. 현금주의는 단식 부기 방식에서 주로 채택하는데, 이 기준에 따라 장부를 기록하면 현금의 유입과 지출에 대한 시점과 금액을 명확하게 알 수 있다는 장점이 있다. 하지만 현금의 유출입 시점을 의도적으로 조정할 수 있어 기간 손익의 조작 위험성이 존재한다. 즉 현금의 입출 시기를 조작함으로써 재정 상태를 기업에 유리하게 나타낼 여지가 존재한다. 또한 미래에 현금 흐름의 잠재력이 있는 미회수 채권이나 미지급 채무 등의 자산·부채와 같이 현금의 흐름을 수반하지 않는 손익에 관한 정보를 제공할 수 없다는 단점이 있다.

㉡<u>발생주의</u>는 재무 상태를 변동시킨 거래나 경제적 사건이 발생한 시점을 기준으로 재정 정보를 인식하는 방식이다. 발생주의는 통상 복식 부기 방식에서 주로 채택하고 있다. 발생주의 방식을 회계 처리에 적용하면, 현금 거래 이외의 비현금 거래에 대해서도 거래로 인식하여 회계 처리를 하게 된다. 수익은 수익이 창출되는 거래가 발생한 시점에서 회계상 수익으로 인식되고, 비용은 비용이 유발되는 거래가 발생한 시점에서 회계상 비용으로 인식된다. 이에 따라 거래는 발생하였지만 현금의 유출입이 발생하지 않은 회계 사건에 대해서는 미수 수익, 미지급 비용, 선급 비용, 선수 수익 등의 거래 항목을 사용한다. 현금의 유출입이 없는 회계 사건으로는 감가상각이나 대손 상각 그리고 평가 손익 등이 있는데, 이 또한 거래가 발생한 시점을 기준으로 경제적 자원 변동을 인식하여 회계 정보를 처리한다. 발생주의는 수익과 비용을 포괄적으로 측정하여 성과에 관한 정보를 상세하게 제공할 수 있다는 점에서 회계 장부 조작의 위험성을 줄일 수 있다. 그러나 발생 사실을 측정하는 과정에서 예측 또는 추정과 같은 불확실성을 내포하여 회계 정보의 객관성이 결여될 수도 있고 정보 생산에 큰 비용이 들 수 있다는 단점이 있다.

***기장**: 장부 적음. 또는 그 장부.

***감가상각비**: 고정 자산에 발생하는 가치의 소모 비용을 충당하는 비용.

03 다음은 제시문을 읽고 ㉠, ㉡에 대해 이해한 내용이다. 적절한 대상을 주어진 〈조건〉에서 골라 차례대로 쓰시오.

회계 정보를 생산하는 데 드는 비용이 많다.	①
현금의 유출입으로 인해 발생하는 재무 상태의 변화만을 장부에 기록할 회계 정보로 처리한다.	②
다양한 거래 항목을 활용하여 회계 장부의 조작을 예방할 수 있다.	③

─── 〈조건〉 ───

- ㉠보다 ㉡에 더 많이 적용되는 경우 : ㉠ 〈 ㉡
- ㉡보다 ㉠에 더 많이 적용되는 경우 : ㉠ 〉 ㉡

04 〈보기 1〉은 어느 기업의 회계 장부이다. 제시문을 바탕으로 〈보기 1〉을 이해할 때, 〈보기 2〉의 빈칸에 들어갈 말을 차례대로 쓰시오.

─── 〈보기 1〉 ───

A 사원과 B 사원은 동일한 경제 행위에 대해 각각 다음과 같이 회계 장부를 작성하였다.

[A 사원의 회계 장부]

(단위: 원)

날짜	내용	금액	잔액
5월 30일	상품 판매	+2억	+2억
6월 15일	컴퓨터 구입	−3억	−1억
7월 11일	상품 판매	+1억	0
11월 27일	ⓐ은행 대출	+1억	+1억
11월 29일	투자 유입	+3억	+4억

[B 사원의 회계 장부]

(단위: 원)

날짜	ⓑ내용	금액	내용	금액
5월 30일	현금	2억	매출	2억
6월 5일	비품 구매(컴퓨터)	3억	미지급금	3억
6월 15일	미지급금	3억	현금	3억
7월 11일	현금	1억	매출	1억
11월 27일	현금	1억	ⓒ은행 대출	1억
11월 29일	현금	3억	투자 유입	3억

<보기 2>

- B 사원의 회계 장부의 ⓑ에 기록된 '(①)'은 기업 자산의 증가를 나타낸 것이다.
- A 사원의 회계 장부에 기록된 ⓐ는 (②)의 증가로 해석되는 반면, B 사원의 회계 장부에 기록된 ⓒ는 (③)의 증가로 해석된다.
- A 사원의 회계 장부와 B 사원의 회계 장부 모두 컴퓨터 구입에 대한 현금의 지출이 이루어진 시점은 (④)이다.

[05~06] 다음 글을 읽고 물음에 답하시오.

주소란 주된 생활의 근거가 되는 곳이다. 부재자란 종래의 주소를 떠나 상당한 기간 돌아올 가능성이 없어서, 그의 재산을 관리해야 할 필요가 있는 자를 말한다. 부재자의 의사와는 무관하게 그의 생사 불명 상태가 지속되면, 부재자와 관련된 상속 관계나 혼인 관계의 불확실성이 발생한다. 이를 해소하기 위해 우리 민법에는 실종 선고가 규정되어 있다.

생사 불명 상태이더라도 일정 기간이 만료되어야 실종 선고의 대상이 된다. 생사 불명 상태의 기간, 즉 실종 기간은 부재자의 마지막 소식 시점부터 계산을 시작하여 생사가 전혀 확인되지 않은 채로 5년이 경과하면 만료되며 이를 보통 실종이라고 한다. 다만 전쟁이나, 항공기 추락은 사망의 개연성이 높아서 전쟁이 끝난 때, 항공기가 추락한 때부터 계산을 시작하여 1년이 경과하면 실종 기간은 만료되는데 이를 특별 실종이라고 한다.

실종 선고는 부재자의 마지막 주소지의 가정 법원에 이해관계인이나 검사가 청구해야 한다. 부재자의 사망으로 재산상의 직접 이익을 얻거나 혼인의 의무를 면하게 되는 상속인은 이해관계인에 포함된다. 청구가 되면 법원은 6개월 이상의 공시 최고를 해야 한다. 공시 최고란 기간 내에 부재자의 생사에 대해 아는 사람이 신고할 수 있도록 알리는 절차이다. 이 기간 내에도 생사를 알 수 없고 다른 요건도 모두 갖추었다면 법원은 실종 선고를 확정해야 한다. 민법에서는 상속인 간에도 재산을 상속받는 순위를 정해 놓아 후순위자는 선순위자가 없는 경우에만 상속받을 수 있다. 1순위는 피상속인의 자녀 등 직계 비속, 2순위는 부모 등 직계 존속이다. 배우자는 1순위인 직계 비속과 같은 순위로 공동 상속인이 되며, 직계 비속이 없는 경우에는 2순위인 직계 존속과 공동 상속인이 된다. 공동 상속의 경우 상속 재산이 각자의 상속 비율만큼 나누어 이전되는데, 가령 공동 상속인이 배우자와 자녀 1인일 때는 그 재산을 배우자가 60%, 나머지는 자녀가 갖는다.

실종 선고가 확정되면 실종 선고를 받은 자는 민법상 사망한 것으로 간주되며 그의 주소를 중심으로 상속 관계가 시작되고 혼인 관계는 종료된다. 그 결과 실종 기간이 만료되는 날짜를 기준으로 상속이 개시된다. 또한 혼인 관계가 종료되기 전에는 배우자의 재혼은 무효이지만, 실종 선고가 확정된 이후에는 재혼이 가능하다. 한편 실종 선고를 받은 자는 실종 선고 취소를 확정받지 않는 한, 생존 등의 반증을 하더라도 사망한 것으로 간주된다. 다만 실종 선고는 실종자의 권리 일부만을 제한하는 것이므로, ⓐ실종 선고를 받은 자가 실제로 살아 있다면 그가 체결한 매매 계약은 유효하며, 또한 국내에서 형법에 따른 범죄의 성립 여부도 실종 선고와 무관하게 판단된다.

그런데 실종자의 생존 사실이 증명되면 가정 법원에 청구하여 실종 선고를 취소할 수 있다. 청구인은 실종자 본인, 이해관계인 또는 검사이다. 법원은 취소에 필요한 절차상의 요건에 누락이 없다면 실종 선고 취소를 확정해야 하며 이 과정에서 공시 최고는 요건이 아니다. 취소가 확정된 경우, 선의인 상속인은 현재 남아 있는 재산까지만 반환하면 되고, 악의인 상속인은 소비한 금액까지 포함하여 전액 반환해야 한다. 선의란 실종 선고를 받은 자가 생존하고 있음을 알지 못한 경우를, 악의는 그 사실을 알고 있었던 경우를 말한다.

실종 선고 확정 후부터 그 취소가 확정되기 전에 상속인과 제삼자가 쌍방이 선의인 상태에서 상속받은 부동산의 매매 계약을 체결하고 적법하게 이행한 경우, 부동산의 소유권은 상속인에서 제삼자로 이전된다. 마찬가지로 그 기간 내에 배우자가 다른 사람과 재혼한 경우, 쌍방이 선의이면 그 재혼은 취소할 수 없는 유효한 혼인이고 앞선 혼인 관계는 부활하지 않는다. 하지만 전자의 경우 상속인이 악의이고 제삼자는 선의이면, 실종 선고가 취소된 이는 제삼자를 상대로 부동산에 대한 소유권 반환을 청구할 수 있고, 부동산을 반환한 제삼자는 상속인에게 매매 대금 반환을 청구할 수 있다. 또한 후자의 경우 배우자가 악의이고 재혼 상대방이 선의이면, 실종 선고가 취소된 이는 재혼에 대한 혼인 취소를 청구할 수 있고 이 청구가 확정되면 앞선 혼인 관계의 효력이 유지된다.

05 다음은 ⓐ의 이유를 설명한 것이다. 빈칸에 들어갈 2어절의 말을 쓰시오.

ⓐ ⇒ 실종 선고의 효과는 (   )을/를 기준으로 하는 특정한 법률관계에 국한되기 때문이다.

06 제시문을 바탕으로 〈보기 1〉을 이해할 때, 〈보기 2〉의 빈칸에 들어갈 말을 차례대로 쓰시오.

─〈보기 1〉─

한국에 주소지를 둔 '갑'에게는 모친 '을'과 부인 '병', 딸 '정'이 있다. 갑은 타국의 산을 등정하기 위해 '2010. 5. 1.'에 집을 나섰고 이날 공항에서 을은 갑을 배웅했다. 비행기를 타고 타국에 간 갑은 '2010. 5. 20.'에 그 나라의 산을 등반하다가 기상 악화로 연락이 두절되었는데, 이날 마지막으로 갑과 통화한 사람은 을이다. 이후 '2017. 6. 1.'에 갑의 실종 선고는 확정되었고 갑이 보유한 10억대의 토지는 민법에 따라 상속되었다. 재산을 상속받은 이들은 모두 동의하여 토지 전부를 '2018. 1. 1.'에 갑의 가족이 아닌 A에게 10억 원에 팔아 그 대금으로 생계를 꾸려 나갔는데, 당시 A는 갑이 사망했다고 믿었다. 이후 갑은 살아 돌아왔고 '2021. 7. 31.'에 실종 선고 취소가 확정되었다. 확정 당시에 남아 있던 토지 판매 대금은 8억 원이었다.

─〈보기 2〉─

- '갑'은 '2010. 5. 1.'에 항공기를 타고 타국까지 이동하였지만, 항공기 추락이 아닌 산악 등반 중에 실종되었으므로 (①) 실종에 해당한다.
- '갑'의 실종 기간은 (②)부터 계산을 시작한다.
- 토지 매매 당시에 상속인 모두가 '갑'의 생존 사실을 몰랐다면, 실종 선고 취소가 확정된 후에 '병'은 (③)억 원을 '갑'에게 반환해야 한다.

[07~08] 다음 글을 읽고 물음에 답하시오.

(가) 논증이란 전제를 근거로 결론을 도출하는 논리적 증명의 과정을 의미한다. 대표적인 논증의 방법으로는 연역법과 귀납법이 거론된다. 연역법은 전제로부터 결론이 필연적으로 나오는 '진리 보존적 논증법'이고, 귀납법은 결론이 확률적으로 나오는 '진리 확장적 논증법'이다. 예를 들어, 연역법은 모든 포유류는 심장을 가진다는 일반적 사실에서 각각의 말과 소 등이 심장을 가진다는 개별적 사실을 결론으로 도출하지만, 귀납법은 각각의 말과 소 등이 심장을 가진다는 개별적 사실에서 모든 포유류는 심장을 가진다는 일반적 사실을 결론으로 도출한다.

베이컨은 연역법이 전제된 내용으로부터 결론을 도출하기 때문에 새로운 지식을 얻어 낼 수 없다는 점에 주목하여, 새로운 지식을 만들어 낼 수 있는 귀납법에 집중했다. 그러나 귀납법으로 얻은 결론은 확률적으로 참이어서 거짓일 수도 있다. 그래서 '참의 정도', 다시 말해 '귀납적 강도'를 높일 방법을 찾아야만 했다. 그 결과 베이컨은 앞서 언급한 귀납법보다 복잡한 사고 과정을 가진 새로운 귀납법을 구상해 냈다. 그 한 예로, '열'의 개념을 도출하기 위한 베이컨의 논증은 다음과 같은 사고 과정을 거친다.

우선 햇빛, 번개, 불꽃, 뜨거운 증기, 동물의 몸 등 열이 있다고 판단되는 모든 '긍정적 사례'를 모은 '존재표'를 만든다. 그런 다음 각 긍정적 사례에 대응하는 '부정적 사례'를 모은 '부재표'를 만든다. 예를 들어 햇빛에는 달빛이, 뜨거운 증기에는 차가운 공기가 각각 부정적 사례로 대응된다. 그다음에는 열의 정도가 서로 다른 사례를 모아 '정도표'를 만든다. 예를 들어 가만히 있는 동물보다 움직이는 동물의 몸에서 열이 더 많이 난다는 등의 사례를 적는 것이다. 이렇게 존재표를 통해 열이 있을 때의 성질을, 부재표를 통해 열이 없을 때의 성질을, 그리고 정도표를 통해 열이 증감하는 성질을 정리한 다음, 이들 중 열에 대한 성질로 합당하지 않은 것들만을 모아서 '배제표'를 만든다. 예를 들어 끓는 물은 열이 있는데도 빛나지 않기 때문에 빛나는 성질은 열의 성질에서 제외하는 식으로 범위를 좁혀 나가는 것이다.

이렇게 귀납적 추리를 거쳐 베이컨이 열에 대해 얻은 결론은 놀랍게도 현대적 열 개념과 거의 일치한다. 베이컨은 개별적 사실에서 일반적 결론을 도출한다는 논증 구조를 유지하면서도, 배제표를 사용하여 귀납적 강도를 높여 감으로써 논증의 우수성을 확보한 것이다.

[A] 베이컨은 개미가 먹이를 모으듯 경험을 모으기만 하는 '개미의 방법'이나, 거미가 자기 속에서 하나의 실을 뽑아내듯 자신의 확신에 따라 독자적으로 사고를 전개해 나가는 '거미의 방법'에서 벗어나, 꿀벌이 꽃들에서 구해 온 재료를 꿀로 바꾸어내듯 경험을 통해 얻은 재료를 지성의 힘으로 변화시켜 소화하는 '꿀벌의 방법'이 참된 귀납법에 가장 부합한다고 보았다.

(나) 데카르트는 수학처럼 다른 어떤 것의 도움 없이 자신의 확실성을 스스로 드러내는 것을 '자명하다'라고 정의했다. 그리고 철학도 수학처럼 명료(clear)하고 분명(distinct)해야 한다고 보았다. 이를 위해 데카르트는 명료함과 분명함이 어떤 것인지부터 확실히 알아야 한다고 보고, 다음과 같이 통증을 예로 들어 설명했다.

어떤 사람이 통증을 느낄 때, 그 통증은 그에게 명료하더라도 분명하지는 않을 수 있다. 그것이 심리적 통증인지, 신체 어느 부위의 통증인지 확실치 않다면 통증의 적용 범위가 모호해져 분명하지 않게 되기 때문이다. 반면에 통증이 어느 부위인지 분명하더라도 그 증상이 가벼워서 가려운 것인지 아픈 것인지조차 혼동이 된다면 그때는 통증이 애매해져 그에게 통증은 명료하지 않게 된다.

데카르트는 이렇게 애매하거나 모호한 판단에서 벗어나 명료하고 분명한 절대적 지식을 파악하고자 했다. 연역적 사고의 결과로 얻은 지식이 참이 되려면 아무도 의심할 수 없는 전제가 필요하므로, 데카르트는 자신이 자명하게 그러하다고 믿고 있었던 것들도 모두 참이 아닐 수 있다고 의심하는 사고를 계속해 나갔다. 그리고 그 과정에서 착시 현상과 같이 인간의 감각이 부정확하다는 것을 근거로 하여 감각적 경험을 통해 얻은 모든 지식을 의심하고 부정하였다.

　또한 데카르트는 연역법을 바탕으로 한 고전적 논리학이 새로운 지식을 만들어 낼 수 없다는 데 반감을 가지고 있었다. 그래서 데카르트는 수학이나 기하학에서의 증명법과 같이 의심의 여지가 없는 자명한 명제에서 시작하여 또 다른 명제들을 하나씩 도출해 나가는 '데카르트적 연역'을 시도했다. 예를 들어 '삼각형의 내각의 합은 180도이다.'라는 불변의 명제를 통해 사각형과 오각형의 내각의 합을 증명해 내고, 또 이를 일반화하여 다각형 내각의 합을 구하는 공식을 추론해 내는 방식을 반복한 것이다.

　이렇게 데카르트는 고전적 연역법 대신 자신이 개발해 낸 ㉠생산적인 연역법을 통해 기본이 되는 전제의 틀 안에서 다른 지식들을 하나씩 연역해 냄으로써 지식 체계 전체를 만들어 나갔다. 그는 모든 철학 지식이 책상에 가만히 앉아 사고하는 것만으로도 얼마든지 증명될 수 있는 것이라고 믿었으며, 그렇게 연역의 사고 과정을 거쳐 하나씩 진흙을 바르고 청동을 붓는 '첨가 방식'을 통해 절대적인 지식이라는 하나의 조각상을 완성해 나가고자 하였다.

07 위의 글 (가)와 (나)를 읽고 다음의 〈보기〉를 이해할 때 빈칸에 들어갈 말을 쓰시오.

〈보기〉

(가)에서는 기존의 귀납법이 결론의 (　ⓐ　)이/가 낮을 수 있다는 한계를 가지므로 이를 보완하기 위해 새로운 귀납법을 만들어 낸 베이컨의 시도를 소개하고 있다. 그리고 (나)에서는 고전적 연역법이 (　ⓑ　)을/를 만들어 낼 수 없다는 한계를 가지므로 이를 보완하기 위해 새로운 연역법을 만들어 낸 데카르트의 시도를 소개하고 있다.

〈유의 사항〉

– 각각 2어절로 쓸 것.

08 데카르트가 개발한 ㉠의 '생산적 연역법'이 [A]에서 설명한 곤충의 논증 방법 중 어느 곤충에 해당하는 지 쓰시오.

[09~10] 다음 글을 읽고 물음에 답하시오.

　　회사가 성장하면서 규모가 커질수록 오히려 생산성은 떨어지는 현상이 나타나기도 한다. 이 경우 회사의 영업을 둘 이상으로 쪼개는 것인 회사 분할은, 이러한 문제를 해결하는 한 가지 방안이 될 수 있다. 반대로 회사 합병은 규모가 더 커지는 것이 이익이 될 때 이용하는 경영 방식이다. 회사 분할은 회사의 규모가 커진 후에 필요한 것이므로, 우리나라에서는 회사 합병보다 회사 분할이 더 늦게 제도화되었다.

　　상장 회사인 '(주)초롱'이 제과와 제빵 영업으로 구성된다고 가정하고, 이를 통해 분할을 살펴보기로 하자. 만약 제빵을 떼어내 '(주)초롱빵집'을 만든다면 이를 신설 회사라 하고, '(주)초롱'은 존속 회사라 한다. 상장 회사가 분할을 하려면, 주주 총회를 개최하여 출석한 주주의 의결권이 2/3 이상의 찬성 수와 발행 주식 총수의 1/3 이상의 찬성 수가 모두 충족되어야 결의가 가능하다. '(주)초롱'의 발행 주식 총수가 '120만 주'이고 주주 총회에 출석한 주주의 보유 주식 수가 '60만 주'라고 가정하자. 출석한 주주의 의결권인 '60만 주'의 2/3인 '40만 주' 이상이 찬성을 했다면, 이 수는 발행 주식 총수인 '120만 주'의 1/3인 '40만 주' 이상의 찬성 수에도 충족되므로 분할을 결의할 수 있다.

　　분할을 할 때, 자산에서 부채를 뺀 값인 순자산은 분할 비율에 따라 존속 회사와 신설 회사가 나누어 갖는다. 분할 비율을 구하는 방법은 '신설 회사의 순자산'을 '분할 전 회사의 순자산'으로 나눈 값이다. 만약 이 값이 0.3이라면 신설 회사는 분할 전 회사가 보유한 순자산의 0.3배를 갖게 되며, 나머지는 존속 회사가 갖게 된다. 즉 '(주)초롱'의 순자산이 100억 원이라면, 분할 후 순자산은 '(주)초롱'이 70억 원, '(주)초롱빵집'은 30억 원이 되는 것이다.

　　이러한 방식으로 신설 회사가 만들어지면, 이 회사의 주주를 누구로 할 것인가에 따라 인적 분할과 물적 분할로 구분된다. 인적 분할은 분할 전 회사의 주주들이 자신들의 지분비율만큼 존속 회사의 지분도 갖게 되고 신설 회사의 지분도 갖게 된다. 즉 분할 전 지분율 10%인 주주는 분할 후에도 존속 회사와 신설 회사에 대해 각각 10%의 지분율로 직접 지배하게 된다. 반면에 물적 분할은 신설 회사가 발행한 주식 전부를 존속 회사가 가지고 가는 형태이며, 신설 회사가 발행한 주식의 평가액은 신설 회사의 순자산과 같다. 그래서 존속 회사는 모(母)회사, 신설 회사는 자(子)회사라고 부르는 종속적인 관계를 갖는다. 물적 분할이 되면 분할 전 회사의 주주는 존속 회사에 대해서는 분할 전 지분율로 직접 지배하게 되지만, 신설 회사에 대해서는 지분이 없으므로 존속 회사를 통해 간접적으로 지배하게 된다.

　　한편 회사의 분할로 인해 몇 가지 사회적 쟁점이 발생했는데, 이 중에는 근로자의 승계 문제가 있다. 민법에서는 사용자가 근로자의 동의 없이 근로자의 권리를 제삼자에게 양도할 수 없도록 되어 있지만, 상법에서는 신설 회사가 근로자를 승계하도록 되어 있기 때문이다. 이러한 문제에 대해 대법원은 상법을 우선 적용하는 것으로 판결하여, 근로자의 동의가 없더라도 승계가 된다고 했다. 한편 물적 분할로 인한 기존 주주의 권리 문제도 쟁점이다. 만약 '(주)초롱'의 경영자가 이미 물적 분할된 '(주)초롱빵집'에 대해 기업 공개를 하려는 결정을 내렸다고 가정하자. 기업 공개란 회사가 가진 지분을 다른 투자자에게 매각하는 것이다. 존속 회사 측에서는 '(주)초롱빵집'을 높은 가격으로 매각하여 존속 회사의 순자산이 늘면, '(주)초롱'을 보유한 이들의 주식의 가치도 높아진다는 점을 부각하여 기존 주주들을 설득시킬 것이다. 대신에 기업 공개 결과 '(주)초롱빵집'에 대한 '(주)초롱'의 지분율은 감소한다. 그래서 제빵 부문의 성장성을 긍정적으로 보고 '(주)초롱'을 장기간 보유하려 했던 기존 주주들은 기업 공개에 대해 반대를 할 수도 있다.

　　회사 합병은 여러 회사의 직원과 순자산을 하나의 회사로 합치는 것인데, 이 과정에서 사라지는 회사를 소멸 회사라 한다. 그리고 합병에 찬성하는 소멸 회사의 주주는 자기 지분의 가치만큼 관련 회사의 주식을 받게 되는데 이를 합병 대가라고 한다. 합병의 대부분은 흡수 합병이며, 이 방식은 기존의 한 개 회사가 존속 회사가 되어 소멸 회사를 인수하는 형태이다. 흡수 합병을 위해서는 존속 회사와 소멸 회사 모두 주주 총회의 결의가 필요하고, 결의 조건은 회사 분할 때와 같다. 만약 결의가 되었다면 합병 대가로 존속 회사의 주식을 받게 된다. 한편 합병에 반대하는 존속 회사 또는 소멸 회사의 주주에게는, 주주가 회사를 상대로 자신이 보유하고 있는 주식을 되사 줄 것을 요구하는 권리인 주식 매수 청구권이 부여된다. 다만 이 권리는 회사 분할이 결의되었을 때 분할에 반대하던 주주에게는 부여되지 않는다.

삼각 합병도 합병의 한 형태인데, 이는 모회사와 자회사 그리고 소멸 회사 간의 합병이다. 삼각 합병은 자회사가 소멸 회사를 인수하지만, 합병 대가로 자회사가 아니라 모회사의 주식을 받게 된다. 그래서 삼각 합병의 경우에 자회사는 소멸 회사의 주주에게 줄 모회사의 주식을 사전(事前)에 보유하고 있어야 한다. 삼각 합병을 하려면 자회사와 소멸 회사 모두 주주 총회의 결의가 필요하다. 결의 조건은 회사 분할 때와 같으며 이 과정에서 모회사의 결의는 필요하지 않다. 그래서 합병이 결의되었을 때 자회사와 소멸 회사의 주주에게는 주식 매수 청구권이 부여되지만, 모회사의 주주에게는 해당 권리가 부여되지 않는다.

09 다음은 제시문의 내용을 바탕으로 회사 합병에 관한 내용을 정리한 것이다. ⓐ에는 찬성 주주가 합병의 대가로 받는 것, ⓑ에는 반대 주주가 받는 '주식 매수 청구권'의 의미를 차례대로 기술하시오.

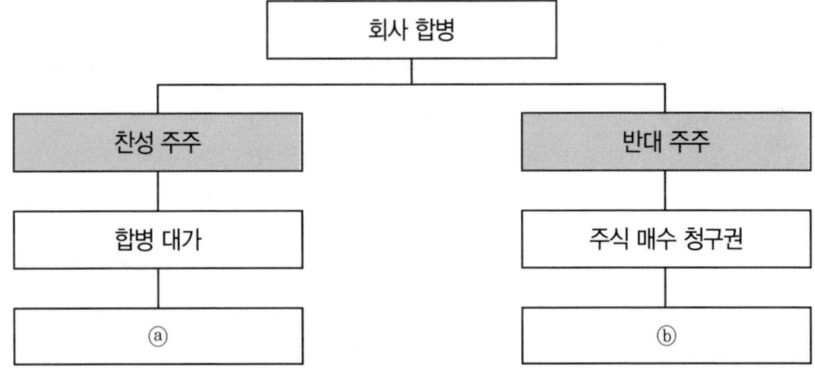

〈유의사항〉

– ⓐ는 3어절로, ⓑ는 35자 이내로 기술할 것(공백 제외)

10 제시문의 내용을 바탕으로 〈보기〉의 내용을 이해할 때, 빈칸에 들어갈 금액을 쓰시오.

〈보기〉

'(주)착한맛'은 피자와 치킨 영업을 함께 하는 상장 회사로 자산은 100억 원이고 부채가 30억 원이다. 이 회사 경영인인 '갑'은 치킨 영업부를 떼어 내 '(주)꼬꼬맛'으로 인적 분할을 하기 위해 회계 팀에 분할 비율 산정을 의뢰하였다. 그 결과 갑의 분할 비율이 0.4로 확정되었다.

- 분할 전 '(주)착한맛'의 순자산은 _________ⓐ_________ 원이다.
- 분할 후 '(주)착한맛'의 순자산은 _________ⓑ_________ 원이다.
- 분할 후 '(주)꼬꼬맛'의 순자산은 _________ⓒ_________ 원이다.

[11~12] 다음 글을 읽고 물음에 답하시오.

유학은 중국의 오랜 전통인 예(禮)라는 규범 안에 인(仁)을 배치하면서 탄생했다. 공자는 사람의 올바른 행동은 강제된 행동이 아니라, '인'이라는 도덕적 진정성으로부터 저절로 드러난 것이라고 보았다. 이렇게 올바른 행동을 유발하는 마음을 탐구하는 과정에서 유학은 인간의 행동을 일으키는 정감(情感)에 주목했다. 『예기』에서 언급한 기쁨, 노여움, 슬픔, 두려움, 사랑, 미움, 욕심의 일반 정감을 가리키는 칠정(七情)은 인간이라면 누구나 가지는 정감을 일곱 가지로 정리한 것이다. 여기에서 나아가 맹자는 선천적인 일반 정감에서 사람이 지닌 선함의 가능성을 발견했다. 그는 다른 이가 느끼는 아픔과 고통을 자기 것인 양 느낄 수 있는 불인인지심(不忍人之心), 즉 차마 어찌할 수 없는 마음을 인간이라면 누구나 지니고 있다고 지적했다. 이를 구체화한 것이 사단(四端)*인데, 인간에게는 선하게 될 가능성이 선천적으로 주어져 있다는 것이다.

주자는 형이상학적 이론화를 통해 맹자가 제시한 사단을 객관화하고자 했다. 선한 정감을 사람만의 특징으로 규정했던 맹자의 입장을 벗어나, 우주 전체의 보편적 이치로부터 객관적인 설명을 시도했던 것이다. 주자는 세계가 음(陰)과 양(陽)의 변화로 이루어진다는 음양론을 바탕으로 모든 것은 음에서 양으로, 양에서 음으로 계속해서 변하지만 '변한다는 그 자체'는 변하지 않는 것에 주목했다. 스스로는 변하지 않으면서 만물을 변하게 하는 이치를 리(理)로, 변화하는 물질직 속성을 기(氣)로 규정하고, '리'와 '기'가 합쳐져 삼라만상이 생성되고 변화하는 것이라 생각했다. 따라서 '기'는 '리'를 통해 드러날 뿐이며, '기'는 '리' 없이 홀로 존재할 수 없다고 보았다. 이에 따라 사람의 마음 역시 사람이 사람일 수 있게 하는 '리', 즉 사람의 본성인 성(性)과 그것을 마음의 활동으로 드러나게 하는 '기'가 합하여 정(情)이라는 개념으로 정립된다고 설명했다. 그리고 주자는 맹자의 성선론(性善論)에 근거하여 우주의 보편적 질서인 '리'가 사람에게 '인'과 의(義)와 같은 선한 본성으로 주어졌다고 보았다. 따라서 사단은 사람이 하늘로부터 부여받은 선한 본성을 구체적으로 실현시킨 정감이 된다.

하지만 선한 정감인 사단과 일반 정감인 칠정의 관계는 주자에 의해 구체적으로 규명되지 않았다. 이에 대해 이황은 사단은 '리'가 발현한 것으로, 칠정은 '기'가 발현한 것으로 정리했다. '성'은 선하기 때문에 사단의 근거가 되지만, 칠정 속에는 선한 정감뿐 아니라 사욕도 있기 때문에 사람의 비도덕적 행위는 칠정에서 비롯된다고 본 것이다. 이황은 이러한 이유에서 사단과 칠정을 분리해서 이해하고, 사단을 '리'에, 칠정을 '기'에 대응시킨다. 사단과 칠정을 분리하여 악한 감정을 제어할 수 있는 영역을 분명히 해야 한다고 여겼기 때문이다. 이에 대해 기대승은 사단도 정감이기 때문에 '기'의 영역과 무관한 것이 아니며, 사단이나 칠정 모두 '리'와 별개로 존재할 수 없다고 비판했다. 사단과 칠정 모두 정감인 이상 '리'와 '기'의 결합으로 이해해야 한다는 것이다.

이황과 기대승의 입장 차이는 수양의 방법에 대해서도 서로 다른 견해로 나타났다. 이황은 기대승의 비판에 대해 사단이 '기'와 관련된다는 것을 인정하면서도 '리'인 '성'과의 관련성을 검증하는 데 치중했다. 도덕 수양을 위해 집중해야 할 공부의 대상을 '성'에서 사단으로 이어지는 곳에 설정함으로써, 칠정은 자연스럽게 제어와 통제의 대상으로 규정되었다. 즉 사단을 악함의 가능성을 지닌 칠정과 대립되는 개념으로 보았기 때문에, '리'가 '기'를 선택적으로 제어하고 조절하는 능동성을 지닐 수 있다고 본 것이다. 이에 따라 이황은 '성'이 그대로 사단으로 발현될 수 있도록 '성'의 상태를 유지시키는 경(敬)의 자세를 중시했다. '리'가 그대로 정감으로 발현될 수 있도록 사적인 욕망이 끼어들지 못하게 마음을 경건하게 하는 공부를 해야 한다는 것이다.

하지만 기대승은 원론적인 주자학의 입장에서 능동적 속성은 '기'의 영역이라는 전제 아래, 만약 '리'에서 나오는 정감과 '기'에서 나오는 정감을 별개로 본다면 마음속에 두 종류의 정감이 존재한다는 점을 비판했다. 사단이 선함이고, 칠정이 선함과 악함을 모두 가졌다면 마음속에 근원이 다른 두 개의 선함이 존재하는 모순이 생긴다는 것이다. 기대승은 마음은 '리'와 '기'의 결합이라는 주자학의 원칙을 바탕으로 정감은 모두 '성'에서 나온 것이라고 보았다. 따라서 '성'은 칠정으로 발현되는 문제는 칠정이 구체적인 상황에서 사단이 되지 못하는 것이므로, 칠정 그 자체를 제어하여 사단이 되도록 생각을 정성스럽게 하는 성의(誠意)를 강조했다. 또한 마음 그 자체에 집중하는 수양보다는 경전 공부를 통해 성현들의 행동을 익혀 따르는 것이 중요하다고 보았다.

*사단: 다른 사람을 측은히 여기는 측은지심(惻隱之心), 자신의 잘못을 부끄러워하고 다른 사람의 잘못을 미워하는 수오지심(羞惡之心), 다른 사람의 호의에 대해 사양하는 사양지심(辭讓之心), 옳고 그름에 대해 스스로 아는 시비지심(是非之心)의 네 가지 선한 정감

11 〈보기 2〉는 이황과 기대승이 〈보기 1〉의 (가), (나)에 대해 보일 반응을 추론한 것이다. 제시문의 내용을 바탕으로 빈칸에 들어갈 인물들을 차례대로 쓰시오.

〈보기1〉

(가) 다른 사람을 측은하게 여기는 마음이나 자신의 잘못에 대해 부끄러워하는 마음과 같은 사단(四端) 또한 정감이기 때문에 각 상황에 딱 맞는 경우도 있지만 딱 맞지 않은 경우도 있다. 다른 사람을 측은하게 여기는 것이 옳지 않은 상황임에도 불구하고 그를 측은하게 여기거나, 자신의 잘못에 대해 부끄러워하는 것이 옳지 않은 상황임에도 불구하고 부끄러워하는 것이 바로 그 상황에 맞지 않게 정감이 드러나는 경우이다.

(나) 사단(四端)은 리(理)가 정감으로 드러난 것이고, 칠정(七情)은 기(氣)가 정감으로 드러난 것이다. 그런데 기쁨[喜] · 노여움[怒] · 사랑[愛] · 미움[惡] · 욕심[慾]을 보면 오히려 인(仁)이나 의(義)와 비슷한 측면이 있다.

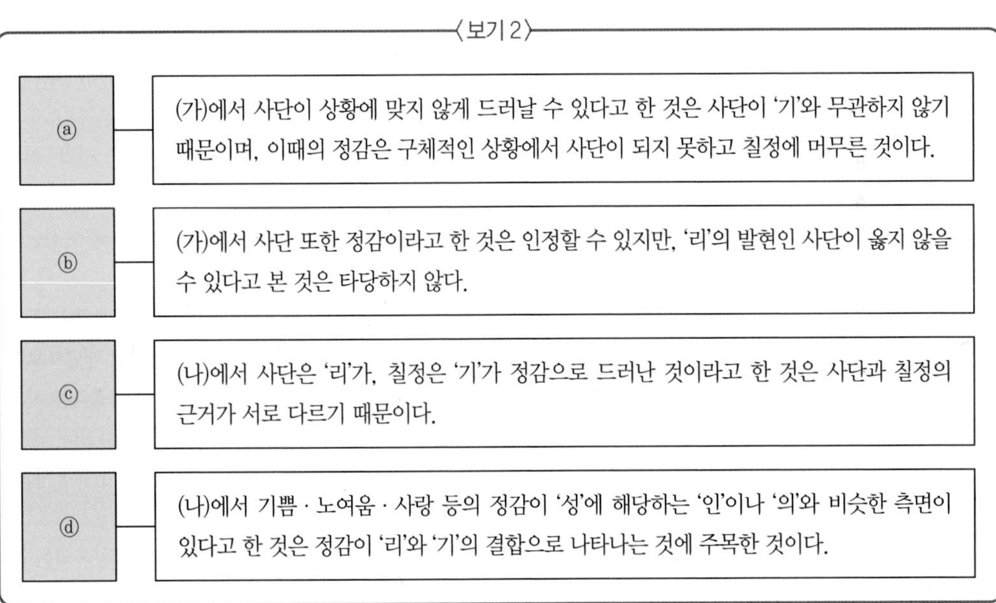

〈보기2〉

12 다음의 〈보기〉는 제시문의 내용을 바탕으로 이황과 기대승이 주장한 수양 방법을 비교하여 설명한 것이다. 빈칸에 들어갈 용어를 쓰시오.

> ──〈보기〉──
>
> 수양 방법으로 이황은 '성'이 그대로 사단으로 발현될 수 있도록 '성'의 상태를 유지시키는 (ⓐ)의 자세를 중시한 반면, 기대승은 칠정 그 자체를 제어하여 사단이 되도록 생각을 정성스럽게 하는 (ⓑ)을/를 강조했다.

[13~14] 다음 글을 읽고 물음에 답하시오.

오늘날 우리 사회에 만연한 공공성 결핍 현상이 사회적 쟁점으로 부상하고 있다. 공공성 결핍 현상은 개인을 사회와 독립된 별개의 존재이자 경제적 효용을 추구하는 합리적 존재로 보는 경향과 관련이 있다. 개인을 경제적 효용을 추구하는 존재로 보는 경향은 끊임없이 개인에게 자신의 경제적 효용 가치를 높일 것을 요구한다. 이러한 경향은 '공존'이나 '연대'와 같은 공적 가치의 기반을 생존을 위한 '경쟁'으로 대체하면서 공공성을 약화하고 사회적 불평등을 심화하는 결과를 초래하였다. 이와 같은 문제 상황을 해소하고 조화로운 사회를 구축하기 위해 공동체와 사회의 역할에 주목하는 공공성 담론이 활성화되고 있다.

공공성에 대한 높아진 관심은 공공성의 개념이 무엇인가를 규명하는 연구로 이어지고 있다. 이러한 연구를 바탕으로 공공성을 구성하는 하위 개념을 정리해 보면, 우선 공공성의 개념에는 '국가 또는 정부와 관계된 것'이 포함된다. 이는 정당한 권력을 소유한 기관에 의해 이루어지는 행위가 공공성을 갖는다는 것을 의미한다. 정부 기관은 합법적 혹은 공적인 권력을 소유하고 있기 때문에 국가 또는 정부 기관과 관계된 것으로서의 공공성의 개념에는 강제, 권력, 의무라는 의미가 내포되어 있다. 물론 국가 또는 정부의 모든 행위가 공공성을 갖는다고는 할 수 없다. 하지만 국가 또는 정부의 행위는 기본적으로 국가 구성원들의 안전을 보장하고 이들의 행복한 삶을 영위할 수 있도록 지원하며, 국가 전반의 이익을 도모하려는 목적이 있어 공공성의 핵심 개념으로 보고 있다.

[A]
다음으로 공공성의 개념에는 '공익(公益)'의 의미가 포함되어 있다. 일반적으로 광의의 개념으로서 공익은 사회 전반의 이익을 의미하는데 여기에는 정의, 형평 등 가치적인 요소도 포함이 된다. 반면 협의의 개념으로서 공익은 사회 전반의 경제적 이익을 의미한다. 이 경우 공익은 공공복리의 의미로 이해될 수 있다. 공공복리는 사회 공동체의 구성원들에게 구체적으로 귀속이 되는 이익이며, 공개적 차원에서 확인되는 이익이라 할 수 있다. 공익은 특정한 개인이나 집단의 이익이 아닌 다수의 사회 구성원들 그리고 사회 전반의 이익이라는 점에서 공공성과 매우 밀접한 개념이라고 할 수 있다.

마지막으로 공공성의 개념은 '접근성'의 의미를 포함한다. 공공성으로서의 접근성은 공공재 혹은 공유되는 자원이 사회 구성원들에게 얼마나 개방되고 잘 활용되고 있는지를 의미한다. 또 정치적 참여와 알 권리의 보장을 의미하는 행위와 정보에 대한 접근성을 지칭하기도 한다. 특히 알 권리의 보장은 단순히 정보를 사회 구성원들에게 공지하는 차원을 넘어서 사회 구성원들이 정보와 관련된 공적인 문제에 대하여 고찰할 수 있는 계기를 제공한다는 점에서 매우 중요한 것이다.

13 〈보기 2〉는 〈보기 1〉의 자료를 바탕으로 제시문의 [A]와 연관된 공익의 특성을 설명한 것이다. 빈칸에 들어
갈 알맞은 학설을 차례대로 쓰시오.

〈보기1〉

　　공익의 특성을 설명하기 위한 학설은 크게 실체설과 과정설로 나누어진다. 실체설은 공동체를 그 자체의 공공
의지와 집단적 속성을 지닌 하나의 실체로 보고 공익은 단순한 사익의 집합이 아니라 사익을 초월한 별도의 실체
적 개념으로 존재한다고 본다. 실체설은 공익이 선험적으로 존재한다고 전제하며 공공선, 평등, 정의 등을 공익으
로 취급한다. 반면에 과정설은 사익을 초월한 별도의 공익이란 존재할 수 없으며 공익이란 사익의 총합이거나 상
충되는 이익을 가진 집단들이 상호 조정 과정을 거쳐 균형 상태의 결론에 도달했을 때 실현되는 것이라고 본다.

〈보기2〉

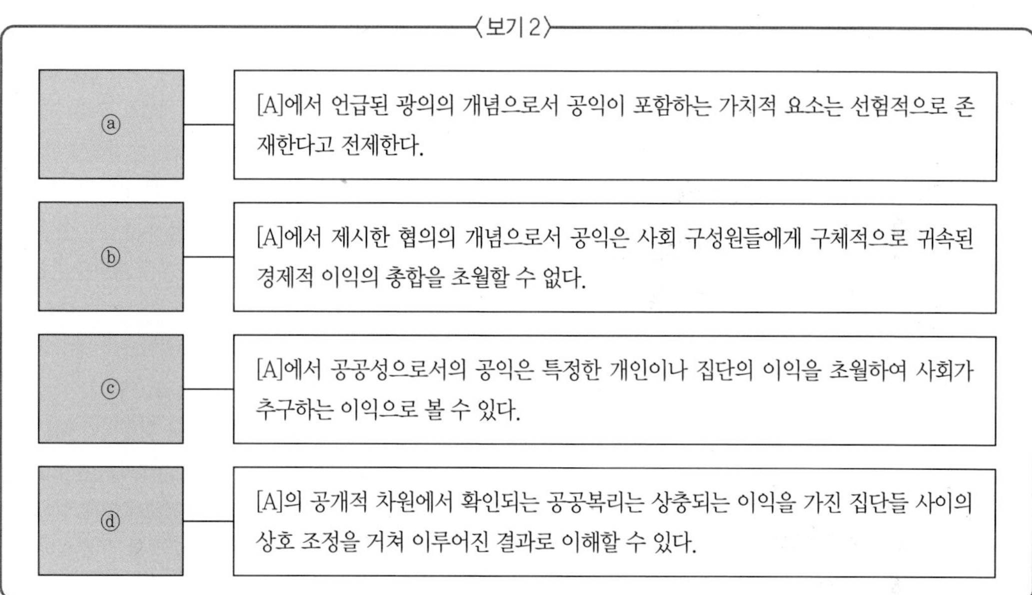

14 위의 제시문에서 공공성을 구성하는 하위 개념 중 '알 권리의 보장'과 관련된 개념은 무엇인지 쓰시오.

[15~16] 다음 글을 읽고 물음에 답하시오.

　세상에는 수많은 꽃들이 존재한다. 각각의 꽃들은 크기나 모양, 색깔 등이 모두 다름에도 불구하고 인간은 그것들을 모두 꽃으로 인식한다. 그 이유는 개개의 대상으로부터 공통적·일반적 성질을 뽑아내거나 공통되지 않은 성질을 버림으로써 만들어낸 추상적 관념, 즉 개념을 바탕으로 인식하기 때문이다. 어떤 대상이 기존의 개념 체계 안에서 파악된다면 처음 접하는 대상이라 하더라도 그에 대한 지식이 있다고 할 수 있다. 반면 대상이 기존의 어떤 개념과도 일치하지 않는다면 그에 대한 지식도 없는 것이라 할 수 있다. 그런데 칸트는 개념만으로는 지식이 완전하지 않다고 보았다. 가령 삼각형의 개념을 안다 하더라도 삼각형 모양을 머릿속에 떠올리지 못하면 그 개념은 공허한 것일 뿐이다. 칸트는 개념을 구체적인 모습으로 떠올린 것을 '도식'이라고 했는데, 도식을 떠올리는 데에는 '상상력'이 작용하며, 도식이 있어야 개념과 개별적 대상이 연결될 수 있다고 보았다.

　칸트는 상상력에는 감성과 지성이 관련된다고 보았으며, 이를 '재생적 상상력'과 '창조적 상상력'으로 나누어 각각의 기능에 대해 언급한 바 있다. 프랑스의 철학자 질 들뢰즈는 이러한 칸트의 상상력에 대해 다음과 같이 설명했다. 먼저 '재생적 상상력'은 개념을 이해하고 확인하는 것이다. 머릿속에 꽃의 도식을 떠올리는 것은 꽃의 개념을 분명하게 나타내는 수단이다. 만약 꽃의 도식이 개념과 맞지 않는다면 잘못된 도식을 가지고 있는 것이므로 도식을 수정해야 한다. 재생적 상상력으로 만들어 낸 도식은 개념에 종속되며 어떤 대상이 주어진 개념과 일치하는지를 판별하는 역할을 한 뿐이다. 반면 '창조적 상상력'은 개념에 구애받지 않는 것이다. 예술가들의 경우 사물의 개념에 의문을 품고 개념과 연결하기 어려운 낯선 도식을 작품으로 표현했다. 들뢰즈는 예술가들의 상상력이 만들어 낸 낯선 도식들이 기존 개념을 흔듦으로써 새로운 인식을 이끌어 낸다고 보았다.

　들뢰즈는 재생적 상상력을 거부하고 창조적 상상력을 긍정했는데, 그 이유는 재생적 상상력이 만들어 내는 획일화된 삶에 대한 거부감 때문이었다. 개념과 개념에 종속된 도식은 동일성을 바탕으로 형성되는 것이므로 개별적인 존재의 독특한 특성은 개념을 벗어나는 것이다. 존재의 독자성은 개념에 부합하지 않는 비정상적인 것으로 취급되기 때문에 사람들은 개념에 의해 만들어진 엄격한 지침이나 질서를 따를 수밖에 없게 된다. 들뢰즈는 이러한 사회에서는 존재들이 독자적 성격을 발현하지 못하고 획일화된 삶을 살 수밖에 없다고 보았다. 들뢰즈는 개인이 주체로서 살기 위해서는 틀에 박힌 삶을 과감히 떨치고 유목민과 같은 방식으로 살 필요가 있다고 보았다. 유목민들은 정착과 안정된 삶에 얽매이지 않고 새로운 곳을 찾아다닌다. 정착하지 않기 때문에 특정한 가치와 삶의 방식에 매달리지 않고 끊임없이 자신을 바꾸어 간다. 남들이 정해 놓은 개념에 얽매이지 않기 때문에 그들은 자유롭고 독자적인 존재로 살아가는 것이다.

　들뢰즈는 획일화된 삶을 탈피하기 위해서 개념에 의존하지 않는 것이 중요하다고 보았다. 세상에 존재하는 모든 장미꽃은 모두 제각각 자신만의 독특한 모양과 향기가 있다. 그것은 진달래꽃, 국화꽃과 구분되는 장미꽃의 개념만을 가진 사람에게는 인식되지 않는 것이다. 그래서 들뢰즈는 개념적으로 파악되는 '차이'와 개별 존재의 독자성을 구분하기 위해 '차이 자체'라는 말을 썼다. 예를 들어 A라는 사람을 이야기하기 위해 "A는 강원도 출신이며 공무원이다."라고 했을 때, A의 특성은 '강원도 출신', '공무원'이라는 성질에 의존한다. 어떤 개념을 형성하는 성질들을 '내포'라고 하는데 내포들이 많아지면 그것의 적용 범위인 '외연'은 줄어든다. 내포들이 많아지면 결국 외연이 단 한 명을 가리킬 수도 있다. 그렇지만 내포들 역시 동일성을 바탕으로 형성된 것이기 때문에 강원도 출신이 아닌 사람들, 공무원이 아닌 사람들과 '차이'를 나타낼 수는 있어도 그것이 A의 독자적 성질을 나타내는 것은 아니다. 결국 내포를 통해 '차이 자체'를 발견하는 것은 불가능에 가깝다고 할 수 있다.

　세상 사람 모두가 제각각 다른 모양과 특성을 가지고 있듯 정원에 가득 피어 있는 장미꽃들도 제각각 독특함을 가지고 있을 것이다. 그렇지만 장미꽃이라는 개념으로 파악하면 그저 다 같은 장미꽃일 뿐이다. 결국 세상의 장미들에 대해 모두 안다고 생각하지만, 존재들 하나하나에 대해 아는 것은 없다고 할 수 있다. 들뢰즈가 생각하기에 사람들은 세상에 대해 알고 있다고 하지만, 실상은 진부한 개념만 알 뿐이었다. 그는 우리가 알아야 하는 것이 존재하는 모든 것들이 가진 '차이 자체'이며, 이는 틀에 박힌 개념의 틀에서 깨어날 때 비로소 드러난다고 보았다.

15 제시문의 내용을 바탕으로 다음 〈보기〉의 빈칸에 들어갈 말을 차례대로 기술하시오.

〈보기〉

장미꽃의 개념과 맞는 도식을 머릿속에 떠올리는 것은 '(　　ⓐ　　)'이 발휘된 것이고, 기존의 원근법을 무시하고 산과 마을의 풍경을 하나의 덩어리로 표현한 입체파 화가의 그림은 '(　　ⓑ　　)'이 발휘된 것이다.

16 다음의 〈보기 1〉은 소설 「어린 왕자」의 일부분이다. 위의 제시문의 내용을 바탕으로 〈보기 1〉을 해석할 때 〈보기 2〉의 빈칸에 들어갈 말을 차례대로 쓰시오.

〈보기 1〉

"너희들은 누구니?"
놀란 어린 왕자가 물었다.
"우린 장미꽃들이야."
"아! 그래?"
어린 왕자는 자신이 아주 불행하게 느껴졌다. 그의 꽃은 그에게 이 세상에 자기와 같은 꽃은 하나뿐이라고 말했었다. 그런데 여기 와 보니 똑같은 꽃이 한 정원에만도 5천 송이가 피어 있는 것이 아닌가!

(중략)

어린 왕자는 장미꽃들을 다시 보러 갔다.
"너희들은 내 장미꽃과는 전혀 닮지 않았어. 너희들은 아직 아무것도 아니거든. 아무도 너희를 길들이지 않았고 너희들 역시 아무도 길들이지 않았어. 너희들은 예전의 내 여우와 같아. 처음에는 그도 수많은 다른 여우들과 다를 바가 없었지. 하지만 내가 그를 친구로 만들었기 때문에 이젠 그는 세상에서 하나밖에 없는 여우가 된 것이야."

〈보기 2〉

- '어린 왕자'에게 '예전의 내 여우'나 '5천 송이' 장미는 '(　　ⓐ　　)'은/는 알지만 '(　　ⓑ　　)'을/를 발견하지 못했다는 점에서 공통점이 있는 대상이다.
- '어린 왕자'가 길들인 후의 여우를 '세상에서 하나밖에 없는 여우'라고 말하는 이유는 세상에 존재하는 수많은 여우들과 다른 개념적 '(　　ⓒ　　)'을/를 파악했기 때문이다.

[17~18] 다음 글을 읽고 물음에 답하시오.

초음파는 사람이 들을 수 있는 주파수보다 높은 주파수를 가지는 음파이다. 이를 이용한 초음파 진단기는 신체에 탐촉자*를 대고 초음파를 발생시킨 뒤, 인체 조직을 통과하는 초음파 빔 중에서 되돌아오는 신호를 탐촉자가 수신하여 영상으로 변환해 화면에 나타내는 기기이다.

초음파는 소리의 파동이기 때문에 전파되기 위해서는 매개체, 즉 매질이 필요하다. 매질의 특성에 따라 초음파의 전파 속도에 차이가 나며, 동일한 매질 내에서는 동일한 전파 속도를 가진다. [자료 1]은 매질별 초음파의 전파 속도와 음향 저항을 나타낸 표이다. 인체는 대략 65%가 수분으로 구성되어 있어 평균적인 전파 속도가 1,540m/s와 유사한 값을 갖는다. 뼈조직에서의 전파 속도는 4,080m/s로 가장 빠르고, 대부분이 공기로 채워진 폐에서의 전파 속도는 가장 느리다. 전파 속도는 통과하는 매질의 체적 탄성률*에 비례하고 매질의 밀도에 반비례한다.

매질	초음파의 전파 속도 (m/s)	음향 저항 (g/cm² · s)
공기	331	0.0004
지방	1,450	1.38
물	1,540	1.54
혈액	1,570	1.61
근육	1,585	1.70
뼈	4,080	7.80

[자료 1]

탐촉자에서 송신한 초음파 빔은 인체 조직을 통과하면서 조직의 경계면에서 반사되거나 조직 내에서 산란되어 되돌아오는데, 초음파 진단기는 이러한 반사파나 산란파를 이용한다. 음향 저항이 서로 다른 두 조직의 경계면에 초음파가 입사*되면, 일부는 반사되고 나머지는 투과된다. 음향 저항은 음파에 대한 매질의 저항을 의미하는 것으로, 매질의 밀도(g/cm³)와 매질 내 전파 속도(m/s)를 곱한 값으로 결정된다. 이때, 두 매질 사이에 음향 저항의 차이가 클수록 반사되는 초음파의 세기가 증가한다. 같은 매질 내에서는 같은 전파 속도를 가지므로, 음향 저항의 차이를 유발하는 것은 두 매질 간의 밀도 차이이다. 근육, 힘줄, 인대 등과 같은 연부 조직의 평균 음향 저항은 1.70g/cm² · s로 지방보다 공기와의 음향 저항의 차이가 더 크므로, 지방과 근육의 경계면보다 공기와 근육의 경계면에서 반사파의 세기가 더 크다. 초음파 검사 시에 탐촉자와 피부 표면 사이에 점성이 높은 액체형 젤(gel)을 바르는 것도 탐촉자와 피부 사이의 공기로 인한 음향 저항의 차이를 고려하는 것이다.

또한 음파의 반사는 입사각의 영향을 크게 받는다. 입사각은 입사되는 초음파와 법선*이 이루는 각도를 말한다. 표면이 평평한 두 매질의 경계면에 초음파 빔이 입사할 경우, 법선을 기준으로 입사각과 반사각은 같다. 초음파 빔이 조직의 경계면에 수직으로 입사하면, 탐촉자로 돌아오는 반사파가 많아져서 초음파 영상이 명료하게 나타난다. 하지만 입사각이 커질수록, 즉 입사파와 경계면이 이루는 각도가 작아질수록 빔은 탐촉자의 반대 방향으로 반사되어 탐촉자로 돌아오는 빔이 적어져서 영상에 포함되지 않게 된다. [자료 2]는 초음파가 조직의 경계면에 수직으로 입사한 경우의 반사 계수를 나타낸 표이다. 반사 계수란 입사파 대비 반사파의 비율로, 이 값이 1에 가까울수록 입사파 대부분이 반사됨을 의미한다.

경계면	반사 계수
지방-근육	0.10
혈액-근육	0.03
근육-뼈	0.64
신장-간	0.01
연부 조직-물	0.05
연부 조직-공기	0.99

[자료 2]

한편, 산란은 초음파 빔이 표면이 균일하지 않은 반사면에 부딪히거나 초음파 파장보다 크기가 작은 산란체*를 만났을 때 여러 방향으로 흩어지는 것을 말한다. 반사가 두 조직의 경계면에서 발생하는 것과 달리, 산란은 조직 내 표면이 울퉁불퉁한 부분적인 부위에서 발생한다. 산란체의 크기가 초음파 파장의 길이보다 작을수록 산란의 강도가 증가한다. 또한 산란 강도는 주파수의 네제곱에 비례하기 때문에 주파수를 높일수록 산란 강도가 증가하여 더 좋은 초음파 영상을 얻을 수 있다. 초음파가 산란되는 강도는 조직마다 상이한데, 2.5MHz 초음파를 인체에 입사했을 때 혈액은 0.001로 가장 작은 반면에 지방은 1로 매우 큰 편이다.

초음파 검사 시 주의 사항이 있다. 위장, 간, 담낭 등의 장기를 살펴볼 수 있는 상복부 초음파 검사를 할 경우, 물을 포함한 음식물의 섭취가 소화액과 장내 가스를 발생시켜 반사파가 증가한다. 즉 위장에서 분비하는 소화액과 장내 가스는 위장의 깊숙한 부위 혹은 팽창된 위장에 가려지는 췌장이나 간 등의 장기에 초음파가 도달하는 것을 방해할 수 있다. 따라서 상복부 초음파 검사 전에는 8~12시간 이상 물을 마시지 말고 금식해야 한다. 또한 껌을 씹거나 흡연하는 과정에서 삼킨 많은 공기가 위장으로 들어가 초음파의 전파를 방해하므로, 검사 전에 껌 씹기와 흡연을 하지 않아야 한다. 방광, 자궁, 전립선 등 골반 내 장기를 살펴볼 수 있는 하복부 초음파 검사의 경우, 방광 속 가스를 없애기 위해서 많은 양의 물을 마시되 가스를 생성하는 탄산음료는 마시지 말아야 하며 검사가 끝나기 전까지 소변을 참아야 한다. 이러한 번거로움이 있음에도 인체 진단용 초음파는 인체에 무해하고 별도의 상처를 내지 않고도 내부 장기를 검사할 수 있으며 실시간 영상을 제공하는 장점이 있어 의학적 응용 범위가 꾸준히 확대되고 있다.

***탐촉자**: 초음파를 발생시켜 송신하고 되돌아오는 음파를 수신하는 장비.
***체적 탄성률**: 물체의 모든 방향에서 균일한 압축력이 가해졌을 때, 압축되지 않으려고 저항하는 정도를 나타내는 값.
***입사**: 소리나 빛의 파동이 매질 속을 지나 다른 매질의 경계면에 이르는 일.
***법선**: 어떤 면에 수직으로 세운 가상의 선.
***산란체**: 입자나 전자기파의 산란을 일으키는 물체.

17 제시문은 초음파 진단기를 소개하며 초음파 검사 과정에서 발생하는 반사와 산란 현상의 특징에 대해 설명하고 있다. 다음의 빈칸에 들어갈 말을 제시문에서 찾아 쓰시오.

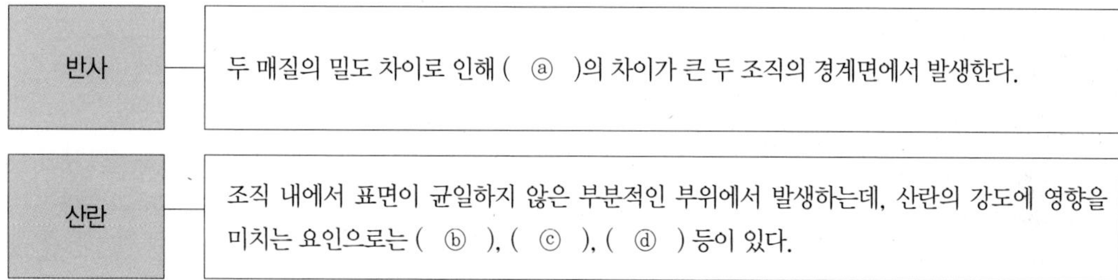

〈유의 사항〉

ⓑ, ⓒ, ⓓ의 순서는 상관 없음.

18 다음은 제시문 읽고 추론한 내용이다. 빈칸에 들어갈 말을 왼쪽의 제시어에서 골라 쓰시오.

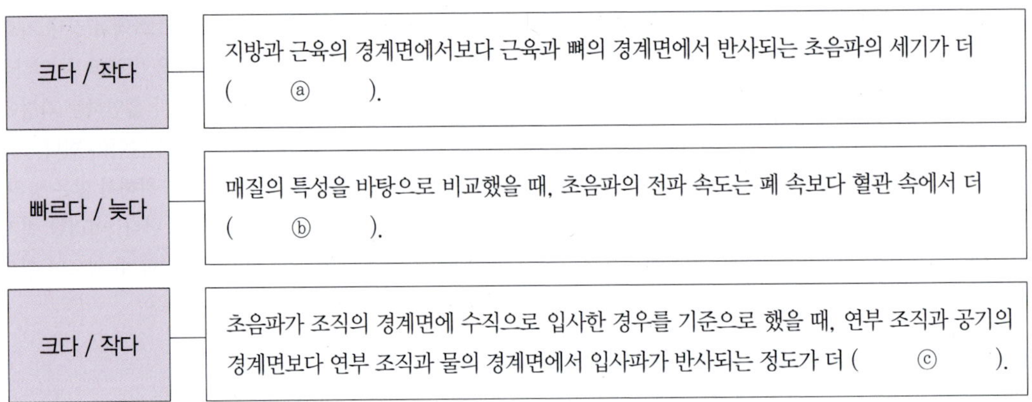

[19~20] 다음 글을 읽고 물음에 답하시오.

아리스토텔레스는 논증의 형식에 의해 논증의 타당성이 결정된다고 보았다. 그래서 타당한 논증과 부당한 논증을 가려 낼 수 있는 규칙을 제시했는데, 이를 이용하면 삼단 논법의 타당성 판단을 수월하게 할 수 있다. 이 규칙을 사용하기 위해서는 먼저 논증에 포함된 명제들을 구별하는 것이 필요하다. 삼단 논법에서 결론의 주어를 소명사, 술어를 대명사라 하며 두 전제에서 공통으로 사용하는 명사는 매개 명사라 한다. 전제는 두 가지로 구분되는데 대명사가 포함된 전제는 대전제이고, 소명사가 포함된 전제는 소전제이다. 또한 삼단 논법은 명제가 기본적으로 대전제, 소전제, 결론의 순서로 배열되지만 필요에 따라 순서는 달라질 수 있다.

[A] 다음은 명제에서 주어나 술어가 전체 대상을 지칭하는지 아니면 일부에 대해서만 지칭하는지를 가려 내야 한다. 이때 사용되는 용어가 주연이다. 명제 안에서 명사가 전체 대상을 지칭하는 데 사용되면 '주연된다'고 한다. 주어는 전칭 명제에서 주연되고 특칭 명제에서는 주연되지 않는다. 술어는 부정 명제에서 주연되고 긍정 명제에서는 주연되지 않는다. 가령 '모든 고양이는 색맹이다'에서 '고양이'는 이 세상, 모든 고양이를 지칭하고 있으므로 주연된다. 하지만 '색맹'은 이 세상 모든 색맹인 대상들 가운데에서도 고양이만을 지칭하고 있으므로 주연되지 않는다.

아리스토텔레스가 만든 규칙 중에 주연 개념에서 파생된 것은 두 개가 있는데, 한 개의 규칙이라도 위반한 삼단 논법은 부당한 논증이 된다. 첫 번째 규칙은 '매개 명사는 적어도 한 번은 주연되어야 한다.'는 것이고, 두 번째 규칙은 '전제에서 주연되지 않은 명사는 결론에서 주연될 수 없다.'는 것이다. 이때 두 번째 규칙을 위반하는 삼단 논법으로는 '대명사가 결론에서만 주연되고 전제에서는 주연되지 않는 경우'와, '소명사가 결론에서는 주연되나 전제에서는 주연되지 않는 경우'로 나눌 수 있다.

'어떤 과학자는 철학자이다. 모든 학생은 과학자이다. 따라서 어떤 학생은 철학자이다.'라는 논증에 대하여 위의 규칙을 이용해서 타당성을 파악해 보자. 매개 명사 '과학자'는 첫 번째 명제에서 '어떤 과학자'로 사용했으므로 전체 과학자의 일부만을 지칭한다. 두 번째 명제의 '과학자' 역시 '학생' 중에서의 '과학자'를 의미하므로 과학자의 일부만을 지칭하고 있다. 첫 번째 규칙과는 달리 매개 명사가 두 전제에서 모두 주연되지 않았다. 따라서 이 논증은 부당하다고 판단할 수 있다.

19 위의 제시문에서 아리스토텔레스가 삼단논법의 타당성을 판단하기 위해 제시한 개념을 2음절로 쓰시오.

〈유의사항〉

– 2음절의 한 단어로 쓸 것

20 제시문의 [A]를 바탕으로 다음에 열거된 명제들의 주어와 술어의 '주연' 여부를 판단하시오.

		주어	술어
ⓐ	어떤 철학자는 논리학자이다.	( )	( )
ⓑ	어떤 수학자도 과학자가 아니다.	( )	( )
ⓒ	어떤 심리학자는 요리사가 아니다.	( )	( )

〈유의사항〉

– 해당 명제가 주연되면 ○, 주연되지 않으면 ×로 표기할 것

[21~22] 다음 글을 읽고 물음에 답하시오.

　　조선의 성리학자들은 음악의 예술성과 교화성(敎化性)에 주목하여, 치세(治世)의 수단으로서 음악의 의미와 가치를 강조하였다. 치세의 도구로서 음악이 올바른 역할을 하기 위해서는 음악과 관련된 제반 요소를 정비하는 것이 중요하였다. 특히 조선의 성리학자들은 악곡(樂曲) 작곡 및 악기 제작의 기본 척도이며 악기의 음질을 결정하는 데 핵심적 요소가 되는 율관(律管) 제작법에 많은 관심을 쏟았다. 율관은 전통 음악에 쓰이는 기본음을 낼 수 있는 죽관(竹管)으로서 음을 조율하는 도구이다. 조선의 성리학자들은 음(音)의 기본이 되는 소리를 황종(黃鐘)이라 부르고 황종의 음(音)을 낼 수 있는 황종 율관을 만들기 위하여 많은 관심과 노력을 기울였다. 황종 율관의 길이와 부피의 수치가 사회적 도량형(度量衡)의 기준도 되었기 때문에 황종 율관의 표준 규격을 정하는 것은 매우 중요하였다.

　　황종 율관의 규격을 정하는 방법은 다양하였는데, 그중 기장법이 널리 사용되었다. 기장법은 곡식인 기장의 길이로 율관의 규격을 정하는 방법인데, 기장을 세로로 쌓아 만든 것을 ⓐ종서척(縱黍尺), 기장을 가로로 쌓아 만든 것을 ⓑ횡서척(橫黍尺)이라고 한다. 종서척은 기장의 길이가 긴 세로 방향으로 늘어놓은 기장알 1개의 길이를 1분(分)으로, 9개로 늘어놓은 9분을 1촌(寸)으로, 9촌을 1척(尺)으로 삼았다. 횡서척은 기장의 길이가 짧은 가로 방향으로 늘어놓은 기장알 1개의 길이를 1분으로, 10개를 늘어놓은 10분을 1촌으로, 10촌을 1척으로 삼았다. 두 방법은 늘어놓는 방법에 따라 기장 낱알의 길이에서는 차이가 나지만 황종 율관의 전체 길이로 삼은 1척의 길이는 결과적으로 같았다. 한편 황종 율관에 기장 1,200알을 담으면 율관이 가득 찬다고 보아 그 부피로 정하였다.

　　조선의 성리학자들은 황종 율관의 수치를 정하기 위해 『한서(漢書)』 「율력지(律曆志)」의 수치를 활용하였다. 이 책에서는 황종 율관의 길이를 9촌으로 제시하고 있다. 이때 황종 율관의 길이로 제시한 9촌은 기장알 90개를 늘어놓은 길이이다. 즉 90분을 9촌으로 삼아 황종 율관의 길이로 제시하였다. 이는 종서척과 횡서척에 근거한 단위 개념들이 혼재된 것으로 조선의 성리학자들은 수의 철학적 의미에 기반하여 『한서(漢書)』 「율력지(律曆志)」에 제시된 황종 율관의 수치를 이해하고자 하였다. 성리학에서는 천지의 수가 1에서 시작하여 10에서 끝난다고 보았다. 이중 1, 3, 5, 7, 9는 양(陽)의 수, 2, 4, 6, 8, 10은 음(陰)의 수라 하였으며, '9'를 양수(陽數)의 완성으로 보았고 '10'을 음수(陰數)의 완성으로 보았다. 조선의 성리학자들은 황종이 음악의 시작점이 되는 소리임과 동시에 음악의 기준이 되는 소리이기 때문에 황종을 양의 기를 가진 완성된 소리라 생각하였다. 이 점에 주목하여 그들은 9라는 숫자가 가진 철학적 의미를 토대로 이와 같은 황종 율관의 수치가 결정된 것이라 보았다.

[A]
　　조선 시대의 음악은 한 옥타브* 내의 음이 12음으로 구성되었으며 각 음 사이는 반음 정도의 차이가 있었다. 이 음들은 황종 율관과 그것을 기준으로 만들어진 11개의 율관에서 산출된다. 11개의 율관은 삼분손익법(三分損益法)을 사용해 황종 율관의 길이를 짧게 해 만들었는데, 율관의 길이가 짧을수록 음은 높아진다. 삼분손익법은 삼분손일법(三分損一法)과 삼분익일법(三分益一法)을 교대로 사용하여 율관의 길이를 산정한다. 우선 삼분손일법은 한 율관의 길이를 3등분 한 뒤, 그 1/3을 제거하고 남은 2/3만으로 다음의 율관의 길이를 산정하는 것이다. 그리고 삼분익일법은 3등분 한 율관의 1/3을 본래의 율관에 더하여 다음 율관의 길이를 구하는 것이다. 가령, 황종 율관에서 1/3을 뺀 관의 길이로 임종 율관을 구하고, 임종 율관에서 1/3을 더한 관의 길이로 태주 율관을 구한다. 삼분손익법으로 율관을 만들면 임종·태주·남려·고선·응종·유빈·대려·이칙·협종·무역·중려 율관 순이 된다. 그런데 대려·협종·중려 율관의 길이가 너무 짧아 이들 율관에서 나오는 소리는 황종보다 한 옥타브 위에 있는 음이 된다. 그래서 이 세 율관의 길이만 본래 길이보다 두 배로 늘려서 만들어 황종 음과 같은 옥타브 내의 음이 되도록 율관의 길이를 조절하였다. 이에 따라 율관의 길이가 긴 것에서 짧은 순으로 12음을 배열하면, 황종·대려·태주·협종·고선·중려·유빈·임종·이칙·남려·무역·응종의 순이 된다. 이 음들은 양의 소리인 '율(律)'과 음의 소리인 '려(呂)'가 번갈아 구성되어 12율려(律呂)라고 불렸다.

*옥타브: 어떤 음에서 완전 8도의 거리에 있는 음. 또는 그 거리.

21 위의 제시문의 내용을 바탕으로 ⓐ에 따라 1척의 길이를 만들기 위해 필요한 기장알의 수와 ⓑ에 따라 1척의 길이를 만들기 위해 필요한 기장알의 수를 각각 구하시오.

ⓐ 종서척: _________________________ 개

ⓑ 횡서척: _________________________ 개

22 다음의 〈보기〉는 [A]의 내용을 바탕으로 율관의 길이를 구하는 방법을 도식화한 것이다. '삼분익일법'을 사용하여 만든 율관들과 '삼분손일법'을 사용하여 만든 율관들을 〈보기〉에서 찾아 각각 쓰시오.

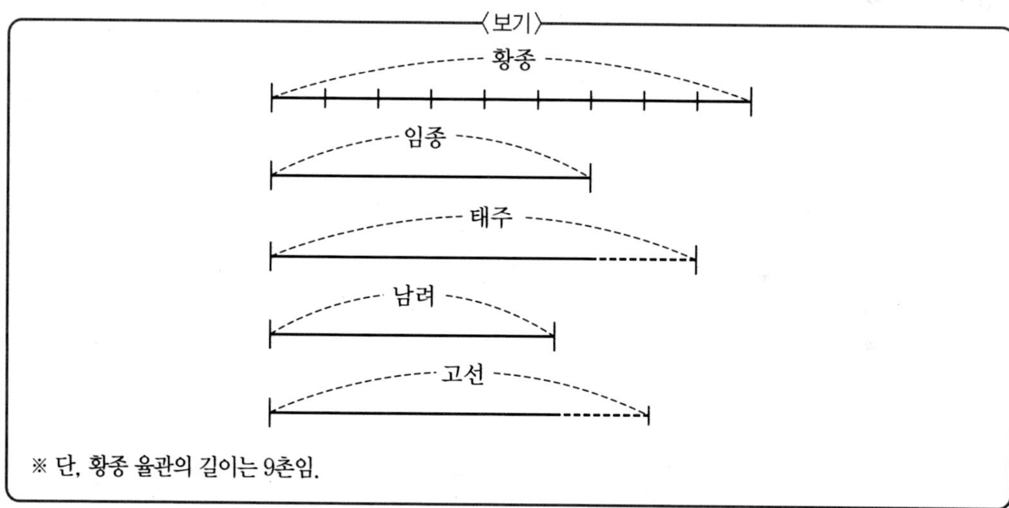

ⓐ 삼분익일법 ⇒ ____

ⓑ 삼분손일법 ⇒ ____

[23~24] 다음 글을 읽고 물음에 답하시오.

전류가 흐른다는 것은 전하가 이동한다는 것을 의미한다. 전하란 전기적 성질의 근원이 되는 물리량으로, 원자핵의 양성자는 양(+)의 전하를, 원자핵 주변의 전자는 음(−)의 전하를 갖고 있다. 고체의 경우 좁은 영역 안에 존재하는 수많은 원자들의 상호 작용에 의해 전자가 가질 수 있는 에너지가 거의 연속적으로 분포하는 영역이 생기게 되는데, 이러한 에너지 영역을 에너지띠라고 한다. 에너지띠는 원자가띠와 전도띠로 구분할 수 있는데, 원자가띠에 있는 전자는 에너지를 흡수하면 에너지 상태가 더 높은 전도띠로 이동하여 자유 전자가 된다. 자유 전자는 특정한 원자핵에 붙들려 있지 않아 원자핵 사이를 자유롭게 돌아다닐 수 있다. 이때 원자가띠에서 전자들이 빠져나간 자리에 양전하를 띤 정공이라는 구멍이 생기게 된다. 정공 자체는 입자는 아니지만 주변 전자들의 위치가 바뀌면 정공도 이리저리 위치가 바뀌게 된다. 따라서 정공 또한 전자와 마찬가지로 전하를 운반하여 전류를 흐르게 할 수 있다.

금속 같은 도체는 원자가띠와 전도띠가 겹쳐 있어 약간의 에너지만 흡수해도 원자가띠의 전자들이 쉽게 전도띠로 올라가 자유 전자가 될 수 있다. 따라서 도체에 전압을 걸어 주면 전자들이 한 방향으로 움직이면서 전류가 흐르게 된다. 부도체는 원자가띠와 전도띠 사이의 간격, 즉 띠 간격이 비교적 커서 원자가띠의 전자들이 전자띠로 쉽게 올라갈 수 없으므로 전류가 거의 흐르지 않는다. 한편 띠 간격이 작은 반도체의 경우, 원자핵 주변의 전자들이 원자가띠를 가득 채우고 있어 전류가 흐르지 못하지만, 어떤 조작을 통하여 전도띠에 전자가 존재하도록 하거나 원자가띠의 전자를 일부 부족하게 하면 전류가 흐를 수 있다.

순도가 높은 반도체인 진성 반도체에 소량의 불순물을 첨가한 반도체를 외인성 반도체라고 한다. 외인성 반도체는 첨가된 불순물의 종류에 따라 n형 반도체와 p형 반도체로 구분된다. n형 반도체의 경우 일부 전자가 전도띠에 존재하기 때문에 음전하를 띤 자유 전자가 전하를 옮길 수 있게 되는데, 이렇게 반도체에 전자를 추가 공급하는 불순물을 공여체라고 한다. 반면 p형 반도체에 첨가되는 불순물을 수용체라고 한다. 진성 반도체에 수용체를 첨가하면 원자가띠의 전자가 일부 부족하게 된다. 그 결과 p형 반도체의 원자가띠에는 정공이 생기게 되어 양전하를 옮길 수 있게 된다.

트랜지스터는 3개의 반도체가 접합된 전자 부품으로, 반도체의 접합 순서에 따라 n형−p형−n형 순서로 접한된 npn형 트랜지스터와 p형−n형−p형 순서로 접합된 pnp형 트랜지스터로 나뉜다. npn형 트랜지스터의 경우 가운데 p형 반도체는 양쪽에 접합된 n형 반도체에 비해 폭이 좁다. 그리고 트랜지스터의 세 전극은 각각 2개의 n형과 1개의 p형 반도체에 접속되어 있다. 이때 가운데 p형 반도체를 베이스(B), 양쪽의 n형 반도체를 각각 이미터(E), 콜렉터(C)라고 한다.

23 제시문의 내용을 바탕으로 물체 안에 존재하는 자유 전자가 전하를 옮길 수 있는 이유에 대해 기술하시오.

〈유의사항〉

− 40자 이내의 한 문장으로 기술할 것(공백 제외)

24 외인성 반도체는 첨가되는 불순물의 종류에 따라 n형 반도체와 p형 반도체로 구분한다. 빈칸을 채워 각 불순물의 역할을 완성하시오.

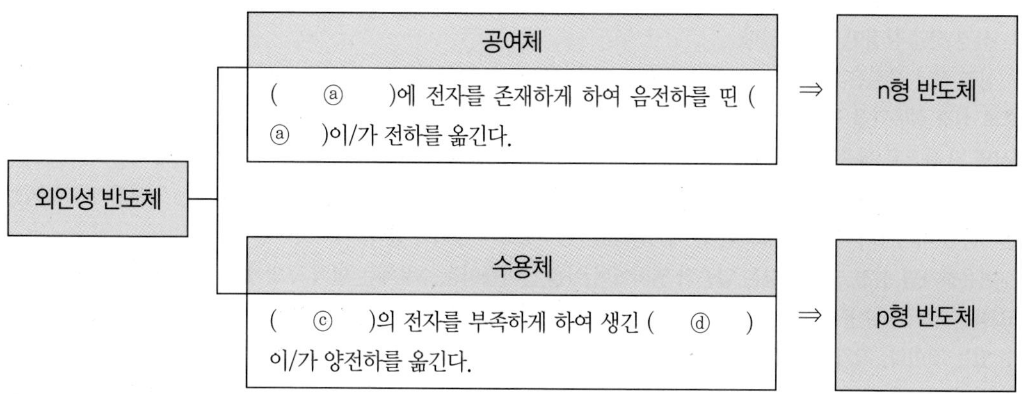

[25~26] 다음 글을 읽고 물음에 답하시오.

인간의 뇌는 그 무게가 평균 1,300~1,500그램으로 몸무게의 약 2.5퍼센트밖에 되지 않는다. 그렇지만 우리 몸의 산소 소모량과 혈류량의 20퍼센트를 차지한다. 즉, 뇌의 산소 소모량과 혈류량은 우리 몸의 다른 부분에 비해 무게 대비 열 배를 차지하는 것이다. 이 정도로 뇌는 우리 몸에서 가장 중요한 곳이다. 주름 잡힌 뇌를 펼치면 표면적이 2,300제곱센티미터로 신문지 반 장 정도의 작은 면적에 지나지 않는다. 그러나 뇌의 단 몇 밀리미터 정도라도 손상된다면 인생이 바뀌어 버릴 수도 있다. 뇌의 기능이 심하게 손상된 사람은 사고와 운동을 할 수 없는 식물과 같아진다. 이렇게 인간이 삶을 영위하는 데 중요한 역할을 하는 뇌는 어떻게 수많은 정보를 교신하고 있을까? 우리가 아무리 복잡한 정보 체계를 상상한다 해도 수백 억에서 수천 억 개에 이르는 신경 세포가 거미줄처럼 연결되어 있는 뇌의 복잡성에는 따라가지 못할 것이다.

한 개의 신경 세포는 수천, 수만 개의 신경 세포와 정보를 주고받고 있다. 이러한 정보 교신을 담당하고 있는 주역이 바로 화학 물질인 신경 전달 물질이다. 이 신경 전달 물질의 발견은 20세기의 가장 획기적인 발견 중 하나이다. 20세기 초까지만 하더라도 신경 세포와 신경 세포 사이에는 세포질이 서로 전깃줄처럼 연결되어 정보가 전달되는 것으로 생각하였다. 그러나 현미경으로 자세히 관찰한 결과, 신경 세포 사이에는 항상 일정한 틈이 존재한다는 사실이 밝혀졌다. 이에 따라 틈을 뛰어넘어 정보가 전달되기 위해서는 어떤 매개 물질의 존재가 필요하다는 추론이 자연스럽게 나오게 되었고, 이는 사실로 증명되었다.

1921년 오토 뢰비 박사는 미주 신경이 붙어 있는 개구리 심장과 미주 신경을 제거한 개구리 심장을 준비하여 각각 링거액에 담그고 링거액이 서로 통하게 연결했다. 첫 번째 개구리의 심장에 붙어 있는 미주 신경을 자극하자 심장의 박동이 느려졌다. 그런데 놀랍게도 미주 신경이 없는 두 번째 개구리의 심장 박동도 느려졌다. 이를 통해 오토뢰비 박사는 첫 번째 개구리의 심장에 붙어 있는 미주 신경을 자극하면 이 신경의 말단에서 어떤 물질이 방출되어 나와 링거액을 통해 신경이 없는 두 번째 개구리의 심장에 직접 영향을 미친다는 사실을 밝혀냈다. 신경 전달 물질의 존재를 처음으로 증명한 셈이다. 이 공적으로 그는 1936년에 노벨 생리 · 의학상을 받았다. 미주 신경 말단에서 나온다는 의미로 이 신경 전달 물질을 '미주 신경 물질'이라 명명하였다. 이후 이 물질은 아세틸콜린임이 밝혀졌고, 현재까지 뇌에서는 마흔 종류가 넘는 신경 전달 물질이 발견되었다.

신경 전달 물질은 보통 때는 신경 섬유 말단부의 조그마한 주머니인 소포체에 저장되어 있다. 신경 정보가 전기적 신호로 신경 섬유막을 통해 말단부로 전파되어 오면, 이 주머니가 신경 세포막과 결합한 후 터져서 신경 전달 물질이 연접(시냅스) 틈으로 방출된다. 방출된 신경 전달 물질은 2만분의 1밀리미터 정도의 짧은 간격을 흘러서 다음 신경 세포막에 다다른다. 세포막에 있는 특수한 구조와 결합함으로써 정보가 전달되는 것이다. 이 특수한 구조는 정보를 받아들이는 물질이라는 의미에서 '수용체'라고 한다. 이 수용체는 단백질로 구성되어 있다.

비유하자면 신경 전달 물질은 일종의 열쇠이며 이를 받아들이는 수용체는 열쇠 구멍에 해당한다. 신경 전달 물질이라고 하는 열쇠가 수용체라고 하는 열쇠 구멍에 맞게 결합함으로서 다음 신경 세포막에 있는 대문이 열려 정보가 전달될 수 있는 것이다. 각각의 신경 전달 물질들은 각자 특유의 수용체 분자하고만 결합하여 특정 정보를 전달한다. 정리하자면 신경 정보를 가지고 있는 신경 전달 물질이라고 하는 화학 분자와 그 정보를 받아들이는 수용체라고 하는 특수 단백질 분자의 상호 결합으로 고도의 정신 기능에서부터 행동 · 감정에 이르기까지 모든 것이 결정되는 것이다.

25 다음의 〈보기〉는 시기별로 신경 세포가 정보를 주고받는 방법의 차이를 설명한 것이다. 빈칸에 들어갈 말을 기술하시오.

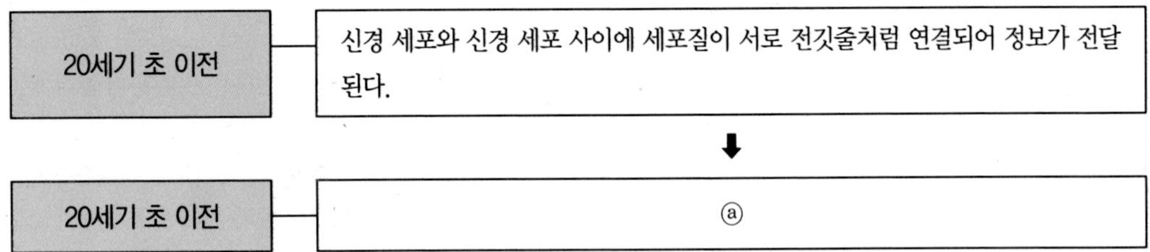

〈유의사항〉

– 40자(±5자) 이내의 한 문장으로 기술할 것(공백 제외)

26 다음의 〈보기〉는 신경 전달 물질이 신경 세포 사이에서 정보를 전달하는 과정을 나타낸 것이다. 빈칸에 들어갈 기관의 이름을 쓰시오.

〈보기〉

(ⓐ)에 저장되어 있는 신경 전달 물질이 연접 틈으로 방출된다.	➡	방출된 신경 전달 물질이 짧은 간격을 흘러서 다음 신경 세포막에 도달한다.	➡	신경 전달 물질이 세포막에 있는 특정 (ⓑ)와/과 결합한다.

Money can't buy happiness, but
neither can poverty.
행복은 돈으로 살 수 없지만
가난으로도 살 수 없다.

– 레오 로스텐 –

PART **2**

수학

I 지수함수와 로그함수

[핵심이론]

1 거듭제곱근

(1) 실수인 거듭제곱근

① a가 실수이고 n이 2 이상의 자연수일 때 a의 n제곱근 중 실수인 것

	$a>0$	$a=0$	$a<0$
n이 짝수	$\sqrt[n]{a}>0,\ -\sqrt[n]{a}<0$	$\sqrt[n]{0}=0$	없다
n이 홀수	$\sqrt[n]{a}>0$	$\sqrt[n]{0}=0$	$\sqrt[n]{a}<0$

② a의 n제곱근 중 실수인 것은 방정식 $x^n=a$의 실근이므로, 함수 $y=x^n$의 그래프와 직선 $y=a$의 교점의 x좌표와 같다.

(2) 거듭제곱근의 성질

$a>0$, $b>0$이고 m, n이 2 이상의 자연수 일 때

① $(\sqrt[n]{a})^n=a$

② $\sqrt[n]{a}\,\sqrt[n]{b}=\sqrt[n]{ab}$

③ $\dfrac{\sqrt[n]{a}}{\sqrt[n]{b}}=\sqrt[n]{\dfrac{a}{b}}$

④ $(\sqrt[n]{a})^m=\sqrt[n]{a^m}$

⑤ $\sqrt[m]{\sqrt[n]{a}}=\sqrt[mn]{a}=\sqrt[n]{\sqrt[m]{a}}$

⑥ $\sqrt[np]{a^{mp}}=\sqrt[n]{a^m}$ (단, p는 자연수)

2 지수의 확장

(1) 지수가 정수인 경우

① $a\neq0$이고 n이 양의 정수일 때

㉠ $a^0=1$

㉡ $a^{-n}=\dfrac{1}{a^n}$

② $a\neq0$, $b\neq0$이고 m, n이 정수일 때

㉠ $a^m a^n=a^{m+n}$

㉡ $a^m\div a^n=a^{m-n}$

㉢ $(a^m)^n=a^{mn}$

㉣ $(ab)^n=a^n b^n$

(2) 지수가 유리수와 실수인 경우

① $a>0$이고 m이 정수, n이 2 이상의 정수일 때

  ㉠ $a^{\frac{1}{n}}=\sqrt[n]{a}$ ㉡ $a^{\frac{m}{n}}=\sqrt[n]{a^m}$

② $a>0$, $b>0$이고 r, s가 유리수일 때

  ㉠ $a^r a^s=a^{r+s}$ ㉡ $a^r \div a^s=a^{r-s}$

  ㉢ $(a^r)^s=a^{rs}$ ㉣ $(ab)^r=a^r b^r$

③ $a>0$, $b>0$이고 x, y가 실수 일 때

  ㉠ $a^x a^y=a^{x+y}$ ㉡ $a^x \div a^y=a^{x-y}$

  ㉢ $(a^x)^y=a^{xy}$ ㉣ $(ab)^x=a^x b^x$

3 로그

(1) 로그의 정의와 조건

① 정의

  $a>0$, $a\neq1$, $N>0$일 때, $a^x=N \Longleftrightarrow x=\log_a N$

② 조건

  $\log_a N$이 정의되려면 밑 a는 $a>0$, $a\neq1$이고 진수 N은 $N>0$이어야 한다.

(2) 로그의 성질

$a>0$, $a\neq1$이고 $M>0$, $N>0$일 때

① $\log_a 1=0$, $\log_a a=1$ ② $\log_a MN=\log_a M+\log_a N$

③ $\log_a \dfrac{M}{N}=\log_a M-\log_a N$ ④ $\log_a M^k=k\log_a M$ (단, k는 실수)

(3) 로그의 밑의 변환

① $a>0$, $a\neq1$, $b>0$, $c>0$, $c\neq1$일 때

  $\log_a b=\dfrac{\log_c b}{\log_c a}$

② 로그 밑의 변환 활용: $a>0$, $a\neq1$, $b>0$일 때

  ㉠ $\log_a b=\dfrac{1}{\log_b a}$ (단, $b\neq1$)

  ② $\log_a b \times \log_b c=\log_a c$ (단, $b\neq1$, $c>0$)

③ $\log_{a^m}b^n = \dfrac{n}{m}\log_a b$ (단, m, n은 실수이고, $m \neq 0$이다.)

④ $a^{\log_b c} = c^{\log_b a}$ (단, $b \neq 1$, $c > 0$)

4 지수함수

(1) 지수함수의 뜻과 그래프

　① 지수함수의 뜻

　　$y = a^x$ ($a > 0$, $a \neq 1$) $\Rightarrow a$를 밑으로 하는 지수함수

　② 지수함수의 그래프

　　㉠ $a > 1$일 때　　　　　　　　　　　㉡ $0 < a < 1$일 때

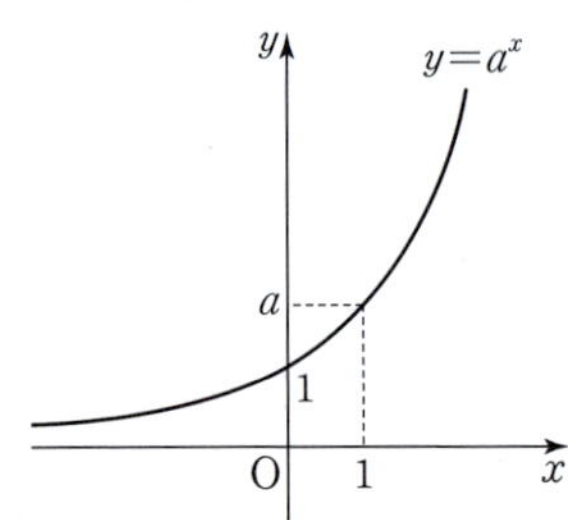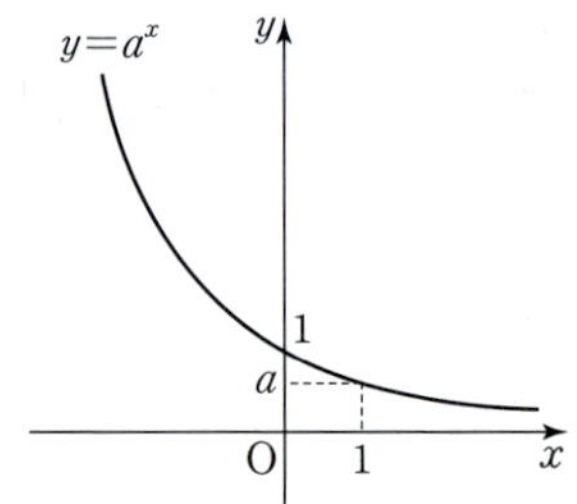

(2) 지수함수의 성질

　① $a > 1$일 때 x의 값이 증가하면 y의 값도 증가하고, $0 < a < 1$일 때 x의 값이 증가하면 y의 값은 감소한다.

　② 함수 $y = a^x$의 그래프는 점 $(0, 1)$을 지나고, 점근선은 x축(직선 $y = 0$)이다.

　③ 함수 $y = a^x$의 그래프와 함수 $y = \left(\dfrac{1}{a}\right)^x$의 그래프는 y축에 대하여 서로 대칭이다.

　④ 함수 $y = a^{x-m} + n$의 그래프는 함수 $y = a^x$의 그래프를 x축의 방향으로 m만큼, y축의 방향으로 n만큼 평행이동한 것이다.

(3) 지수함수의 활용

　① $a > 0$, $a \neq 1$일 때, $a^{f(x)} = a^{g(x)} \Longleftrightarrow f(x) = g(x)$

　② $a > 1$일 때, $a^{f(x)} < a^{g(x)} \Longleftrightarrow f(x) < g(x)$

　③ $0 < a < 1$일 때, $a^{f(x)} < a^{g(x)} \Longleftrightarrow f(x) > g(x)$

5 로그함수

(1) 로그함수의 뜻과 그래프

① 로그함수의 뜻

$y = \log_a x \ (a > 0, \ a \neq 1) \Rightarrow a$를 밑으로 하는 로그함수

② 지수함수와 로그함수의 관계

역함수 관계: $y = a^x \ (a > 0, \ a \neq 1) \Longleftrightarrow y = \log_a x \ (a > 0, \ a \neq 1)$

③ 로그함수의 그래프

㉠ $a > 1$일 때

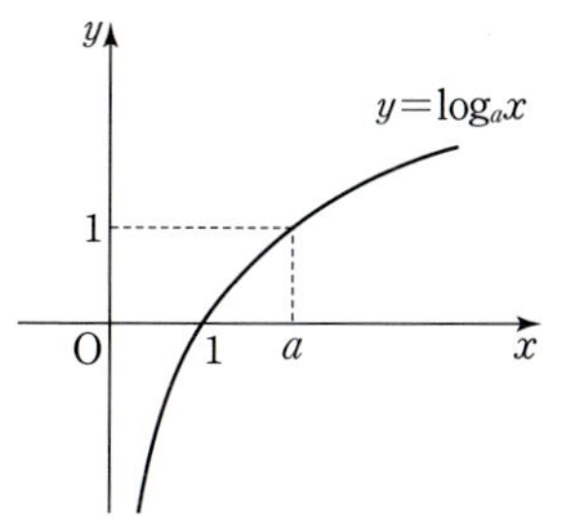

㉡ $0 < a < 1$일 때

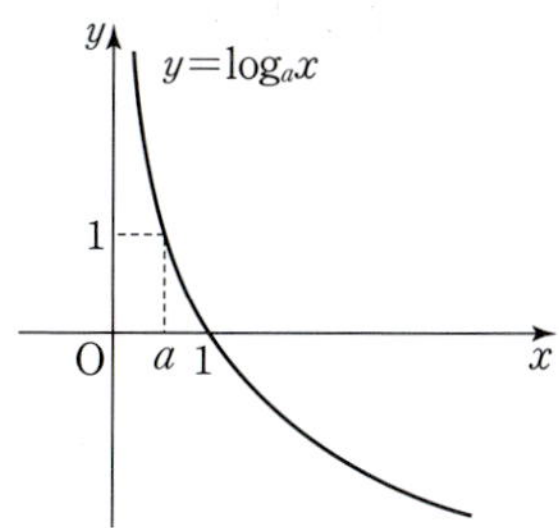

(2) 로그함수의 성질

① $a > 1$일 때 x의 값이 증가하면 y의 값도 증가하고, $0 < a < 1$일 때 x의 값이 증가하면 y의 값은 감소한다.

② 함수 $y = \log_a x$의 그래프는 점 $(0, 1)$을 지나고, 점근선은 y축(직선 $x = 0$)이다.

③ 함수 $y = \log_a x$의 그래프와 함수 $y = \log_{\frac{1}{a}} x$의 그래프는 x축에 대하여 대칭이다.

④ 함수 $y = \log_a(x - m) + n$의 그래프는 함수 $y = \log_a x$의 그래프를 x축의 방향으로 m만큼, y축의 방향으로 n만큼 평행이동한 것이다.

(3) 로그함수의 활용

① $a > 0, \ a \neq 1$일 때, $\log_a f(x) = \log_a g(x) \Longleftrightarrow f(x) = g(x), \ f(x) > 0, \ g(x) > 0$

② $a > 1$일 때, $\log_a f(x) < \log_a g(x) \Longleftrightarrow 0 < f(x) < g(x)$

③ $0 < a < 1$일 때, $\log_a f(x) < \log_a g(x) \Longleftrightarrow f(x) > g(x) > 0$

[실전문제]

해답 p.204

배점(총점)	예상 소요 시간
10점	5분 / 전체 60분

▶ 양수 $a\,(a \neq 1)$에 대하여

함수 $y = \log_a(x+3) - 1$이 닫힌구간 $[0, 3]$에서 최솟값 $-\dfrac{3}{2}$ 가질 때,

$a > 1$와 $0 < a < 1$로 나누어서 a값을 구하는 과정을 서술하시오.

만약, 주어진 구간에서 a값이 없다면 그 이유를 서술하시오.

모범답안 $a > 1$일 때, $y = \log_a(x+3) - 1$는 증가하므로 $x = 0$에서 최솟값을 가진다.

$a > 1$일 때, $\log_a 3 = -\dfrac{1}{2}$을 만족하므로 $a = 3^{-2} = \dfrac{1}{9}$가 되어야 하나 $a > 1$ 때문에 만족하는 a가 존재하지 않는다.

$0 < a < 1$일 때, $y = \log_a(x+3) - 1$는 감소하므로 $x = 3$에서 최솟값을 가진다.

$0 < a < 1$일 때, $\log_a 6 = -\dfrac{1}{2}$을 만족하므로 $a = 6^{-2} = \dfrac{1}{36}$이다.

따라서 $a = \dfrac{1}{36}$이다.

채점기준

답안	배점
$a > 1$일 때, $y = \log_a(x+3) - 1$는 증가하므로 $x = 0$에서 최솟값을 가진다.	2점
$a > 1$일 때, $\log_a 3 = -\dfrac{1}{2}$을 만족하므로 $a = 3^{-2} = \dfrac{1}{9}$가 되어야 하나 $a > 1$ 때문에 만족하는 a가 존재하지 않는다.	3점
$0 < a < 1$일 때, $y = \log_a(x+3) - 1$는 감소하므로 $x = 3$에서 최솟값을 가진다.	2점
$0 < a < 1$일 때, $\log_a 6 = -\dfrac{1}{2}$을 만족하므로 $a = 6-2 = \dfrac{1}{36}$이다. 따라서 $a = \dfrac{1}{36}$이다.	3점

01 닫힌구간 $[1, 27]$에서

함수 $f(x) = (\log_3 x)^2 - a \log_3 x$ 의 최솟

값이 -2일 때, 양수 a의 값을 구하는 과정을

서술하시오.

02 함수 $f(x) = 3^{x-1} + 2$ 의 역함수가

$g(x) = \log_3 (x - 2) + a$ 이고

함수 $y = g(x)$ 의 그래프의 점근선은 직선

$x = b$일 때, $2a - b$ 의 값을 구하는 과정을

서술하시오. (단, a, b는 상수이다.)

03 두 상수 $a\,(a>3)$, b에 대하여 닫힌구간 $[1,\,5]$에서 함수

$$f(x) = \begin{cases} \log_{\frac{1}{3}}(-x+a)+2 & (x<3) \\ \left(\dfrac{1}{9}\right)^{x+b}+1 & (x\geq 3) \end{cases}$$

의 최댓값이 2, 최솟값이 1일 때, $\dfrac{ab}{2}$의 값을 구하는 과정을 서술하시오.

04 자연수 n이 $2 \leq n \leq 11$일 때, $-n^2+9n-18$의 n제곱근 중에서 음의 실수가 존재하도록 하는 모든 n의 값의 곱을 구하는 과정을 서술하시오.

05 1보다 큰 세 실수 a, b, c가

$$\log_a b = \frac{\log_b c}{3} = \frac{\log_c a}{9}$$ 를 만족시킬

때, $\log_a b + \log_b c + \log_c a$ 의 값을 구하는 과정을 서술하시오.

06 곡선 $y = 2^{x+2} - 1$을 x축에 대하여

대칭이동한 곡선을 $y = f(x)$라 하자.

곡선 $y = f(x)$와 y축이 만나는 점의 좌표를

$(0, a)$, 점근선을 직선 $y = b$라 할 때,

$\dfrac{ab}{2}$ 의 값을 구하는 과정을 서술하시오.

(단, b는 상수이다.)

07 부등식 $\left(\dfrac{1}{9}\right)^x < 3^{21-4x}$ 을 만족시키는 모든 자연수 x의 합을 구하는 과정을 서술하시오.

08 이차함수 $y = f(x)$의 그래프와 직선 $y = x - 1$이 그림과 같을 때, 부등식

$$\log_3 f(x) + \log_{\frac{1}{3}}(x - 1) \leq 0$$

을 만족시키는 모든 자연수 x의 곱을 구하는 과정을 서술하시오.

$$(단, f(0) = f(7) = 0, f(4) = 3)$$

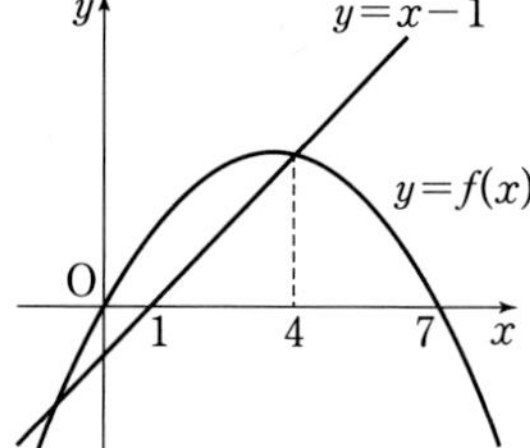

09 $a > 1$인 실수 a에 대하여 직선 $y = -x + 4$가 두 곡선 $y = a^{x-1}$, $y = \log_a (x - 1)$과 만나는 점을 각각 A, B라 하고, 곡선 $y = a^{x-1}$이 y축과 만나는 점을 C라 하자. $\overline{AB} = 2\sqrt{2}$일 때, 삼각형 ABC의 넓이 $S = \dfrac{q}{p}$이다. $q - p$의 값을 구하는 과정을 서술하시오.

(단, p와 q는 서로소인 자연수이다.)

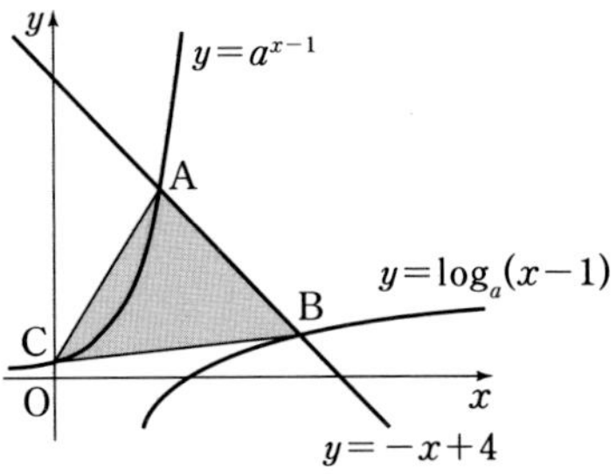

10 함수 $f(x) = 2\log_{\frac{1}{2}}(x + k)$가 닫힌구간 $[0, 12]$에서 최댓값 -4, 최솟값 m을 갖는다. $m - k$의 값을 구하는 과정을 서술하시오.

(단, k는 상수이다.)

11 양수 k에 대하여 k의 세제곱근 중 실수인 것과 $2k$의 네제곱근 중 양의 실수인 것이 서로 같을 때, $\dfrac{1}{2}k$의 값을 구하는 과정을 서술하시오.

12 x에 관한 이차방정식 $x^2-(\log_3 18)x+k=0$의 두 근이 각각 $\log_3 2$, β라 할 때, 3^k의 값을 구하는 과정을 서술하시오.

13 자연수 k에 대하여 $\sqrt[n]{(2^k)^5}$의 값이 자연수가 되도록 하는 2 이상의 자연수 n의 개수를 $f(k)$라 할 때, $f(k)=3$을 만족시키는 20 이하의 모든 k의 개수를 구하는 과정을 서술하시오.

14 x에 관한 방정식 $k=|3^x-27|$이 서로 다른 두 실근을 가질 때, k값의 범위를 구하는 과정을 서술하시오.

15 $a>0$, $a\neq1$인 실수 a에 대하여 $2^{\log_a 9}=3^{\log_5 8}$일 때, $2\log_a 5$의 값을 구하는 과정을 서술하시오.

16 함수 $f(x)=\dfrac{3^x}{3^x+1}$에 대해서
$$a=f(1)+f(2)+\cdots+f(100),$$
$$b=f(-1)+f(-2)+\cdots+f(-100)$$
이라 할 때, $a+b$의 값을 구하는 과정을 서술하시오.

17 식 $(\log_{\alpha}\beta^3)^2+(\log_{\beta}\alpha)^2$의 최솟값을 구하는 과정을 서술하시오. (단, $\alpha>1, \beta>1$)

18 두 함수 $y=\left(\dfrac{1}{3}\right)^x$, $y=3^{x-1}$의 그래프가 직선 $y=27$과 만나는 교점의 x좌표를 각각 A, B라고 할 때 A, B 사이의 길이를 구하는 과정을 서술하시오.

19 $x^{\frac{1}{2}}+x^{-\frac{1}{2}}=3$일 때, $\dfrac{x^{\frac{3}{2}}+x^{-\frac{3}{2}}}{x+x^{-1}-1}$의 값을 구하는 과정을 논술하시오.

20 방정식 $x^2-8x+4=0$의 두 근이 각각 $\log_2\alpha$, $\log_2\beta$일 때 $\log_\alpha\beta+\log_\beta\alpha$의 값을 구하는 과정을 논술하시오.

II 삼각함수

[핵심이론]

1 일반각과 호도법

(1) 일반각

시초선 OX와 동경 OP로 주어진 ∠XOP에 대하여 동경 OP가 나타내는 한 각의 크기를 $a°$라 할 때, ∠XOP의 크기를 다음과 같이 나타내고, 이것을 동경 OP가 나타내는 일반각이라고 한다.

> 일반각: $360° \times n + a°$ (n은 정수)

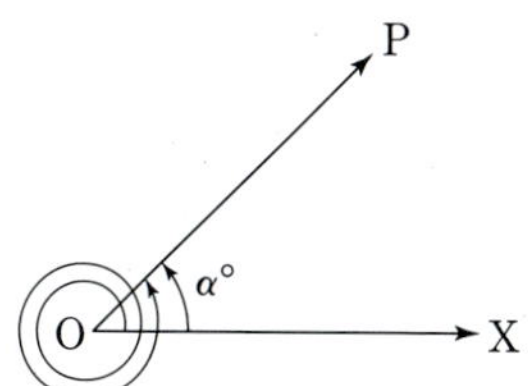

(2) 호도법

반지름의 길이와 호의 길이가 같을 때, 부채꼴의 중심각의 크기를 1라디안(rad)이라 한다.

① $1(\text{라디안}) = \dfrac{180°}{\pi}$

② $1° = \dfrac{\pi}{180°}(\text{라디안})$

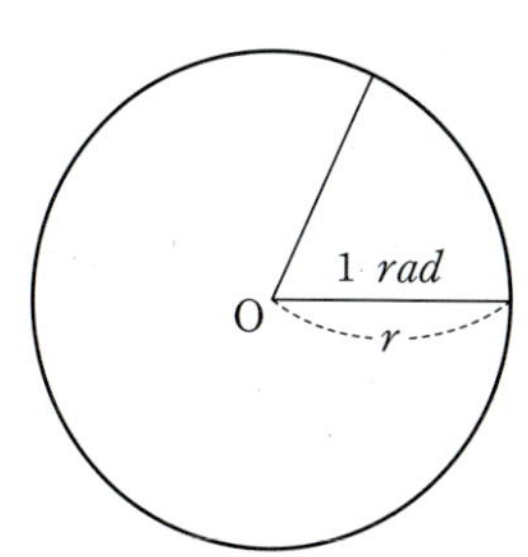

(3) 부채꼴의 호의 길이와 넓이

반지름의 길이가 r, 중심각의 크기가 θ(라디안)인 부채꼴에서 호의 길이를 l, 넓이를 S라하면

① $l = r\theta$

② $S = \dfrac{1}{2}r^2\theta = \dfrac{1}{2}rl$

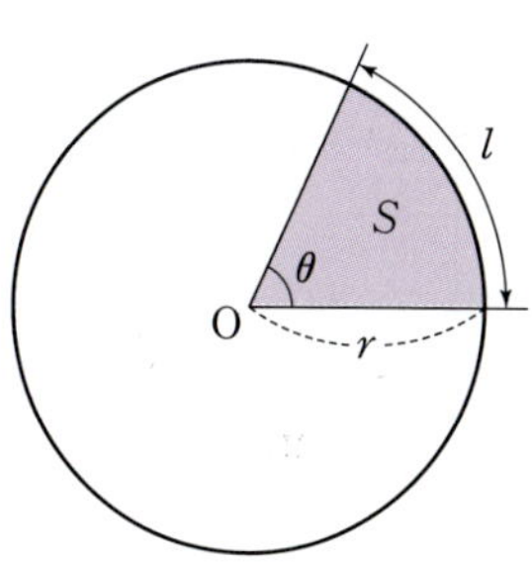

2 삼각함수의 정의 및 관계

(1) 삼각함수의 정의

좌표평면에서 중심이 원점 O이고 반지름의 길이가 r인 원 위의 한 점을 $P(x, y)$라 하고, x축의 양의 방향을 시초선으로 하는 동경 OP가 나타내는 각의 크기를 θ라 할 때, θ에 대한 삼각함수를 다음과 같이 정의한다.

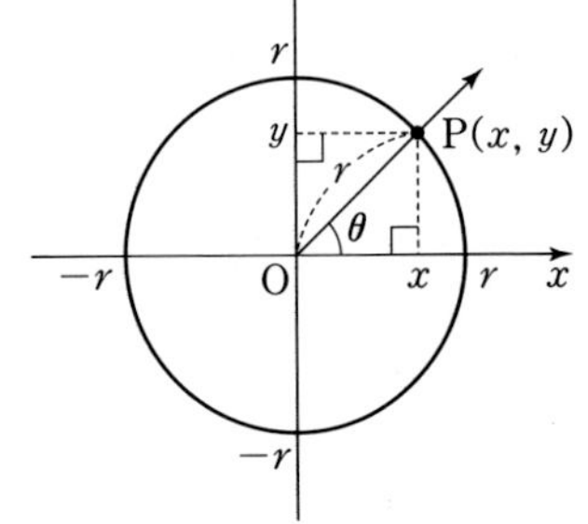

$$\sin \theta = \frac{y}{r}, \ \cos \theta = \frac{x}{r}, \ \tan \theta = \frac{y}{x} \ (x \neq 0)$$

(2) 삼각함수의 부호

사분면	x, y 부호	$\sin \theta$	$\cos \theta$	$\tan \theta$
제 1 사분면	$x > 0, \ y > 0$	+	+	+
제 2 사분면	$x < 0, \ y > 0$	+	−	−
제 3 사분면	$x < 0, \ y < 0$	−	−	+
제 4 사분면	$x > 0, \ y < 0$	−	+	−

(3) 삼각함수 사이의 관계

① $\tan \theta = \dfrac{\sin \theta}{\cos \theta}$ ② $\sin^2 \theta + \cos^2 \theta = 1$ ③ $1 + \tan^2 \theta = \dfrac{1}{\cos^2 \theta}$

(4) 특수각의 삼각비

구분	0°	30°	45°	60°	90°
$\sin \theta$	0	$\dfrac{1}{2}$	$\dfrac{1}{\sqrt{2}}$	$\dfrac{\sqrt{3}}{2}$	1
$\cos \theta$	1	$\dfrac{\sqrt{3}}{2}$	$\dfrac{1}{\sqrt{2}}$	$\dfrac{1}{2}$	0
$\tan \theta$	0	$\dfrac{1}{\sqrt{3}}$	1	$\sqrt{3}$	∞

③ 삼각함수의 그래프

(1) $y = \sin x$

  ① 정의역은 실수 전체의 집합이고, 치역은
    $\{y \mid -1 \leq y \leq 1\}$이다.

  ② 모든 실수 x에 대하여 $\sin(-x) = -\sin x$이다. 즉,
    그래프는 원점에 대하여 대칭이다.

  ③ 모든 실수 x에 대하여 $\sin(2n\pi + x) = \sin x$ (n은
    정수)이고, 주기가 2π인 주기함수이다.

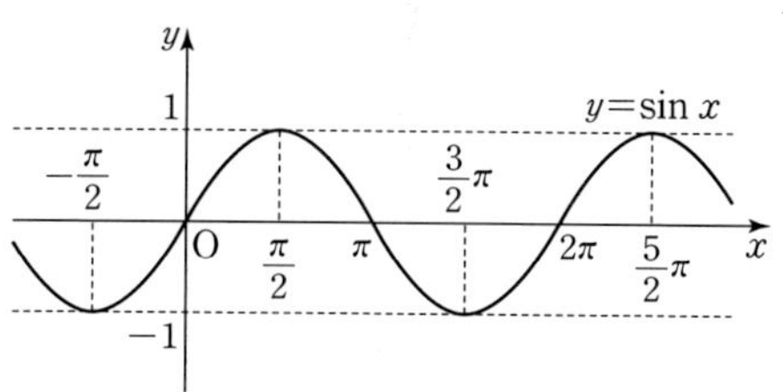

(2) $y = \cos x$

  ① 정의역은 실수 전체의 집합이고, 치역은
    $\{y \mid -1 \leq y \leq 1\}$이다.

  ② 모든 실수 x에 대하여 $\cos(-x) = \cos x$이다. 즉, 그
    래프는 y축에 대하여 대칭이다.

  ③ 모든 실수 x에 대하여 $\cos(2n\pi + x) = \cos x$ (n은
    정수)이고, 주기가 2π인 주기함수이다.

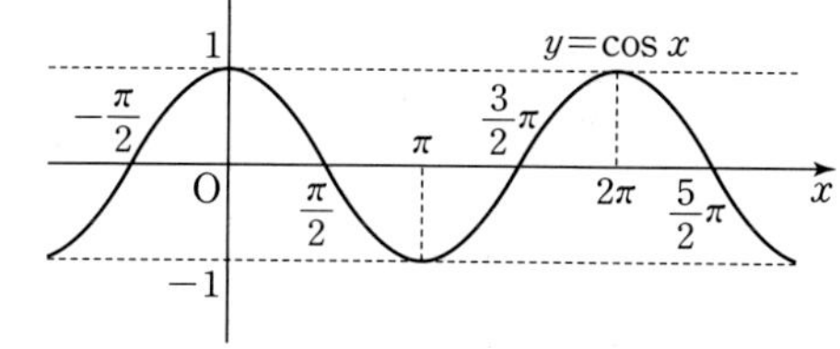

(3) $y = \tan x$

  ① 정의역은 $x \neq n\pi + \dfrac{\pi}{2}$ (n은 정수)인 실수 전체의 집
    합이고, 치역은 실수 전체의 집합이다.

  ② 정의역에 속하는 모든 실수 x에 대하여
    $\tan(-x) = -\tan x$이다. 즉, 그래프는 원점에 대
    하여 대칭이다.

  ③ 모든 실수 x에 대하여 $\tan(n\pi + x) = \tan x$ (n은 정수)
    이고, 주기가 π인 주기함수이다.

  ④ 그래프의 점근선은 직선 $x = n\pi + \dfrac{\pi}{2}$ (n은 정수)이다.

4 삼각함수의 성질 및 활용

(1) 삼각함수의 성질

① $2n\pi+\theta$의 삼각함수 (단, n은 정수)

  ㉠ $\sin(2n\pi+\theta)=\sin\theta$ ㉡ $\cos(2n\pi+\theta)=\cos\theta$ ㉢ $\tan(2n\pi+\theta)=\tan\theta$

② $-\theta$의 삼각함수

  ㉠ $\sin(-\theta)=-\sin\theta$ ㉡ $\cos(-\theta)=\cos\theta$ ㉢ $\tan(-\theta)=-\tan\theta$

③ $\pi+\theta$의 삼각함수

  ㉠ $\sin(\pi+\theta)=-\sin\theta$ ㉡ $\cos(\pi+\theta)=-\cos\theta$ ㉢ $\tan(\pi+\theta)=\tan\theta$

④ $\dfrac{\pi}{2}+\theta$의 삼각함수

  ㉠ $\sin\left(\dfrac{\pi}{2}+\theta\right)=\cos\theta$ ㉡ $\cos\left(\dfrac{\pi}{2}+\theta\right)=-\sin\theta$ ㉢ $\tan\left(\dfrac{\pi}{2}+\theta\right)=-\dfrac{1}{\tan\theta}$

(2) 삼각함수의 활용

① 방정식에의 활용

방정식 $2\sin x=1$, $2\cos x=-1$, $1+\tan x=0$과 같이 각의 크기가 미지수인 삼각함수를 포함한 방정식은 삼각함수의 그래프를 이용하여 다음과 같이 풀 수 있다.

  ㉠ 주어진 방정식을 $\sin x=k(\cos x=k,\ \tan x=k)$의 꼴로 변형

  ㉡ 주어진 범위에서 함수 $y=\sin x(y=\cos x,\ y=\tan x)$의 그래프와 직선 $y=k$의 교점의 x좌표를 찾아서 해를 구함

② 부등식에의 활용

부등식 $2\sin x>1$, $2\cos x<-1$, $1-\tan x>0$과 같이 각의 크기가 미지수인 삼각함수를 포함한 부등식은 삼각함수의 그래프를 이용하여 다음과 같이 풀 수 있다.

  ㉠ 주어진 부등식을 $\sin x>k(\cos x<k,\ \tan x<k)$의 꼴로 변형

  ㉡ 주어진 범위에서 함수 $y=\sin x(y=\cos x,\ y=\tan x)$의 그래프와 직선 $y=k$의 교점의 x좌표를 구함

  ㉢ 함수 $y=\sin x(y=\cos x,\ y=\tan x)$의 그래프가 직선 $y=k$보다 위쪽(또는 아래쪽)에 있는 x 값의 범위를 찾아서 해를 구함

5 사인 및 코사인 법칙

(1) 사인법칙

① $\triangle ABC$의 외접원의 반지름의 길이를 R이라 하면

$$\frac{a}{\sin A}=\frac{b}{\sin B}=\frac{c}{\sin C}=2R$$

② 사인법칙의 변형

① $a=2R\sin A,\ b=2R\sin B,\ c=2R\sin C$

② $\sin B=\dfrac{a}{2R},\ \sin B=\dfrac{b}{2R},\ \sin C=\dfrac{c}{2R}$

③ $a:b:c=\sin A:\sin B:\sin C$

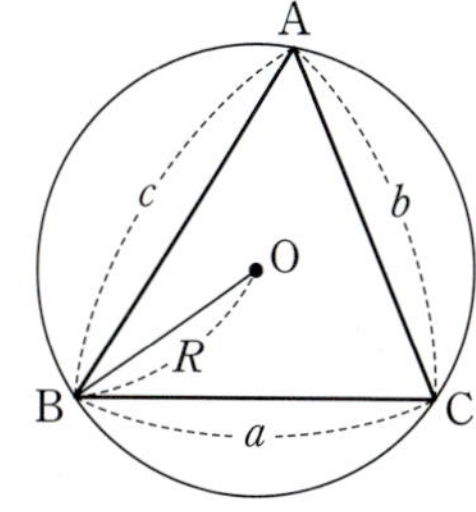

(2) 코사인법칙

① $a^2=b^2+c^2-2bc\cos A \Rightarrow \cos A=\dfrac{b^2+c^2-a^2}{2bc}$

② $b^2=c^2+a^2-2ca\cos B \Rightarrow \cos B=\dfrac{c^2+a^2-b^2}{2ca}$

③ $c^2=a^2+b^2-2ab\cos C \Rightarrow \cos C=\dfrac{a^2+b^2-c^2}{2ab}$

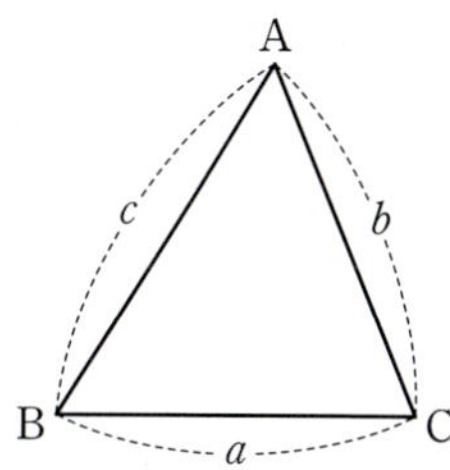

6 삼각형의 넓이

(1) 두 변의 길이와 끼인각의 크기가 주어진 삼각형의 넓이

$$S=\frac{1}{2}ab\sin C=\frac{1}{2}ac\sin B=\frac{1}{2}bc\sin A$$

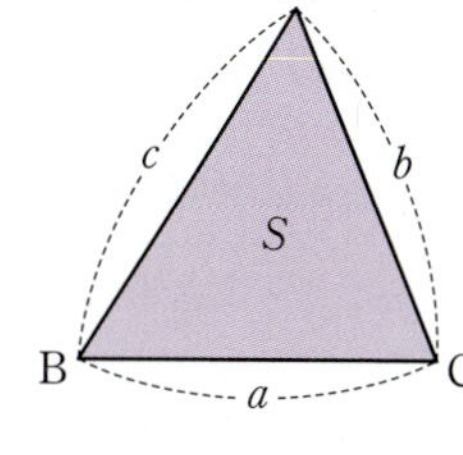

(2) 내접원의 반지름의 길이(r)이 주어진 삼각형의 넓이

$$S=rs\left(\text{단, } s=\frac{a+b+c}{2}\right)$$

(3) 사각형의 넓이

① 평행사변형의 넓이 $S=xy\sin\theta$

② 사각형의 넓이 $S=\dfrac{1}{2}xy\sin\theta$

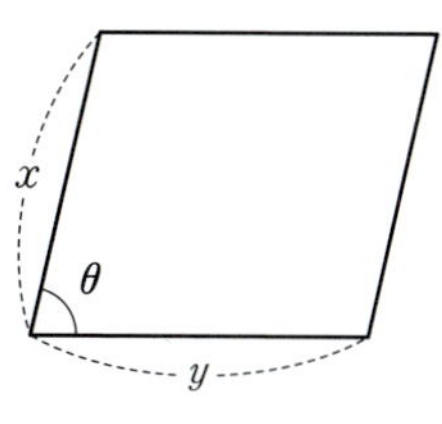
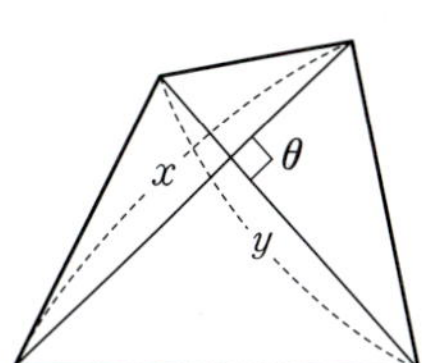

[실전문제]

배점(총점)	예상 소요 시간
10점	5분 / 전체 60분

▶ $\pi < \theta < \dfrac{3}{2}\pi$ 인 θ에 대하여 $\tan\theta + \dfrac{1}{\tan\theta} = 2$ 일 때, θ를 찾는 과정을 서술하고 찾은 θ에 대해 $\sin\theta + \cos\theta$의 값을 구하시오.

모범답안 $\tan\theta = t$ 라면 $\tan\theta + \dfrac{1}{\tan\theta} = t + \dfrac{1}{t} = 2$

$\dfrac{t^2 + 1}{t} = 2$, $t^2 - 2t + 1 = (t-1)^2 = 0$ 이므로 $\tan\theta = 1$ 이다.

$\pi < \theta < \dfrac{3}{2}\pi$ 이므로 $\theta = \dfrac{5}{4}\pi$ 이다.

$\sin\theta = -\dfrac{\sqrt{2}}{2}$, $\cos\theta = -\dfrac{\sqrt{2}}{2}$

$\sin\theta + \cos\theta = -\dfrac{\sqrt{2}}{2} - \dfrac{\sqrt{2}}{2} = -\sqrt{2}$

채점기준

답안	배점
$\tan\theta = t$ 라면 $\tan\theta + \dfrac{1}{\tan\theta} = t + \dfrac{1}{t} = 2$	2점
$\dfrac{t^2 + 1}{t} = 2$, $t^2 - 2t + 1 = (t-1)^2 = 0$ 이므로 $\tan\theta = 1$ 이다.	2점
$\pi < \theta < \dfrac{3}{2}\pi$ 이므로 $\theta = \dfrac{5}{4}\pi$ 이다.	2점
$\sin\theta = -\dfrac{\sqrt{2}}{2}$, $\cos\theta = -\dfrac{\sqrt{2}}{2}$	2점
$\sin\theta + \cos\theta = -\dfrac{\sqrt{2}}{2} - \dfrac{\sqrt{2}}{2} = -\sqrt{2}$	2점

01 좌표평면에서 각 θ를 나타내는 동경이
원 $x^2 + y^2 = 1$과 만나는 점을 P라 하자.
점 P의 x좌표가 $\dfrac{1}{2}$이고 $\sin\theta < 0$일 때,
$\dfrac{\tan\theta}{\sqrt{3}}$의 값을 구하는 과정을 서술하시오.

$$(단,\ 0 < \theta < 2\pi)$$

02 $\tan\dfrac{5}{4}\pi - \sin\dfrac{13}{6}\pi$의 값을 구하는 과정을
서술하시오.

03 함수 $f(x) = 3\sin\dfrac{x}{2}$ 의 최댓값이 a이고, 함수 $g(x) = -2\cos 2x$ 의 최댓값이 b일 때, $|b - a|$의 값을 구하는 과정을 서술하시오.

04 삼각형 ABC에서 $\overline{AB} = \sqrt{5}$, $\overline{BC} = 4$, $\overline{CA} = 3$ 일 때, $\cos C$의 값을 구하는 과정을 서술하시오.

05 그림과 같이 중심각의 크기가 $\dfrac{6}{7}\pi$ 이고 반지름의 길이가 $\overline{OA}$ 인 부채꼴 OAB가 있다.

선분 OA 위에 두 점 C, E를 $\overline{OC} < \overline{OE} < \overline{OA}$ 가 되도록 잡고 선분 OB 위에 두 점 D, F를 $\overline{OC} = \overline{OD}$, $\overline{OE} = \overline{OF}$ 가 되도록 잡는다.

중심각의 크기가 $\dfrac{6}{7}\pi$ 이고 반지름의 길이가 각각 $\overline{OC}$, $\overline{OE}$ 인 부채꼴 OCD, OEF에 대하여 부채꼴 OAB의 내부와 부채꼴 OEF의 외부의 공통부분의 넓이가 부채꼴 OAB의 넓이의 $\dfrac{2}{3}$ 이고, 부채꼴 OEF의 내부와 부채꼴 OCD의 외부의 공통부분의 넓이가 3π, $\overline{CE} = 1$일 때, 부채꼴 OAB의 넓이가 $\dfrac{q}{p}\pi$ 이다. $q - p$의 값을 구하는 과정을 서술하시오. (단, p와 q는 서로소인 자연수이다.)

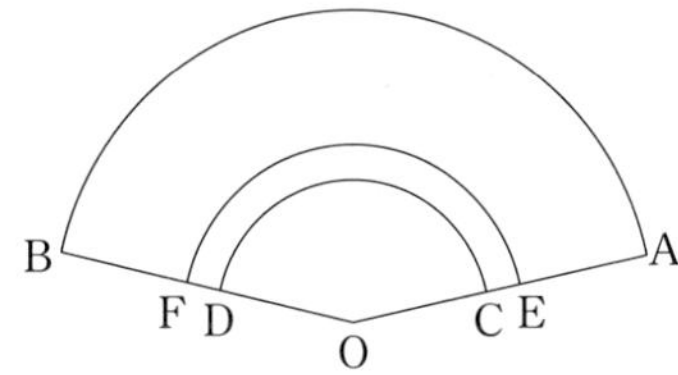

06 중심각의 크기가 $\dfrac{5}{3}\pi$ 이고 호의 길이가 $\dfrac{10}{9}\pi$ 인 부채꼴의 넓이를 구하는 과정을 서술하시오.

07 두 양수 a, b에 대하여 곡선 $y = a\sin b\pi x$ $\left(0 \leq x \leq \dfrac{3}{b}\right)$이 직선 $y = a$와 만나는 서로 다른 두 점을 A, B라 하자.

삼각형 OAB의 넓이가 5이고 직선 OA의 기울기와 직선 OB의 기울기의 곱이 $\dfrac{5}{4}$일 때, $a - b$의 값을 구하는 과정을 서술하시오.

(단, O는 원점이다.)

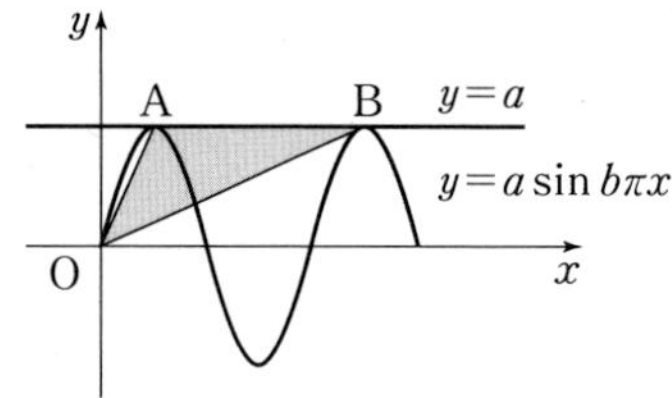

08 함수 $f(x) = a - \sqrt{3}\tan 2x$가 닫힌구간 $\left[-\dfrac{\pi}{6}, b\right]$에서 최댓값 7, 최솟값 3을 가질 때, $\dfrac{a}{b}$의 값을 구하는 과정을 서술하시오.

(단, a, b는 상수이다.)

09 $0 \le x < 4\pi$ 일 때, 방정식

$$4\sin^2 x - 4\cos\left(\frac{\pi}{2} + x\right) - 3 = 0$$

을 만족시키는 x의 최솟값과 최댓값의 합을 구하는 과정을 서술하시오.

10 그림과 같이 사각형 $ABCD$가 한 원에 내접하고 $\overline{AB} = 5$, $\overline{AC} = 3\sqrt{5}$, $\overline{AD} = 7$, $\angle BAC = \angle CAD$일 때, 이 원의 반지름의 길이를 구하는 과정을 서술하시오.

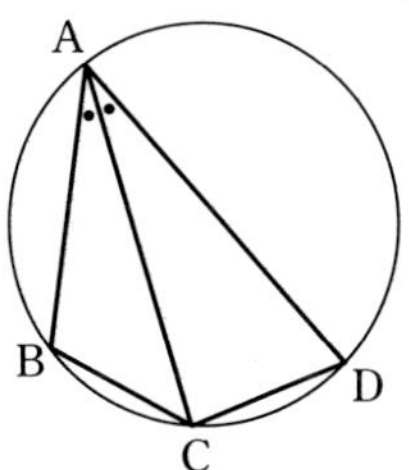

11 좌표평면에서 제2사분면에 있는 점 P를 y축에 대하여 대칭이동한 점을 Q라 하고, 점 P를 직선 $y=x$에 대하여 대칭이동한 점을 R이라 하자. 세 동경 OP, OQ, OR이 나타내는 각의 크기를 각각 α, β, γ라 하자.

$\sin\alpha\cos\beta=\dfrac{2}{5}$, $\cos(\angle PQR)<0$일 때, $\dfrac{1}{\tan\gamma}$의 값을 구하는 과정을 서술하시오.
(단, O는 원점이고, $\angle PQR<\pi$이다.)

12 $\sin\theta-\cos\theta=\dfrac{1}{\sqrt{2}}$, $\tan\theta-\dfrac{1}{\tan\theta}=3$일 때 $\cos^2\theta$의 값을 구하는 과정을 서술하시오.

13 함수 $y=3\sin^2 x-2\sin x$의 최솟값을 N이라 할 때, $3N$의 값을 구하는 과정을 서술하시오.

14 부등식 $2x^2+2x\sin\theta+\dfrac{3}{8}\geq 0$가 모든 실수 x에 대해서 성립할 때, $\cos\theta$의 범위를 구하는 과정을 서술하시오. $\left(\text{단, }\dfrac{\pi}{2}<\theta<\dfrac{3}{2}\pi\right)$

15 함수
$$f(x) = \sin^2\left(\frac{3}{2}\pi - x\right) + k\cos\left(x + \frac{\pi}{2}\right) + k + 1$$
의 최댓값이 3이 되도록 하는 실수 k의 값을 구하는 과정을 서술하시오.

16 $\dfrac{\cos B}{b} - \dfrac{\cos A}{a} = \dfrac{c}{ab}$ 를 만족시키는 삼각형의 두 변의 길이가 b와 c가 각각 2일 때 변 a의 길이를 구하는 과정을 서술하시오.

17 $0 \leq x \leq 5\pi$까지 정의된 함수

$f(x) = \sin x + 3$의 그래프와 직선 $y = n$이

만나는 서로 다른 점의 개수를 $g(n)$이라 할 때

$\displaystyle\sum_{k=1}^{6} g(k)$의 값을 구하는 과정을 서술하시오.

(단, n은 자연수)

18 $\{\cos^2(91°) + \cos^2(92°) + \cos^2(93°) + \cdots$

$+ \cos^2(120°)\}$

$+ \{\cos^2(181°) + \cos^2(182°)$

$+ \cos^2(183) + \cdots + \cos^2(210°)\}$

의 값을 구하는 과정을 서술하시오.

19 그림과 같이 지름의 길이가 6인 원에 내접하고 $\overline{BC}=5$인 삼각형 ABC가 있다.

$\overline{AB}=\overline{DE}$, $\overline{AB}/\!/\overline{DE}$를 만족시키는 원 위의 두 점 D, E에 대하여

$\cos(\angle ACB)>0$, $\cos(\angle EBD)=\dfrac{1}{3}$

일 때, $\overline{AC}=p+q\sqrt{22}$이다. $p-q$의 값을 구하는 과정을 서술하시오.

(단, 두 직선 AD, BE는 한 점에서 만나고, p와 q는 유리수이다.)

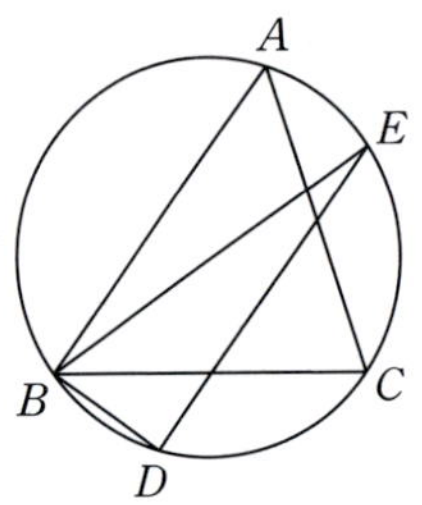

20 부등식 $\sin x \geq \cos\dfrac{\pi}{3}$을 만족시키는 x값의 범위에서 $\cos x$의 최댓값을 구하는 과정을 서술하시오. (단, $0 \leq x \leq 2\pi$)

Ⅲ 수열

[핵심이론]

1 1. 등차수열

(1) 일반항 및 등차중항

① 일반항

첫째항이 a, 공차가 d인 등차수열 $\{a_n\}$의 일반항 a_n은

$a_n = a + (n-1)d$ (단, $n = 1, 2, 3, \cdots$)

② 등차중항

세수 a, b, c가 이 순서대로 등차수열을 이룰 때, b를 a와 c의 등차중항이라고 한다.

$b - a = c - b$이므로 $b = \dfrac{a+c}{2}$

(2) 등차수열의 합

등차수열의 첫째항부터 제n항까지의 합 S_n은 다음과 같다.

① 첫째항이 a, 제n항이 l일 때: $S_n = \dfrac{n(a+l)}{2}$

② 첫째항이 a, 공차가 d일 때: $S_n = \dfrac{n\{2a+(n-1)d\}}{2}$

2 등비수열

(1) 일반항 및 등비중항

① 일반항

첫째항이 a, 공비가 $r\,(r \neq 0)$인 등비수열 $\{a_n\}$의 일반항 a_n은

$a_n = ar^{n-1}$ (단, $n = 1, 2, 3, \cdots$)

② 등비중항

0이 아닌 세수 a, b, c가 이 순서대로 등비수열을 이룰 때, b를 a와 c의 등비중항이라고 한다.

$\dfrac{b}{a} = \dfrac{c}{b}$이므로 $b^2 = ac$

(2) 등비수열의 합

첫째항이 a, 공비가 $r\,(r\neq 0)$인 등비수열의 첫째항부터 제n항까지의 합 S_n은 다음과 같다.

① $r=1$일 때: $S_n=na$

② $r\neq 1$일 때: $S_n=\dfrac{a(r^n-1)}{r-1}=\dfrac{a(1-r^n)}{1-r}$

(3) 수열의 합과 일반항 사이의 관계

수열 $\{a_n\}$의 첫째항부터 제 n항까지의 합을 S_n이라 하면

$a_1=S_1,\ a_n=S_n-S_{n-1}\ (n\geq 2)$

3 수열의 합

(1) 정의

수열 $\{a_n\}$의 첫째항부터 n번째 항까지의 합

$$\sum_{k=1}^{n}a_k=S_n=a_1+a_2+a_3+\cdots+a_n$$

(2) 성질

① $\displaystyle\sum_{k=1}^{n}(a_k+b_k)=\sum_{k=1}^{n}a_k+\sum_{k=1}^{n}b_k$ 　　　　② $\displaystyle\sum_{k=1}^{n}(a_k-b_k)=\sum_{k=1}^{n}a_k-\sum_{k=1}^{n}b_k$

③ $\displaystyle\sum_{k=1}^{n}ca_k=c\sum_{k=1}^{n}a_k$ (단, c는 상수) 　　　　④ $\displaystyle\sum_{k=1}^{n}c=cn$ (단, c는 상수)

(3) 여러 가지 수열의 합

① 자연수의 합

㉠ $\displaystyle\sum_{k=1}^{n}k=1+2+3+\cdots+n=\dfrac{n(n+1)}{2}$

㉡ $\displaystyle\sum_{k=1}^{n}k^2=1^2+2^2+3^2+\cdots+n^2=\dfrac{n(n+1)(2n+1)}{6}$

㉢ $\displaystyle\sum_{k=1}^{n}k^3=1^3+2^3+3^3+\cdots+n^3=\left\{\dfrac{n(n+1)}{2}\right\}^2$

② 분수 꼴인 수열의 합

① $\displaystyle\sum_{k=1}^{n}\dfrac{1}{k(k+a)}=\sum_{k=1}^{n}\dfrac{1}{a}\left(\dfrac{1}{k}-\dfrac{1}{k+a}\right)$

② $\displaystyle\sum_{k=1}^{n}\dfrac{1}{(k+a)(k+b)}=\dfrac{1}{b-a}\sum_{k=1}^{n}\left(\dfrac{1}{k+a}-\dfrac{1}{k+b}\right)$ (단, $a\neq b$)

③ 무리식으로 나타내어진 수열의 합

㉠ $\displaystyle\sum_{k=1}^{n}\frac{1}{\sqrt{k+a}+\sqrt{k}}=\frac{1}{a}\sum_{k=1}^{n}(\sqrt{k+a}-\sqrt{k})$ (단, $a\neq0$)

㉡ $\displaystyle\sum_{k=1}^{n}\frac{1}{\sqrt{k+a}+\sqrt{k+b}}=\frac{1}{a-b}\sum_{k=1}^{n}(\sqrt{k+a}-\sqrt{k+b})$ (단, $a\neq b$)

④ 수학적 귀납법

(1) 귀납적 정의

① 수열: $\{a_n\}$을 첫째항 a_1, 서로 이웃하는 a_n과 a_{n+1} 사이의 관계식으로 정의하는 것

② 등차수열: $a_{n+1}-a_n=d$(일정), $2a_{n+1}=a_n+a_{n+2}$

③ 등비수열: $a_{n+1}\div a_n=r$(일정), $(a_{n+1})^2=a_n\times a_{n+2}$

(2) 수학적 귀납법

자연수 n과 관련된 어떤 명제 $p(n)$이 모든 자여수에 대하여 성립한다는 것을 증명하려면 다음 두 가지를 보이면 된다.

① $n=1$일 때: 명제 $p(n)$이 성립한다.

② $n=k$일 때: 명제 $p(n)$이 성립함을 가정하면, $n=k+1$일 때에도 명제 $p(n)$이 성립한다.

[실전문제]

해답 p.211

 **대표문제**

배점(총점)	예상 소요 시간
8점	3분 / 전체 60분

▶ 등비수열 $\{a_n\}$의 첫째항부터 제n항까지의 합을 S_n이라고 하자.

$S_n = 3^n - 1$일 때,

첫째항 a와 공비 r을 이용하여 $\log_a 128 + \log_r \dfrac{1}{9}$의 값을 구하는 과정을 서술하시오.

모범답안 $S_n = 3^n - 1$에서 $a_1 = S_1 = 3^1 - 1 = 2$를 구함

$S_2 = a_1 + a_1 r = a_1(1 + r) = 8$. $1 + r = 4$이므로 $r = 3$이다.

$\log_2 128 + \log_3 \dfrac{1}{9} = \log_2 2^7 + \log_3 3^{-2} = 7 - 2 = 5$이다.

채점기준

답안	배점
$S_n = 3^n - 1$에서 $a_1 = S_1 = 3^1 - 1 = 2$를 구함	2점
$S_2 = a_1 + a_1 r = a_1(1 + r) = 8$. $1 + r = 4$이므로 $r = 3$이다.	3점
$\log_2 128 + \log_3 \dfrac{1}{9} = \log_2 2^7 + \log_3 3^{-2} = 7 - 2 = 5$이다.	3점

01 등차수열 $\{a_n\}$의 첫째항부터 제n항까지의 합을 S_n이라 할 때, a_n과 S_n이 다음 조건을 만족시킨다.

(가) $a_1 + a_{12} = 18$

(나) $S_{10} = 150$

$S_n < 0$을 만족시키는 자연수 n의 최솟값을 구하는 과정을 서술하시오.

02 세 실수 a^2, $4a$, 15가 이 순서대로 등차수열을 이루고, 세 실수 a^2, 15, b가 이 순서대로 등비수열을 이룰 때, 모든 b의 값의 곱을 구하는 과정을 서술하시오.

03 등차수열 $\{a_n\}$의 첫째항부터 제n항까지의 합을 S_n이라 하자.

$S_3 - S_2 = 3$, $S_5 - S_4 = 12$일 때, a_7의 값을 구하는 과정을 서술하시오.

04 $\displaystyle\sum_{k=3}^{10} \dfrac{1}{3k^2 - 9k + 6}$ 의 값을 구하는 과정을 서술하시오.

05 수열 $\{a_n\}$이 모든 자연수 n에 대하여

$$a_{n+2} = \begin{cases} a_n - a_{n+1} & (a_{n+1} > a_n) \\ n - a_n & (a_{n+1} \leq a_n) \end{cases}$$

을 만족시킨다. $a_5 = 2$이고 $\displaystyle\sum_{k=1}^{5} a_k = -4$

일 때, a_4의 값을 구하는 과정을 서술하시오.

06 공차가 2인 등차수열 $\{a_n\}$의 첫째항부터 제n항까지의 합을 S_n이라 하자.

$S_k = -16$, $S_{k+2} = -12$를 만족시키는 자연수 k에 대하여 a_{3k}의 값을 구하는 과정을 서술하시오.

07 등비수열 $\{a_n\}$의 첫째항부터 제n항까지의 합을 S_n이라 하자.

$a_1 = 1$, $\dfrac{S_6}{S_3} = 2a_4 - 7$ 일 때,

a_8의 값을 구하는 과정을 서술하시오.

08 등비수열 $\{a_n\}$의 첫째항부터 제n항까지의 합을 S_n이라 하자. 모든 자연수 n에 대하여

$$S_{n+3} - S_n = 13 \times 3^{n-1}$$ 일 때,

a_5의 값을 구하는 과정을 서술하시오.

09 두 수열 $\{a_n\}$, $\{b_n\}$에 대하여

$$\sum_{k=1}^{5}(2a_k + 5) = 45, \quad \sum_{k=1}^{5}(a_k + b_k) = 24$$

일 때, $\displaystyle\sum_{k=1}^{5} b_k$ 의 값을 구하는 과정을 서술하시오.

10 모든 항이 양수이고 첫째항과 공차가 같은 등차 수열 $\{a_n\}$이 $\displaystyle\sum_{k=1}^{15} \frac{1}{\sqrt{a_k} + \sqrt{a_{k+1}}} = 2$를 만족시킬 때, a_8 의 값을 구하는 과정을 서술하시오.

11 공차가 양수인 등차수열 $\{a_n\}$에 대하여
$(a_5)^2-(a_3)^2=4$, $(a_9)^2-(a_7)^2=20$일 때,
a_5의 값을 구하는 과정을 서술하시오.

12 $\displaystyle\sum_{k=2}^{63}\log_6\{\log_k(k+1)\}$의 값을 구하는 과정을
서술하시오.

13 두 수열 $\{a_n\}$, $\{b_n\}$에서 a_n, b_n을 두 근으로 하는 이차방정식이 $x^2 - \sqrt{3}\,nx + 2n = 0$일 때, $\displaystyle\sum_{k=1}^{5} (a_k^2 + b_k^2)$의 값을 구하는 과정을 논술하시오.

14 $\{a_n\}$이 등차수열 일 때, $a_3 = 5$, $a_{10} = 19$이다. 이때 $\displaystyle\sum_{k=1}^{50} a_{2k} - \sum_{k=1}^{50} a_{2k-1}$의 값을 구하는 과정을 서술하시오.

15 함수 $f(x)=2^x$에 대하여 세 실수 $f(\log_2 3)$, $f(\log_2 3+2)$, $f(\log_2(t^2+4t))$가 이 순서대로 등차수열을 이룰 때, $\dfrac{1}{3}t$의 값을 구하는 과정을 서술하시오. (단, t는 양수)

16 $\displaystyle\sum_{k=1}^{n}(a_{4k-3}+a_{4k-2}+a_{4k-1}+a_{4k})$
$=n(2n+2)$

일 때, $\displaystyle\sum_{k=1}^{8}a_k$의 값을 구하는 과정을 서술하시오.

17 두 수열 $\{a_n\}$, $\{b_n\}$이 모든 자연수 n에 대하여 $a_n + \dfrac{5}{2}b_n = \dfrac{3}{4}$을 만족시킬 때, $4\displaystyle\sum_{n=1}^{5} a_n + 10\sum_{n=1}^{5} b_n$의 값을 구하는 과정을 서술하시오.

18 수열 $\{a_n\}$에 대해서 $a_1 = 1$, $\displaystyle\sum_{k=1}^{80} a_k = 50$, $a_{81} = \dfrac{11}{81}$일 때, $\displaystyle\sum_{k=2}^{81} k(a_{k-1} - a_k)$의 값을 구하는 과정을 서술하시오.

19 $\displaystyle\sum_{n=1}^{m}\left\{\sum_{i=1}^{n}(2i+1)\right\}=26$일 때 m의 값을 구하는 과정을 서술하시오.

20 등비수열 $\{a_n\}$은 다음 두 조건을 만족시킨다고 한다.

$$3a_2-2a_1=0,\ a_5+a_4=\frac{40}{81}$$

이때 $\displaystyle\sum_{k=1}^{m}a_k=\frac{19}{9}$가 성립하도록 하는 m의 값을 구하는 과정을 서술하시오.

함수의 극한과 연속

[핵심이론]

---

❶ 함수의 극한

(1) 함수의 수렴과 발산

① 함수의 수렴

함수 $f(x)$에서 x가 a가 아닌 값이면서 a에 한없이 가까워질 때, $f(x)$의 값이 일정한 값 α에 한없이 가까워지면 함수 $f(x)$는 α에 수렴한다고 하며, α를 $x \to a$일 때의 $f(x)$의 극한이라고 한다.

$$\lim_{x \to a} f(x) = \alpha \ \text{또는} \ x \to a\text{일 때}, \ f(x) \to \alpha$$

② 함수의 발산

함수 $f(x)$에서 x가 a가 아닌 값이면서 a에 한없이 가까워질 때, $f(x)$의 값이 한없이 커지거나 작아지면 $f(x)$는 양의 무한대 또는 음의 무한대로 발산한다고 한다.

$$\lim_{x \to a} f(x) = \infty\,(-\infty) \ \text{또는} \ x \to a\text{일 때}, \ f(x) \to \infty\,(-\infty)$$

(2) 함수의 좌극한과 우극한

① 함수의 좌극한

함수 $f(x)$에서 x가 a보다 작으면서 a에 한없이 가까워질 때, $f(x)$가 일정한 값 α에 한없이 가까워지면 α를 $x=a$에서 함수 $f(x)$의 좌극한값이라고 한다.

$$\lim_{x \to a-} f(x) = \alpha \ \text{또는} \ x \to a-\text{일 때}, \ f(x) \to \alpha$$

② 함수의 우극한

함수 $f(x)$에서 x가 a보다 크면서 a에 한없이 가까워질 때, $f(x)$가 일정한 값 α에 한없이 가까워지면 α를 $x=a$에서 함수 $f(x)$의 우극한값이라고 한다.

$$\lim_{x \to a+} f(x) = \alpha \ \text{또는} \ x \to a+\text{일 때}, \ f(x) \to \alpha$$

③ 극한값의 존재

좌극한값과 우극한값이 같을 때, 극한값이 존재한다고 한다.

$$\lim_{x \to a-} f(x) = \lim_{x \to a+} f(x) = \alpha \ \text{일 때,} \ \lim_{x \to a} f(x) \to \alpha$$

(3) 함수의 극한에 대한 성질

① 기본 성질

두 함수 $f(x)$, $g(x)$에 대하여 $\lim_{x \to a} f(x) = \alpha$, $\lim_{x \to a} g(x) = \beta$ (α, β는 실수)일 때

㉠ $\lim_{x \to a} \{cf(x)\} = c\lim_{x \to a} f(x) = c\alpha$ (단, c는 상수)

㉡ $\lim_{x \to a} \{f(x) + g(x)\} = \lim_{x \to a} f(x) + \lim_{x \to a} g(x) = \alpha + \beta$

㉢ $\lim_{x \to a} \{f(x) - g(x)\} = \lim_{x \to a} f(x) - \lim_{x \to a} g(x) = \alpha - \beta$

㉣ $\lim_{x \to a} \{f(x)g(x)\} = \lim_{x \to a} f(x) \times \lim_{x \to a} g(x) = \alpha\beta$

㉤ $\lim_{x \to a} \dfrac{f(x)}{g(x)} = \dfrac{\lim_{x \to a} f(x)}{\lim_{x \to a} g(x)} = \dfrac{\alpha}{\beta}$ (단, $\beta \neq 0$)

② 함수의 극한과 부등식

㉠ $f(x) \leq g(x)$이면 $\lim_{x \to a} f(x) \leq \lim_{x \to a} g(x)$

㉡ $f(x) \leq h(x) \leq g(x)$이고 $\lim_{x \to a} f(x) = \lim_{x \to a} g(x) = \alpha$이면 $\lim_{x \to a} h(x) = \alpha$

(4) 미정계수의 결정

두 함수 $f(x)$, $g(x)$에 대하여 다음 성질을 이용하여 미정계수를 결정할 수 있다.

① $\lim_{x \to a} \dfrac{f(x)}{g(x)} = \alpha$ (α는 실수)이고 $\lim_{x \to a} g(x) = 0$이면 $\lim_{x \to a} f(x) = 0$이다.

② $\lim_{x \to a} \dfrac{f(x)}{g(x)} = \alpha$ ($\alpha \neq 0$인 실수)이고 $\lim_{x \to a} f(x) = 0$이면 $\lim_{x \to a} g(x) = 0$이다.

2 함수의 연속

(1) 연속과 불연속

① 함수의 연속

함수 $f(x)$가 실수 a에 대하여 다음의 세 조건을 만족시킬 때, 함수 $f(x)$는 $x = a$에서 연속이라고 한다.

$$\begin{cases} \text{함수 } f(x) \text{가 } x=a \text{에서 정의되어 있다.} \\ \lim_{x \to a} f(x) \text{가 존재한다.} \\ \lim_{x \to a} f(x) = f(a) \text{이다.} \end{cases}$$

② **함수의 불연속**

함수 $f(x)$가 위의 세 조건 중 하나라도 만족하지 않을 때, $f(x)$는 $x=a$에서 불연속이라고 한다.

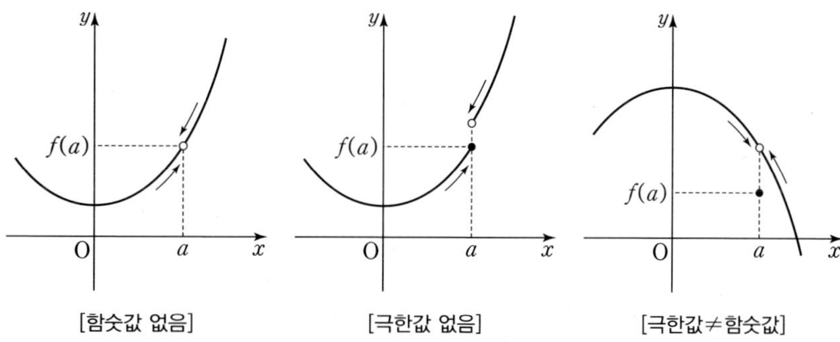

(2) 연속함수의 성질

함수 $f(x)$, $g(x)$가 $x=a$에서 연속이면 다음 함수도 $x=a$에서 연속이다.

① $cf(x)$ (단, c는 상수)   ② $f(x) \pm g(x)$

③ $f(x)g(x)$ ④ $\dfrac{f(x)}{g(x)}$ (단, $g(x) \neq 0$)

(3) 최대 · 최소 정리

함수 $f(x)$가 닫힌구간 $[a, b]$에서 연속이면 함수 $f(x)$는 이 구간에서 반드시 최댓값과 최솟값을 갖는다.

(4) 사잇값 정리

① 함수 $f(x)$가 닫힌구간 $[a, b]$에서 연속이고 $f(a) \neq f(b)$이면 $f(a)$와 $f(b)$ 사이의 임의의 값 k에 대하여 $f(c)=k$가 열린구간 (a, b)에 적어도 하나 존재한다.

② 함수 $f(x)$가 닫힌구간 $[a, b]$에서 연속이고 $f(a)$와 $f(b)$의 부호가 서로 다르면 $f(c)=0$인 c가 열린구간 (a, b)에 적어도 하나 존재한다.

[실전문제]

정답 및 해설 p.214

배점(총점)	예상 소요 시간
10점	5분 / 전체 60분

대표문제

▶ 상수 a와 두 함수

$$f(x) = \begin{cases} x-1 & (x<2) \\ x-4 & (x \geq 2) \end{cases}, \ g(x) = 2x+a \ \text{가 있다.}$$

함수 $f(x)g(x)$가 $x=2$에서 연속이 되도록, 상수 a의 값을 구하는 과정을 서술하시오.

모범답안 함수 $f(x)g(x)$가 $x=2$에서 연속이므로,

$f(2)g(2) = -8 - 2a$

$\lim\limits_{x \to 2+} f(x)g(x) = \lim\limits_{x \to 2+}(x-4)(2x+a) = -8 - 2a$

$\lim\limits_{x \to 2-} f(x)g(x) = \lim\limits_{x \to 2-}(x-1)(2x+a) = 4 + a$

$\lim\limits_{x \to 2} f(x)g(x) = f(2)g(2)$이므로 $-8 - 2a = 4 + a$이고 $a = -4$이다.

채점기준

답안	배점
함수 $f(x)g(x)$가 $x=2$에서 연속이므로, $f(2)g(2) = -8 - 2a$	2점
$\lim\limits_{x \to 2+} f(x)g(x) = \lim\limits_{x \to 2+}(x-4)(2x+a) = -8 - 2a$	2점
$\lim\limits_{x \to 2-} f(x)g(x) = \lim\limits_{x \to 2-}(x-1)(2x+a) = 4 + a$	2점
$\lim\limits_{x \to 2} f(x)g(x) = f(2)g(2)$이므로 $-8 - 2a = 4 + a$이고 $a = -4$이다.	4점

01 함수 $y = f(x)$의 그래프가 그림과 같다.

$f(2) - \dfrac{1}{2} \lim\limits_{x \to 1+} f(x)f(-x)$의 값을 구하는 과정을 서술하시오.

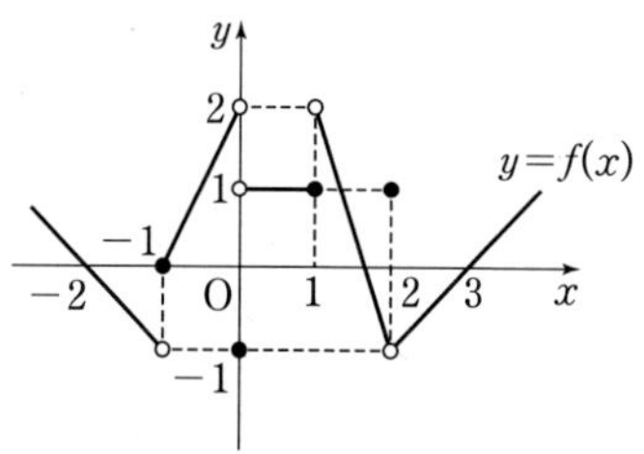

02 함수 $f(x)$가

$\lim\limits_{x \to 0} \dfrac{f(x) - x}{x} = 2$를 만족시킬 때,

$\lim\limits_{x \to 0} \dfrac{2x - f(x)}{f(x)}$의 값을 구하는 과정을 서술하시오.

03 함수 $f(x)$가

$$f(x) = \begin{cases} -\dfrac{1}{2}x - \dfrac{3}{2} & (x < -1) \\ -x + 2 & (x \geq -1) \end{cases}$$ 이다.

$\displaystyle\lim_{x \to -1} |f(x) - k|$의 값이 존재하도록 하는

상수 k에 대하여 $\displaystyle\lim_{x \to a} \dfrac{f(x)}{|f(x) - k|}$의 값이

존재하지 않도록 하는 모든 실수 a의 값의 곱을

구하는 과정을 서술하시오.

04 양수 a와 최고차항의 계수가 1인 이차함수

$f(x)$에 대하여

$$\lim_{x \to 2} \dfrac{f(x)f(x - a)}{(x - 2)^2} = -9$$ 일 때,

$f(-3)$의 값을 구하는 과정을 서술하시오.

05 두 정수 a, b에 대하여 함수

$$f(x) = \begin{cases} \dfrac{6x+1}{2x-1} & (x < 0) \\[2mm] -\dfrac{1}{2}x^2 + ax + b & (x \geq 0) \end{cases}$$

이 다음 조건을 만족시킬 때, $2b - a$의 값을 구하는 과정을 서술하시오.

> ㈎ 함수 $|f(x)|$는 실수 전체의 집합에서 연속이다.
>
> ㈏ x에 대한 방정식 $f(x) = t$의 실근이 존재하도록 하는 실수 t의 최댓값은 3이다.

06 일차함수 $f(x)$가

$$\lim_{x \to 0} f(x) = 2 \,,\; \lim_{x \to 1} \frac{3(x^2-1)}{(x-1)f(x)} = 2$$

를 만족시킬 때, $f(-1)$의 값을 구하는 과정을 서술하시오.

07 다항함수 $y = f(x)$의 그래프가 점 $(1,\ 4)$를 지나고

$$\lim_{x \to 1} \frac{(x-1)f(x)}{(x+a)(x+b)} = \frac{1}{4}$$ 이 성립한다.

$\dfrac{a+b}{2}$ 의 값을 구하는 과정을 서술하시오.

(단, $a,\ b$는 상수이다.)

08 그림과 같이 양의 실수 t에 대하여 $y = 4x^2$, $y = x^2$의 그래프가 직선 $y = t$와 제1사분면에서 만나는 점을 각각 A, B라 하자. 원점 O에 대하여 선분 OA의 길이를 $f(t)$, 선분 OB의 길이를 $g(t)$라 할 때,

$\lim\limits_{t \to \infty} \{g(t) - f(t)\}$의 의 값을 구하는 과정을 서술하시오.

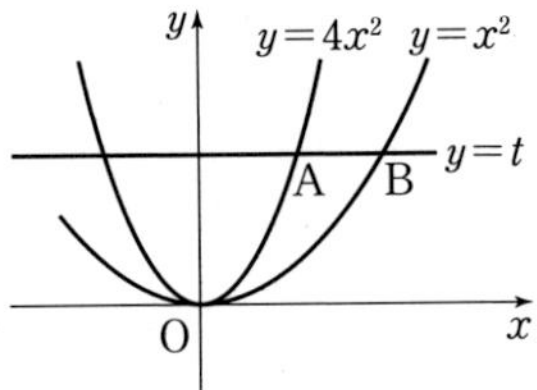

09 상수 a에 대하여 함수

$$f(x) = \begin{cases} x - a & (x < 2) \\ ax + 3 & (x \geq 2) \end{cases}$$

가 실수 전체의 집합에서 연속일 때,

$f(1) + f(5)$ 의 값을 구하는 과정을 서술하시오.

10 두 함수 $f(x) = x^2 - x - 2$,

$g(x) = x - |3x| + 4$ 에 대하여 함수

$$h(x) = \begin{cases} \dfrac{f(x)}{g(x)} & (x \neq 1,\ x \neq 2) \\ a & (x = -1) \\ b & (x = 2) \end{cases}$$

실수 전체의 집합에서 연속일 때, 두 상수 a, b

에 대하여 $\dfrac{1}{2}b - a$ 의 값을 구하는 과정을

서술하시오.

11 다항함수 $f(x)$에 대하여

$$\lim_{x \to 2} \frac{(x^3-8)}{(x^2-4)f(x)}=1$$을 만족한다. 이때, $f(2)$의 값을 구하는 과정을 서술하시오.

12 함수 $f(x)$가 $\lim_{x \to k} \dfrac{f(x-k)}{x-k}=3$ (k는 상수)를 만족한다. $\lim_{x \to 0} \dfrac{4x+7f(x)}{5x^2+f(x)}=\dfrac{p}{q}$ (단, p, q는 서로소)일 때, $p+q$의 값을 구하는 과정을 서술하시오.

13 다항함수 $f(x)$가 $\lim\limits_{x \to 0} \dfrac{f(x)-3}{x}=4$를 만족시킬 때, $\lim\limits_{x \to 0} \dfrac{\{f(x)\}^2-2f(x)-3}{x}$의 값을 구하는 과정을 서술하시오.

14 모든 실수 x에서 연속인 함수 $f(x)$가 $f(x)=-f(-x)$를 만족한다. $f(1)f(3)<0$, $f(3)f(5)<0$일 때, 방정식 $f(x)=0$은 적어도 몇 개의 실근을 갖는지를 구하는 과정을 서술하시오.

15 두 함수

$$f(x)=\begin{cases}5x+5 & (\,|x|\leq5\,)\\ x^2+1 & (\,|x|>5\,)\end{cases}$$

$$g(x)=x^2+ax+b$$

가 있다. 이때 함수 $f(x)g(x)$가 실수 전체에서 연속이 되도록 하는 a, b의 값을 각각 구하는 과정을 서술하시오.

16 닫힌구간 $[0,\,6]$에서 정의된 함수 $f(x)$가

$$f(x)=\lim_{t\to\infty}\frac{2+xt}{3+t}(x-4)$$를 만족한다.

이때, 함수 $f(x)$의 최댓값과 최솟값을 구하는 과정을 서술하시오.

17 두 함수 $f(x), g(x)$에 대하여

$$\lim_{x \to \infty} \{f(x) - g(x)\} = 5$$

$$\lim_{x \to \infty} f(x)g(x) = 3$$

일 때 $\lim_{x \to \infty} [\{f(x)\}^2 + \{g(x)\}^2]$의 값을

구하는 과정을 서술하시오.

18 양의 실수 k에 관하여 사차함수 $f(x)$가 다음

조건을 만족한다.

$$f(0) = 0$$
$$\lim_{x \to k} \left\{ \frac{1}{f(x)} - \frac{1}{(x-k)^2} \right\} = 2$$

이때 k의 값을 구하는 과정을 서술하시오.

19 두 함수 $f(x)=x^3+x^2$, $g(x)=x-2$와 10 이하의 자연수 n에 대하여 x에 대한 방정식 $f(x)=ng(x)$가 n의 값에 관계없이 오직 하나의 실근을 갖는다. 이 실근이 열린구간 $(-3,\ -2)$에 속하도록 하는 10 이하의 모든 자연수 n의 값의 곱을 구하는 과정을 서술하시오.

20 이차함수 $f(x)$가 $x=2$일 때, 최댓값 1을 가진다. 이때, $\lim\limits_{x\to 2}[f(x)]$의 값을 구하는 과정을 서술하시오. (단, $[x]$는 x를 넘지 않는 최대 정수)

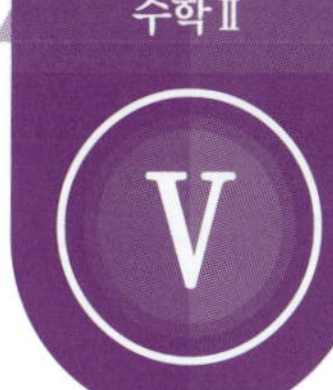

Ⅴ 다항함수의 미분법

[핵심이론]

1 1. 평균변화율

(1) 정의

함수 $y=f(x)$에서 x의 값이 a에서 b까지 변할 때, 함수 $y=f(x)$의 평균변화율은

$$\frac{\Delta y}{\Delta x}=\frac{f(b)-f(a)}{b-a}=\frac{f(a+\Delta x)-f(a)}{\Delta x} \ (단, \ \Delta x=b-a)$$

(2) 기하학적 의미

함수 $y=f(x)$에서 x의 값이 a에서 b까지 변할 때, 함수 $y=f(x)$의 평균변화율은 곡선 $y=f(x)$ 위의 두 점 $P(a, f(a))$, $Q(b, f(b))$를 지나는 곡선 PQ의 기울기를 나타낸다.

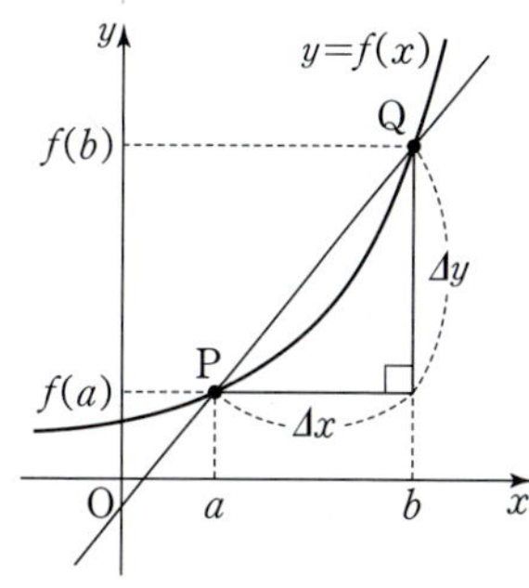

2 미분계수

(1) 정의

함수 $y=f(x)$의 $x=a$에서의 미분계수 $f'(a)$는

$$f'(a)=\lim_{\Delta x \to 0}\frac{\Delta y}{\Delta x}=\lim_{\Delta x \to 0}\frac{f(a+\Delta x)-f(a)}{\Delta x}=\lim_{x \to a}\frac{f(x)-f(a)}{x-a}$$

(2) 기하학적 의미

함수 $y=f(x)$의 $x=a$에서의 미분계수 $f'(a)$는 곡선 $y=f(x)$ 위의 점 $P(a, f(a))$에서의 접선의 기울기를 나타낸다.

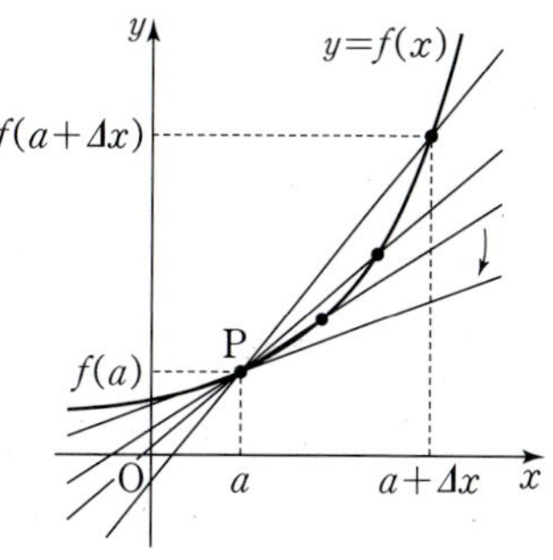

(3) 미분가능과 연속

① 함수 $f(x)$에 대하여 $x=a$에서의 미분계수 $f'(a)$가 존재할 때, 함수 $f(x)$는 $x=a$에서 미분가능하다고 한다.

② 함수 $f(x)$가 어떤 열린구간에 속하는 모든 x에서 미분가능할 때,

함수 $f(x)$는 그 구간에서 미분가능하다고 한다. 또한 함수 $f(x)$가 정의역에 속하는 모든 x에서 미분가능할 때, 함수 $f(x)$를 미분가능한 함수라고 한다.

③ 함수 $f(x)$가 $x=a$에서 미분가능하면 함수 $f(x)$는 $x=a$에서 연속이다. 그러나 일반적으로 그 역은 성립하지 않는다.

③ 도함수

(1) 정의

함수 $y=f(x)$가 정의역 임의의 원소 x에서 미분가능할 때, 정의역 임의의 원소에 대하여 미분계수 $f'(x)$를 대응시키는 함수를 $y=f(x)$의 도함수라 하고 $f'(x)$로 나타낸다.

$$f'(x)=\lim_{\Delta x \to 0}\frac{\Delta y}{\Delta x}=\lim_{\Delta x \to 0}\frac{f(x+\Delta x)-f(x)}{\Delta x}$$

(2) 기하학적 의미

$y=f(x)$의 도함수 $f'(x)$는 함수 $y=f(x)$의 그래프 위의 임의의 점 $(x, f(x))$에서의 접선의 기울기와 같다.

(3) 미분법 공식

$f(x)$, $g(x)$가 미분가능할 때,

① $y=c$ (단, c는 상수)이면 $y'=0$

② $y=x^n$이면 $y'=nx^{n-1}$

③ $y=cf(x)$ (단, c는 상수)이면 $y'=cf'(x)$

④ $y=f(x)\pm g(x)$이면 $y'=f'(x)\pm g'(x)$

⑤ $y=f(x)\cdot g(x)$이면 $y'=f'(x)g(x)+f(x)g'(x)$

⑥ $y=\{f(x)\}^n$이면 $y'=n\{f(x)\}^{n-1}f'(x)$

④ 도함수의 활용

(1) 접선의 방정식

① 접점 $(a, f(a))$에서 접선의 방정식

곡선 $y=f(x)$ 위의 점 $(a, f(a))$에서 접선의 방정식은

$$y - f(a) = f'(a)(x - a)$$

② 접점 $(a, f(a))$에서의 법선이 방정식

곡선 $y = f(x)$ 위의 점 $(a, f(a))$에서 접선에 수직인 법선의 방정식은

$$y - f(a) = \frac{1}{f'(a)}(x - a)$$

③ 기울기가 m인 접선의 방정식

㉠ $f'(a) = m$에서 접점의 x, y 좌표를 구한다.

㉡ $y - f(a) = m(x - a)$에 대입한다.

④ 곡선 밖의 한 점 (x_1, y_1)에서 그은 접선의 방정식

① 접점의 좌표를 $(a, f(a))$로 놓는다.

② $y - f(a) = f'(a)(x - a)$에 점 (x_1, y_1)을 대입하여 a를 구한다.

(2) 평균값의 정리

함수 $f(x)$가 닫힌구간 $[a, b]$에서 연속이고, 열린구간 (a, b)에서 미분가능하면 $\dfrac{f(b) - f(a)}{b - a} = f'(c)$ (단, $a < c < b$)를 만족시키는 c가 열린구간 (a, b)에 적어도 하나 존재한다.

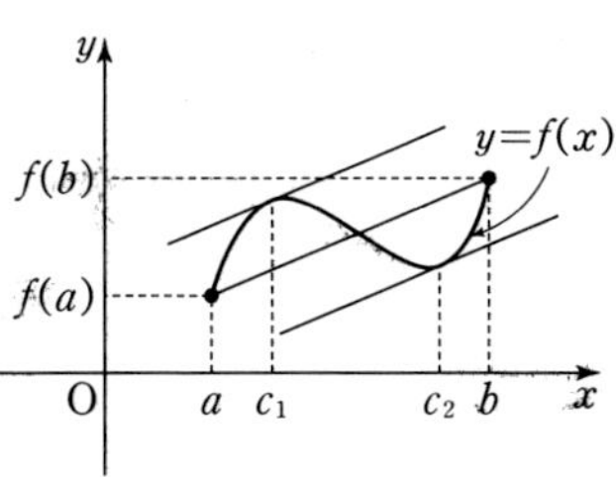

(3) 함수의 증가와 감소

① 함수 $f(x)$가 미분가능한 구간의 모든 실수 x에 대하여

㉠ $f'(x) > 0$이면 $f(x)$는 이 구간에서 증가한다.

㉡ $f'(x) < 0$이면 $f(x)$는 이 구간에서 감소한다.

② 함수 $f(x)$가 어떤 미분가능하고

㉠ $f(x)$가 증가하면 그 구간 모든 실수 x에 대하여 $f'(x) \geq 0$이다.

㉡ $f(x)$가 감소하면 그 구간 모든 실수 x에 대하여 $f'(x) \leq 0$이다.

(4) 함수의 극대와 극소

① 정의

함수 $y = f(x)$가 $x = a$에서 연속이고 x가 $x = a$를 지날 때

㉠ $f(x)$가 증가 상태에서 감소 상태로 변하면, $f(x)$는 $x = a$에서 극대라 하고 $f(a)$를 극댓값이라고 한다.

㉡ $f(x)$가 감소 상태에서 증가 상태로 변하면, $f(x)$는 $x = a$에서 극소라 하고 $f(a)$를 극솟값이라고 한다.

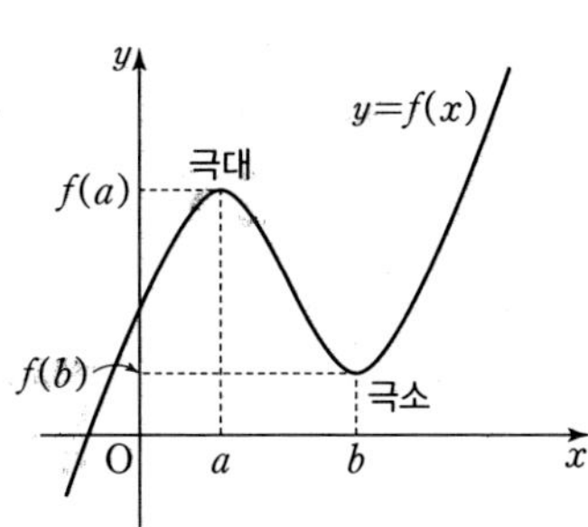

② 극값과 미분계수

$x=a$에서 미분가능한 함수 $f(x)$에 대하여

㉠ $x=a$에서 극값을 가지면 $f'(a)=0$이다.

㉡ $x=a$에서 극값 b를 가지면 $f'(a)=0$, $f(a)=b$이다.

(5) 함수의 최댓값과 최솟값

닫힌구간 $[a, b]$에서 연속인 함수 $y=f(x)$의 최댓값, 최솟값을 구할 때

① 열린구간 (a, b)에서의 모든 극값을 구한다.

② 닫힌구간 $[a, b]$의 양 끝점에서 함숫값 $f(a)$, $f(b)$를 구한다.

③ 위에서 구한 극값과 함숫값 $f(a)$, $f(b)$ 중에서 최대인 것이 최댓값, 최소인 것이 최솟값이다.

(6) 방정식의 근과 도함수

① 방정식 $f(x)=0$의 실근의 개수

함수 $y=f(x)$의 그래프와 x축과의 교점의 개수와 같다.

② $f(x)=g(x)$의 실근의 개수

함수 $y=f(x)$의 그래프와 $y=g(x)$의 그래프의 교점의 개수와 같다.

③ 삼차방정식의 실근의 개수

삼차함수 $f(x)$가 $x=\alpha$, $x=\beta$에서 극값을 가질 때, 삼차방정식 $f(x)=0$의 실근의 개수는 다음과 같다.

㉠ $f(\alpha)f(\beta)<0$이면 서로 다른 세 실근을 갖는다.

㉡ $f(\alpha)f(\beta)=0$이면 중근과 다른 한 실근을 갖는다.

㉢ $f(\alpha)f(\beta)>0$이면 한 실근과 서로 다른 두 허근을 갖는다.

(7) 속도와 가속도

수직선 위를 움직이는 점 P의 시간 t에서의 위치 x가 $x=f(t)$로 주어질 때, t에서의 속도와 가속도는 다음과 같다.

① 속도: 위치의 시간에 대한 변화율

$$v=\frac{dx}{dt}=\lim_{\Delta t \to 0}\frac{f(t+\Delta t)-f(t)}{\Delta t}=f'(t)$$

② 가속도: 속도의 시간에 대한 변화율

$$v=\frac{dv}{dt}=\lim_{\Delta t \to 0}\frac{v(t+\Delta t)-v(t)}{\Delta t}=v'(t)$$

 대표문제

배점(총점)	예상 소요 시간
12점	3분 / 전체 60분

▶ 이차함수 $f(x) = x^2 + 2x + 1$ 에 대하여 도함수의 정의를 사용하여 $f'(x)$ 를 구하고,

함수 $f(x)$ 의 닫힌구간 $[-1, 1]$ 에서 평균값 정리를 만족시키는 상수 c의 값을 구하는 과정을

서술하시오.

모범답안

$$f'(x) = \lim_{h \to 0} \frac{(x+h)^2 + 2(x+h) + 1 - (x^2 + 2x + 1)}{h}$$

$$= \lim_{h \to 0} (2x + h + 2) = 2x + 2$$

$$\frac{4 - 0}{1 - (-1)} = 2$$

$$2c + 2 = 2, \ c = 0 \in (-1, 1)$$

채점기준

답안	배점
$f'(x) = \lim_{h \to 0} \dfrac{(x+h)^2 + 2(x+h) + 1 - (x^2 + 2x + 1)}{h}$ $= \lim_{h \to 0} (2x + h + 2) = 2x + 2$	4점
$\dfrac{4 - 0}{1 - (-1)} = 2$	4점
$2c + 2 = 2, \ c = 0 \in (-1, 1)$	4점

01 다항함수 $f(x)$ 에 대하여

$$\lim_{x \to 2} \frac{f(x) + 3}{x^2 - 2x} = \{f(2)\}^2 \text{ 일 때,}$$

$\dfrac{1}{2} f'(2)$ 의 값을 구하는 과정을 서술하시오.

02 다항함수 $f(x)$ 에 대하여 함수 $g(x)$ 가

$$g(x) = (x^2 + 3x)f(x) \text{ 일 때,}$$

곡선 $y = g(x)$ 위의 점 $(-1, -8)$ 에서의 접선의 기울기가 2이다.

$f'(-1)$ 의 값을 구하는 과정을 서술하시오.

03 최고차항의 계수가 1인 삼차함수 $f(x)$ 가 다음 조건을 만족시킬 때, $f(2)$ 의 최댓값과 최솟값의 차를 구하는 과정을 서술하시오.

> (가) $\displaystyle\lim_{x \to 0} \frac{|\,f(x) - 3x\,|}{x}$ 의 값이 존재한다.
>
> (나) 함수 $f(x)$ 는 실수 전체의 집합에서 증가한다.

04 최고차항의 계수가 1인 삼차함수 $f(x)$ 에 대하여 함수 $y = f'(x)$ 의 그래프가 그림과 같다.

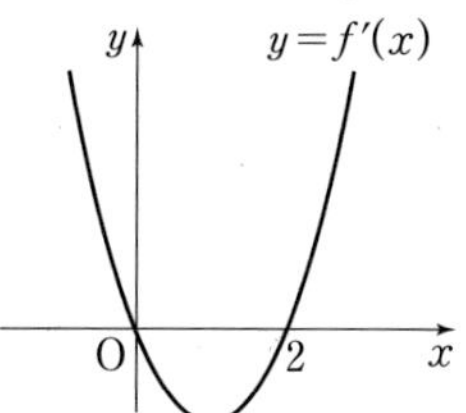

$0 \le x \le 2$ 인 모든 실수 x에 대하여 부등식 $f(x)f'(x) \le 0$ 이 성립할 때, $f(4)$ 의 최솟값을 구하는 과정을 서술하시오.

$$(\text{단, } f'(0) = 0 \,, \ f'(2) = 0\,)$$

05 x에 대한 방정식 $-x^3 + 12x - 11 = k$ 가 서로 다른 양의 실근 2개와 음의 실근 1개를 갖도록 하는 모든 정수 k의 합을 구하는 과정을 서술하시오.

06 두 다항함수 $f(x)$, $g(x)$가

$$\lim_{x \to 1} \frac{f(x) + 3}{x - 1} = 3,$$

$$\lim_{x \to 1} \frac{f(x) + g(x)}{x - 1} = 12$$

을 만족시킨다. $g(1) + g'(1)$의 값을 구하는 과정을 서술하시오.

07 다음 조건을 만족시키는 모든 다항함수 $f(x)$에 대하여 $f(2)$의 최댓값을 M, 최솟값을 m이라 할 때, $\dfrac{M-m}{2}$의 값을 구하는 과정을 서술하시오.

㉮ $f(4)=10$
㉯ $2<x<4$인 모든 실수 x에 대하여 $|f'(x)\leq6|$이다.

08 자연수 n에 대하여 닫힌구간 $[n,\,n+2]$에서 정의된 함수 $f(x)=x^3-9x^2+24x+5$가 있다. 함수 $f(x)$가 일대일함수가 되도록 하는 10 이하의 모든 자연수 중 n의 최소값과 최댓값의 합을 구하는 과정을 서술하시오.

09 곡선 $C: y=2x^4-3x^2-2x+4$ 위의 x좌표가 양수인 점에서 접하는 직선 중 기울기가 최소인 직선의 y절편이 $\dfrac{q}{p}$ 일 때, $5p-q$의 값을 구하는 과정을 서술하시오.

(단, p와 q는 서로소인 자연수이다.)

10 수직선 위를 움직이는 두 점 P, Q의 시각 $t(t \geq 0)$에서의 위치 x_1, x_2가 $x_1=2t^3-3t^2-4t$, $x_2=t^2+4t$이다.

두 점 P, Q의 속도가 같아지는 순간 두 점 P, Q의 가속도의 곱을 구하는 과정을 서술하시오.

11 함수
$$f(x)=\begin{cases}2x-4 & (x<a)\\x^2-4x+b & (x\geq a)\end{cases}$$
가 실수 전체의 집합에서 미분가능할 때, $f(2b-a)$의 값을 구하는 과정을 서술하시오.

(단, a, b는 상수이다.)

12 곡선 $y=(x-a)(x-b)(x-c)(x-d)$ 위의 점 $(4, 8)$에서의 접선의 기울기가 24이다.

이때 $\dfrac{1}{4-a}+\dfrac{1}{4-b}+\dfrac{1}{4-c}+\dfrac{1}{4-d}$의 값을 구하는 과정을 서술하시오. (단, a, b, c, d는 상수)

13 다음 함수 $f(x)$가 $x=4$에서 미분가능할 때, 상수 m, n의 값을 구하는 과정을 서술하시오.

$$f(x)=\begin{cases} 2x^2 & (x<4) \\ mx+n & (x\geq 4) \end{cases}$$

14 함수 $f(x)=x^4-7x^2+12$에 대하여 닫힌구간 $[-2, \sqrt{3}]$에서 롤의 정리를 만족시키는 실수 c가 될 수 있는 모든 값의 합을 구하는 과정을 서술하시오.

15 다항식 x^5+x^3+x+1을 $(x-1)^2$으로 나누었을 때의 나머지를 구하는 과정을 서술하시오.

16 함수 $f(x)$의 도함수 $f'(x)$가 연속함수이다. 모든 실수 x에 대하여

$(x-3)f'(x)=x^2-9-f(x)$를 만족할 때, $f'(3)$의 값을 구하는 과정을 서술하시오.

17 양수 a와 함수 $f(x)=a(x+2)^2(x-2)^2$에 대하여 함수 $y=f(x)$의 그래프와 $y=4$가 만나는 서로 다른 점의 개수가 3일 때, $f(12a)$의 값을 구하는 과정을 서술하시오.

18 $x>0$인 모든 실수 x에 대하여 부등식 $2x^3+6x^2+4-a^2>0$이 항상 성립하도록 하는 모든 정수 a의 개수를 구하는 과정을 서술하시오.

19 함수

$$f(x)=(a-4)x^3+3(b-2)x^2-3ax+3$$

가 극값을 갖지 않을 때, 점 $(a,\ b)$가 존재하는 영역의 넓이를 구하는 과정을 서술하시오.

20 함수 $f(x)=ax^3-3(a^2+1)x^2+12ax$가 모든 실수 x에서 항상 증가하거나 감소할 때, 모든 a값의 곱을 구하는 과정을 서술하시오.

VI. 다항함수의 적분법

[핵심이론]

1. 부정적분

(1) 정의와 표현

① 정의

함수 $f(x)$에 대하여 $F'(x)=f(x)$를 만족시키는 함수 $F(x)$를 $f(x)$의 부정적분이라 하고, $f(x)$의 부정적분을 구하는 것을 $f(x)$를 적분한다고 한다.

② 표현

함수 $f(x)$의 부정적분을 $F(x)$라 하면

$$\int f(x)dx=F(x)+C \ (단,\ C는\ 적분상수)$$

(2) 부정적분과 미분의 관계

함수 $f(x)$의 부정적분은 미분의 역이다.

① $\displaystyle\int\left\{\frac{d}{dx}f(x)\right\}dx=f(x)+C$
② $\displaystyle\frac{d}{dx}\left\{\int f(x)dx\right\}=f(x)$

(3) 부정적분의 공식

① $\displaystyle\int kdx=kx+C \ (단,\ k는\ 상수)$

② $\displaystyle\int x^n dx=\frac{1}{n+1}x^{n+1}+C \ (단,\ n\neq -1)$

③ $\displaystyle\int kf(x)dx=k\int f(x)dx \ (단,\ k는\ 상수)$

④ $\displaystyle\int (f(x)+g(x))dx=\int f(x)dx+\int g(x)dx$

⑤ $\displaystyle\int (f(x)-g(x))dx=\int f(x)dx-\int g(x)dx$

2 정적분

(1) 정의와 표현

① 정의

함수 $y=f(x)$의 닫힌구간 $[a, b]$에서 연속일 때, 함수 $y=f(x)$의 부정적분 중 하나를 $F(x)$라 하면 $F(b)-F(a)$를 구하는 것을 함수 $f(x)$를 a에서 b까지 적분한다고 한다.

② 표현

닫힌구간 $[a, b]$에서 연속인 함수 $f(x)$의 부정적분이 $F(x)$이면

$$\int_a^b f(x)dx=\Big[f(x)\Big]_a^b=F(b)-F(a)$$

(2) 정적분과 미분의 관계

① $\dfrac{d}{dx}\displaystyle\int_a^x f(t)dt=f(x)$

② $\dfrac{d}{dx}\displaystyle\int_x^{x+a} f(t)dt=f(x+a)-f(x)$

③ $\displaystyle\lim_{x\to a}\dfrac{1}{x-a}\int_a^x f(t)dt=f(a)$

④ $\displaystyle\lim_{x\to 0}\dfrac{1}{x}\int_x^{x+a} f(t)dt=f(a)$

(3) 정적분의 공식

① $\displaystyle\int_a^a f(x)dx=0$

② $\displaystyle\int_a^b f(x)dx=-\int_b^a f(x)dx$

③ $\displaystyle\int_a^b kf(x)dx=k\int_a^b f(x)dx$ (단, k는 상수)

④ $\displaystyle\int_a^b \{f(x)\pm g(x)\}dx=\int_a^b f(x)dx\pm\int_a^b g(x)dx$

⑤ $\displaystyle\int_a^b f(x)dx=\int_a^c f(x)dx+\int_c^b f(x)dx$

(4) 우함수와 기함수의 정적분

① 우함수의 정적분

$f(x)$가 y축에 대하여 대칭인 함수(우함수)인 경우 연속인 함수 $f(x)$가 모든 실수 x에 대하여 $f(-x)=f(x)$이면

$$\int_{-a}^a f(x)dx=2\int_0^a f(x)dx$$

② 기함수의 정적분

$f(x)$가 원점에 대하여 대칭인 함수(기함수)인 경우 연속인 함수 $f(x)$가 모든 실수 x에 대하여

$f(-x)=-f(x)$이면

$$\int_{-a}^{a} f(x)\,dx=0$$

3 정적분의 활용

(1) 곡선과 x축 사이의 넓이

함수 $f(x)$가 닫힌구간 $[a,\ b]$에서 연속일 때, 곡선 $y=f(x)$와 x축 및 두 직선 $x=a$, $x=b$로 둘러싸인 부분의 넓이 S는

$$S=\int_{a}^{b} |f(x)|\,dx$$

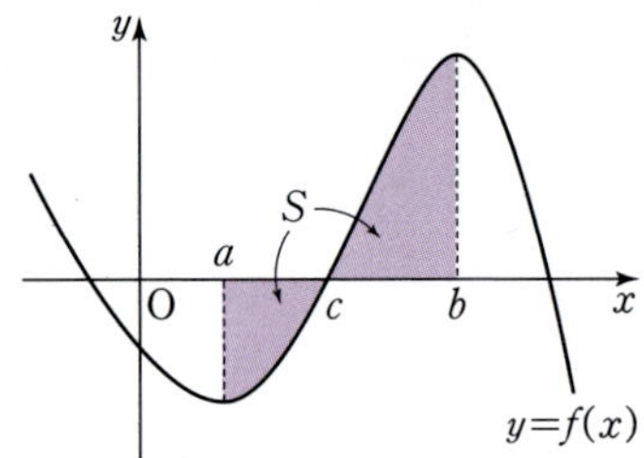

(2) 두 곡선 사이의 넓이

닫힌구간 $[a,\ b]$에서 연속인 두 곡선 $y=f(x)$, $y=g(x)$와 두 직선 $x=a$, $x=b$로 둘러싸인 도형의 넓이 S는

$$S=\int_{a}^{b} |f(x)-g(x)|\,dx$$

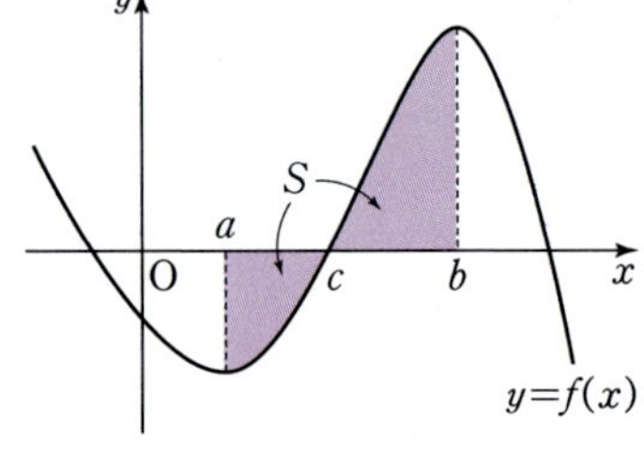

(3) 서로 역함수인 두 곡선 사이의 넓이

함수 $f(x)$, $g(x)$가 서로 역함수이고 곡선의 교점의 x좌표가 a, b일 때

$$S=\int_{a}^{b} |f(x)-g(x)|\,dx=2\int_{a}^{b} |f(x)-x|\,dx=2\int_{a}^{b} |g(x)-x|\,dx$$

(4) 수직선 위를 움직이는 점의 위치와 거리

① 수직선 위를 움직이는 점의 위치: 수직선 위를 움직이는 점 P의 시각 t에서의 속도가 $v(t)$이고, 시각 t_0에서의 위치가 x_0이면

㉠ 시각 t에서의 점 P의 위치: $x_0+\int v(t)\,dt$

㉡ 시각 $t=a$에서 $t=b$까지 점 P의 위치 변화량: $\int_{a}^{b} v(t)\,dt$

② 수직선 위를 움직이는 점의 실제 이동거리: 수직선 위를 움직이는 점 P의 시각 t에서의 속도가 $v(t)$이고 시각 $t=a$에서 $t=b$까지의 실제 이동 거리

$$\int_{a}^{b} |v(t)|\,dt$$

[실전문제]

해답 p.222

대표문제

배점(총점)	예상 소요 시간
10점	5분 / 전체 60분

▶ 곡선 $f(x) = -x^2 + 2$ 와 x축, y축 및 직선 $x = 1$로 둘러싸인 영역의 넓이가

직선 $y = a$에 의하여 이등분될 때, 상수 a의 값을 구하는 과정을 서술하시오.

모범답안 곡선 $f(x) = -x^2 + 2$의 그래프와 x축, y축, $x = 1$로 둘러싸인 부분의 넓이는

$$\int_0^1 (2 - x^2)\, dx = \left[2x - \frac{x^3}{3} \right]_0^1 = 2 - \frac{1}{3} = \frac{5}{3}$$

넓이가 직선 $y = a$에 의하여 이등분되므로

$$\frac{1}{2} \times \frac{5}{3} = 1 \times a, \text{ 따라서 } a = \frac{5}{6}$$

채점기준

답안	배점
곡선 $f(x) = -x^2 + 2$의 그래프와 x축, y축, $x = 1$로 둘러싸인 부분의 넓이는 $\int_0^1 (2 - x^2)\, dx = \left[2x - \frac{x^3}{3} \right]_0^1 = 2 - \frac{1}{3} = \frac{5}{3}$	5점
넓이가 직선 $y = a$에 의하여 이등분되므로 $\frac{1}{2} \times \frac{5}{3} = 1 \times a,$ 따라서 $a = \frac{5}{6}$	5점

01 함수

$$f(x) = \int (x^2 + x + a)\, dx - \int (x^2 - 3x)\, dx$$

에 대하여 $\displaystyle\lim_{x \to 2} \frac{f(x)}{x - 2} = 3$ 일 때,

$f(-1)$ 의 값을 구하는 과정을 서술하시오.

(단, a는 상수이다.)

02 함수 $f(x)$는 실수 전체의 집합에서 연속이고,

$$\int_1^3 f(x)\, dx = 5$$ 일 때,

$$\int_0^2 \left\{ \frac{1}{2} f(x + 1) - 3 \right\} dx$$ 의 값을 구하는

과정을 서술하시오.

03 함수 $f(x) = x^2 + ax + b$에 대하여

$$\lim_{x \to 1} \frac{1}{x-1} \int_1^x f(t)\,dt = 3,$$

$$\lim_{h \to 0} \frac{1}{h} \int_{2-h}^{2+h} tf(t)\,dt = 36$$ 일 때,

$f(-2)$의 값을 구하는 과정을 서술하시오.

(단, a, b는 상수이다.)

04 양수 a에 대하여 함수 $f(x) = x^3 - ax^2$의 그래프와 x축으로 둘러싸인 부분의 넓이가 $\dfrac{64}{3}$일 때, a의 값을 구하는 과정을 서술하시오.

05 수직선 위를 움직이는 점 P의 시각 $t\,(t \geq 0)$ 에서의 속도 $v(t)$가 $v(t) = -2t + 6$ 이다. 시각 $t = 0$ 일 때부터 운동 방향이 바뀔 때까지 점 P가 움직인 거리를 구하는 과정을 서술하시오.

06 다항함수 $f(x)$에 대하여 $2xf(x)$의 한 부정적분을 $G(x)$라 할 때, 함수 $G(x)$는 모든 실수 x에 대하여 $G(x) = x^2 f(x) - 2x^6 + 3x^5$을 만족시킨다. $G(1) = 4$일 때, $f(-1)$의 값을 구하는 과정을 서술하시오.

07 삼차함수 $f(x) = x^3 + ax^2 + bx$ 가 다음 조건을 만족시킨다.

(가) $4\displaystyle\int_{-1}^{1} f(x)\,dx + 5\displaystyle\int_{-1}^{1} xf(x)\,dx = 0$

(나) 함수 $f(x)$는 $x = 1$에서 극솟값을 갖는다.

$f(1)$의 값을 구하는 과정을 서술하시오.

(단, a, b는 상수이다.)

08 최고차항의 계수가 1인 삼차함수 $f(x)$에 대하여 함수 $g(x)$를

$$g(x) = \int_0^x f'(t)\,dt + (x + 1)f(x) + 1$$

이라 할 때,

$g(1) = 8$ 이다.

함수 $g(x)$가 $x = 0$에서 극솟값 3을 가질 때, $f(3)$의 값을 구하는 과정을 서술하시오.

09 함수 $f(x) = x^3 - 2x^2 + k$ 에 대하여 곡선 $y = f(x)$ 위의 점 $(0, f(0))$ 에서의 접선과 이 곡선으로 둘러싸인 부분의 넓이를 구하는 과정을 서술하시오. (단, k는 상수이다.)

10 시각 $t = 0$ 일 때 동시에 원점을 출발하여 수직선 위를 움직이는 두 점 P, Q의 시각 $t(t \geq 0)$ 에서의 속도가 각각 $v_1(t) = 3t^2 + t$, $v_2(t) = 2t^2 + 3t$ 이다. 두 점 P, Q가 동시에 원점을 출발한 후 다시 만나는 위치 x가 $x = k$일 때, $\dfrac{1}{9}k$의 값을 구하는 과정을 서술하시오.

11 다항함수 $f(x)$가

$$\int \{f(x)-3\}dx+\int xf'(x)dx$$

$=x^3-2x^2$을 만족시킨다.

함수 $f(x)$가 $x=a$에서 극값을 가질 때, $f(2a)$의 값을 구하는 과정을 서술하시오.

(단, a는 상수이다.)

12 다항함수 $f(x)$와 그 도함수 $f'(x)$에 대하여

$$\lim_{x\to\infty}\frac{f'(x)}{x}=1,\ \lim_{x\to-1}\frac{f(x)}{x+1}=-1$$을 만족

할 때, 다항함수 $f(x)$를 구하는 과정을 서술하시오.

13 곡선 $y=x^2-4x$와 직선 $y=ax$로 둘러싸인 넓이가 288일 때, 양수 a의 값을 구하는 과정을 서술하시오.

14 함수 $f(x)=\sqrt{x-6}$의 역함수를 $g(x)$라고 할 때 $\displaystyle\int_6^{10}f(x)\,dx+\int_0^2 g(x)\,dx$의 값을 구하는 과정을 서술하시오.

15 이차함수 $f(x)$와 다항함수 $g(x)$가

$$g(x) = \int_0^x \{(t^2 + 2t) - f(t)\} dt,$$

$f(x)g(x) = x^4 + 4x^2$을 만족한다. 이때 $f(x)$와 $g(x)$를 구하는 과정을 서술하시오.

16 함수 $F(x) = 2x^3 + ax$는 함수 $f(x)$의 한 부정적분이며 $f(1) = 6$이다. 함수 $G(x)$는 함수 $2xf(x)$의 한 부정적분이며 $G(0) = 0$이다. 이때 $G(1)$의 값을 구하는 과정을 서술하시오.

17 실수 전체의 집합에서 연속인 함수 $f(x)$가 모든 실수 x에 대하여 $f(x+3)=f(x)$를 만족한다.

$\displaystyle\int_{-3}^{6}f(x)dx=6$일 때, $\displaystyle\int_{0}^{18}f(x)dx$의 값을 구하는 과정을 서술하시오.

18 함수 $f(x)=x^3-2x^2+2x$의 역함수를 $g(x)$라 할 때, 두 곡선 $y=f(x)$, $y=g(x)$로 둘러싸인 도형의 넓이를 구하는 과정을 서술하시오.

19 함수 $f(x) = \int (x^2 - 3x + 2)\,dx$의 극댓값이 $\dfrac{4}{3}$일 때, 극솟값을 구하는 과정을 서술하시오.

20 함수 $y = x^3 + 2$의 그래프와 이 함수 위의 점 $(1, 3)$에서 그은 접선으로 둘러싸인 도형의 넓이를 S라고 할 때, $4S$의 값을 구하는 과정을 서술하시오.

2026학년도
강남대
모의고사
국어
수학

국어

▶ 해답 p.227

※ 다음 글을 읽고 물음에 답하시오.

접동
접동
아우래비 접동

진두강 가람가에 살던 누나는
진두강 앞마을에
와서 웁니다.

옛날, 우리 나라
먼 뒤쪽의
진두강 가람가에 살던 누나는
의붓어미 시샘에 죽었습니다.

누나라고 불러 보랴
오오 불설워
시새움에 몸이 죽은 우리 누나는
죽어서 접동새가 되었습니다.

아홉이나 남아 되는 오랩동생을
죽어서도 못 잊어 차마 못 잊어
야삼경(夜三更) 남 다 자는 밤이 깊으면
이 산 저 산 옮아가며 슬피 웁니다.

– 김소월, 「접동새」

01 이 작품에서 죽은 누나가 동생들에 대한 그리움을 드러내는 시간적 배경이 되는 행의 첫 어절을 쓰시오. [10점]

※ 다음 글을 읽고 물음에 답하시오.

> 녹조 현상은 강이나 호수에 남세균이 과도하게 발생하여 물의 색깔이 짙은 녹색으로 변하는 현상이다. 담수 조류 중 옅은 녹색을 띠는 녹조류와 구별하기 위해 녹조 현상이라고 일컫는다. 남세균의 발생에 영향을 미치는 요인에는 영양물질과 수온 및 일사량, 물의 흐름이 있다.
>
> 도심에서 나오는 하수, 각종 농축산 시설 등에서 배출하는 폐수, 비가 올 때 빗물과 함께 흘러내리는 비료 등에는 질소나 인과 같은 여러 영양물질이 들어 있다. 이런 영양물질은 남세균의 증식에 필수적이며, 남세균이 영양물질을 이용하여 대량으로 증식하게 되면 녹조 현상이 발생한다.
>
> 수온은 남세균의 성장을 좌우하는 요인이며, 햇빛은 남세균의 광합성을 위해 필수적 요소이다. 녹조 현상의 원인이 되는 남세균은 20~30℃의 수온에서 가장 왕성하게 성장하며, 햇빛을 많이 받을수록 잘 자란다. 우리나라에서는 일반적으로 수온이 높아지고 일사량이 증가하는 여름철에 남세균이 성장하기 좋은 환경이 만들어진다.
>
> 또한 물의 흐름이 약하거나 정체되어 있으면 남세균이 더 많이 증식할 수 있다. 유속이 빠르면 물 표면에 떠다니는 남세균이 하류로 쓸려 내려가기 때문에 한곳에서 대량으로 증식하기 어렵다. 수심이 깊고 흐름이 정체된 강이나 호수에서는 여름철에 성층 현상이 나타난다. 성층 현상이란 따뜻하고 밀도가 낮은 물이 위에 놓이고 차갑고 밀도가 높은 물이 아래에 놓여 밀도 차에 의해 수층이 분리되어 물이 수직으로 잘 이동하지 않는 현상을 말한다. 성층 현상이 일어나 물이 잘 섞이지 않으면 수면의 온도가 더욱 올라가게 되어 남세균이 성장하기 더 좋은 여건이 만들어진다.
>
> 남세균은 수생태계에서 생산자의 역할을 하지만, 남세균이 과다하게 증식하여 녹조 현상이 일어나면 수생태계에 나쁜 영향을 미친다. 남세균이 과다하게 증식하면 물속으로 들어가는 햇빛을 차단하여 물속의 수생 식물이 광합성을 하지 못하게 만든다. 이로 인해 물속의 생물들이 산소 부족으로 폐사하기도 하고, 폐사한 생물들이 부패하면서 악취와 독소가 발생해 수생태계가 점점 파괴된다.

02 윗글이 내용을 토대로 〈보기〉에 제시된 가상의 두 강 a와 b중 남세균이 증식하기 좋은 환경을 갖추고 있는 강이 무엇인지 쓰고, 이러한 판단의 근거가 되는 현상이 무엇인지 윗글에서 찾아 주어진 빈칸에 2음절로 쓰시오. [10점]

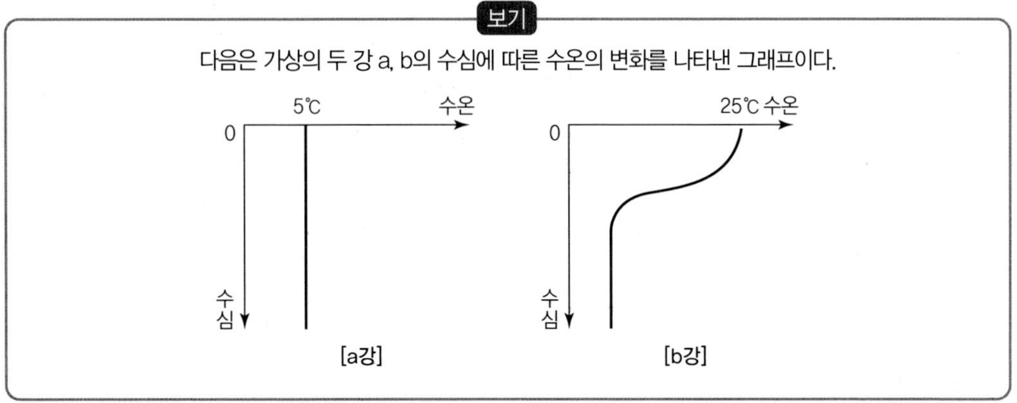

① 남세균이 증식하기 좋은 강: _____________________
② 판단의 근거가 되는 현상: _____________________ 현상

※ 다음 글을 읽고 물음에 답하시오.

　　예술적·역사적 가치가 있는 목재 건축물이나 목공예품 등의 유물들이 언제 만들어졌는지 규명하는 일은 매우 중요하다. 유물에 사용된 나무가 벌채된 시기를 측정하는 방법으로는 탄소 연대법과 연륜 연대법이 있다. 탄소 연대법은 채취한 유물의 일부를 시료로 만들고 시료 내에 들어 있는 탄소-14의 양을 측정하여 유물을 만드는 재료로 사용된 나무의 대략적인 벌채 연도를 추정하는 방식이다. 탄소 연대법은 측정 오차가 50년 내외이기 때문에 매우 오래된 유물의 대략적인 연대 측정에 적합하지만, 오래되지 않은 목재의 정밀한 연대 측정에는 한계가 있다. 반면 나무의 나이테, 즉 연륜을 분석하는 연륜 연대법은 1년 단위까지 연대를 측정할 수 있어 목재 건축물이나 목공예품 연구에 가장 적합한 연대 측정 방법으로 알려져 있다.

　　나무의 생장은 기후의 영향을 많이 받기 때문에 같은 지역에 서식하는 동일한 종류의 나무는 시기별로 독특한 연륜 패턴을 공유한다. 대체로 봄과 여름에는 세포 분열이 활발하여 나무의 부피가 빠르게 커지고, 가을에는 생장 속도가 감소하여 천천히 커진다. 봄과 여름에 자란 부분을 춘재라고 하고 가을에 자란 부분을 추재라고 하는데, 춘재가 추재에 비해 색이 연하고 폭이 넓다. 나무는 이처럼 일 년을 주기로 춘재와 추재가 번갈아 만들어지는 동심원 모양의 테를 가진다. 이러한 연륜은 당시 기후에 따라 면적이 달라지는데, 가뭄이 지속될 경우 연륜의 폭이 좁고 강우가 적절한 경우 연륜의 폭이 넓다. 이를 분석함으로써 나무의 생장 지역과 연대를 추정할 수 있다. 예를 들어 연륜 분석을 통해 경복궁의 경회루에는 19세기 중반 설악산의 소나무가 사용된 것으로 추정할 수 있다.

　　연륜 연대법은 이처럼 연륜 폭을 분석함으로써 유물에 사용된 나무의 벌채 연도를 추정한다. 연륜 연대법을 사용하기 위해서는 연륜의 폭을 측정하여 만들어진 연륜 폭 그래프인 연륜 연대기가 미리 작성되어 있어야 한다. 다양한 시대에 걸친 특정 수목의 연륜 패턴을 비교하여 연결함으로써 나무의 벌채 연도를 파악할 수 있다. 〈그림〉과 같이 살아 있는 나무의 연륜과 오래된 나무 재료인 고목재의 연륜 중 겹치는 시기를 파악하고 두 그래프를 합침으로써 과거부터 현재까지의 연륜 연대기를 만들 수 있다. 이렇게 만들어진 연륜 연대기를 바탕으로 시료의 연대를 알아낼 수 있다.

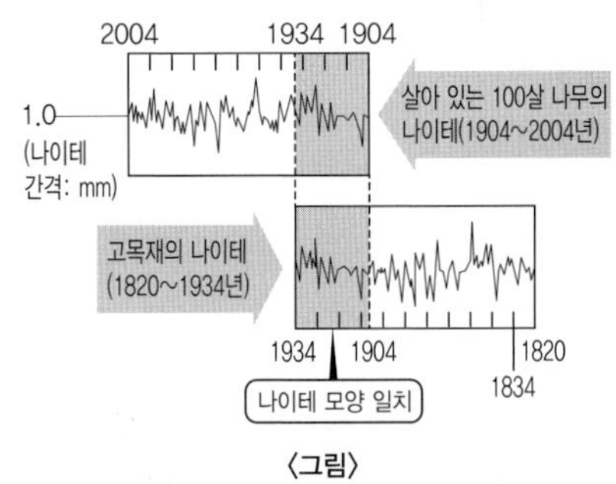

〈그림〉

　　연륜을 측정하는 방법에는 대표적으로 코어링법과 카메라 촬영법이 있다. 코어링법은 나무의 중심에 있는 직격 7mm 정도의 나무심, 즉 코어를 채취한 뒤, 연륜을 측정하는 방식이다. 카메라 촬영법은 디지털카메라를 활용하여 연륜을 연속적으로 촬영한 후, 측정하는 방식이다. 표면에 연륜이 노출된 경우는 카메라 촬영법을 활용할 수 있지만, 그렇지 않은 경우 코어링법을 통해 채취한 코어를 사포로 연마한 뒤 연륜 경계를 관찰하여 폭을 측정하는 방식을 활용한다. 이러한 방법들로 측정한 연륜의 폭을 연륜 연대기와 비교함으로써 나무의 연대를 추정한다. 연륜이 노출되어 있거나 코어를 채취하기 위해 뚫는 작은 구멍에도 큰 영향을 받는 공예품에는 주로 카메라 촬영법이 활용되고, 목재 건축물 중 연륜이 노출되지 않은 건축물에는 주로 코어링법이 활용된다. 그리고 나무를 통째로 활용하는 경우가 많은 건축물은 대부분 나무껍질이나 통나무의 겉 부분인 변재가 붙어 있지만, 대부분의 목공예품은 나무줄기의 중심부에 있는 단단한 부분인 심재를 주로 활용하므로 제작 과정에서 변재 일부가 제거되어 마지막 나이테를 확인할 수 없다. 마지막 나이테를 통해 벌채 연도를 알 수 있으므로 대부분의 목공예품은 정확한 벌채 연도를 알려면 얼마만큼 변재가 상실되었는지 추정해야 한다. 예를 들어 독일산 참나무는 변재에 연륜이 보통 15~20개 정도가 있는데, 이 나무로 만든 공예품의 변재에 연륜이 10개만 있다면, 제일 바깥 부분의 연륜으로 측정한 연도보다 5~10년 정도 후에 벌채되었다고 추정할 수 있다.

03 〈보기〉는 윗글의 내용을 정리한 것이다. 〈보기〉의 ①, ②, ③에 들어갈 적절한 말을 찾아 쓰시오. [10점]

보기

유물에 사용된 목재의 연대를 파악하는 방법으로 (①) 연대법과 연륜 연대법이 있다. 후자에 해당하는 연륜 연대법은 1년 단위로 나무의 연대를 측정한다. 연륜은 당시 (②)에 따라 면적이 달라지는데, 이를 분석함으로써 나무의 생장 지역과 연대를 추정한다. 연륜을 측정할 때, 표면에 연륜이 노출되지 않은 목재 건축물은 (③)을/를 쓰고, 작은 구멍에도 큰 영향을 받는 목공예품은 카메라 촬영법을 주로 사용한다.

① _____________, ② _____________, ③ _____________

※ 다음 글을 읽고 물음에 답하시오.

사회 속에서 행동하는 개인이나 집단의 의식 및 행동을 연구하는 학문을 사회 심리학이라고 한다. 사회 심리학의 개념 중 하나인 동조 현상은 집단이 구성원에게 가하는 압력에 의해 개인의 행동이나 태도가 변하는 것을 말한다. 집단의 압력이 실제로 존재하지 않더라도 집단이 압력을 가하고 있다고 개인이 느낄 수 있는데, 이런 경우에도 동조 현상이 일어날 수 있다. 동조 현상은 다양한 규모의 집단에서 일어날 수 있는데, 국가와 같은 대규모 집단은 물론 특정한 상황으로 인해 모인 소수의 사람으로 구성된 소규모 집단에서도 일어날 수 있다.

구성원들의 행동이나 태도를 규율하는 기준을 의미하는 집단의 규범은 동조와 밀접한 관련이 있는데, 집단의 규범은 어떤 행동이나 의견이 적절한 것인지 부적절한 것인지를 판단하는 기준이 될 수 있기 때문이다. 집단의 규범에는 명문화되어 있거나 공식적으로 발표된 명시적 규범과 명문화되어 있지 않으며 공식적으로 발표되지 않았지만 사람들이 암묵적으로 동의하는 묵시적 규범이 있다.

동조 현상이 일어나는 원인은 규범적 영향력과 정보적 영향력으로 구분할 수 있다. 규범적 영향력은 개인이 집단에서 고립되지 않고 구성원으로 받아들여지기 위해 집단의 명시적 규범이나 묵시적 규범을 따르는 것을 의미한다. 개인이 집단의 규범을 잘못된 것이라 생각해도 규범적 영향력에 의해 동조가 일어날 수 있는데, 이런 경우 개인의 신념 변화와 같은 내적인 변화보다는 행동 변화와 같은 외적인 변화가 주로 일어난다.

정보적 영향력은 개인이 판단의 근거가 부족하거나 판단이 어려운 상황에서 집단의 규범이나 의견을 정보로 여기고 따르는 것을 의미한다. 어떤 생각이나 행동을 할지 판단하기 어려운 낯선 상황에 처한 개인은 상황에 맞는 적절한 생각과 행동을 하기 위하여 집단의 규범이나 다른 구성원들의 생각을 습득해야 할 정보로 여기고 이를 습득한 후 따르게 되는 것이다. 정보적 영향력에 의한 동조는 규범적 영향력보다 쉽게 내적인 변화를 일으킬 수 있다.

04 윗글을 바탕으로 〈보기1〉의 실험을 이해한 바가 〈보기2〉에 제시되어 있다. 〈보기2〉의 빈칸에 들어갈 적절한 말을 윗글의 두 번째 단락에서 찾아 쓰시오. [10점]

보기 1

　어두운 곳에서 고정된 광점(光點)을 보면 움직이는 것처럼 보인다. 어두운 방에 있는 세 명의 피험자에게 고정된 광점을 보게 한 후, 이들을 분리하여 각자가 인식한 광점의 이동 범위를 말하게 했다(답변 1). 그 후 피험자들을 모아 이에 대해 대화를 나누게 한 후 광점의 이동 범위를 말하게 했으며(답변 2), 광점의 이동 범위에 대해 더 많은 대화를 나누게 한 후 광점의 이동 범위를 다시 말하게 했다(답변 3). 마지막으로 피험자를 따로 분리한 후 각자 최종적으로 생각한 광점의 이동 범위를 말하게 했다(답변 4). 실험의 결과는 아래 그래프와 같으며, 답변으로 인한 보상이나 처벌은 없었다.

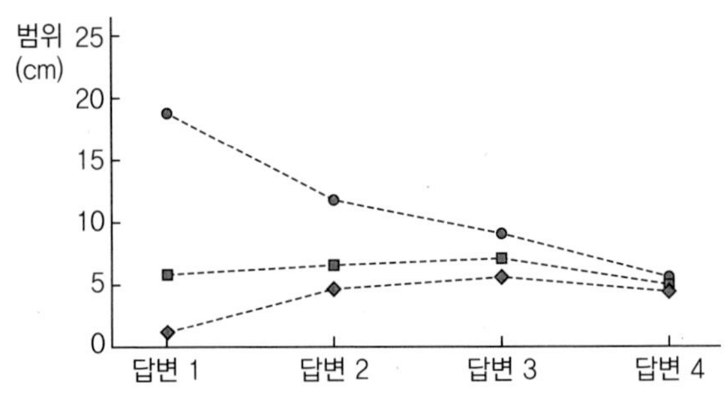

보기 2

　실험의 결과를 보면 답에 대한 판단이 모호한 문제에 대해서도 집단의 __________이/가 정해질 수 있음을 알 수 있다.

수학

▶ 해답 p.228

01 양수 $a(a \neq 1)$에 대하여

함수 $y = a^{(x+2)} - 1$이 닫힌구간 $[-1, 1]$에서 최댓값 3을 가질 때, $a > 1$와 $0 < a < 1$로 나누어서 a값을 구하는 과정을 서술하시오. 만약 a값이 존재하지 않으면 그 이유를 서술하시오. [10점]

02 x에 대한 이차방정식
$$x^2 + 6x\tan\left(\frac{\pi}{2} - \theta\right) + \tan(\pi + \theta) = 0$$
의 두 근을 α, β라 하자.

$(3\alpha + 1)(3\beta + 1) = 1$일 때, $\tan^2\theta$의 값을 구하는 과정을 서술하시오. [10점]

03 이차함수 $f(x)=x^2+2x+3$에 대하여 도함수의 정의를 사용하여 $f'(x)$를 구하고, 함수 $f(x)$의 닫힌구간 $[-2, 1]$에서 평균값 정리를 만족시키는 상수 c의 값을 구하는 과정을 서술하시오. [10점]

04 곡선 $f(x)=-x^3+a$와 x축, y축 및 직선 $x=1$로 둘러싸인 영역의 넓이가 직선 $y=1$에 의하여 이등분될 때, 상수 a의 값을 구하는 과정을 서술하시오. (단, $a>2$) [10점]

PART 3

해답

1. 국어
2. 수학
3. 모의고사

Ⅰ. 문학

[01~02]

(가) 이육사, 「절정」

갈래	자유시, 서정시, 저항시	특징	• 상징적인 시어가 많이 사용됨 • 단정적 어조를 통해 강인한 의지를 드러냄 • 역설적 표현을 통해 주제 의식을 강조함 • 한시의 '기–승–전–결' 방식으로 시상을 전개함
성격	상징적, 의지적		
어조	의지적, 단정적		
제재	현실의 극한 상황		
주제	극한적 상황에서의 현실 초극 의지		

(나) 김지하, 「새」

갈래	자유시, 저항시, 상징시	특징	• 첫연과 끝연을 대응시켜 화자의 정서를 심화 • 1연과 5연의 수미상관적 구성 • 대조적 상황설정을 통하여 시적화자의 소망을 강화 • 양심수의 정신적 고뇌를 통하여 현실을 고발 • 선명한 이미지의 대조를 통한 주제 강조
성격	참여적, 비판적, 고발적		
어조	영탄적		
제재	새		
주제	억압적 현실에서 느끼는 절망감과 자유에 대한 갈망		

01 [모범답안]

① 매운 계절의 채찍
② 묶인 이 가슴

[바른해설]
(가)의 '매운 계절의 채찍'은 일제가 우리 민족에게 준 고통으로, 우리 민족을 삶의 터전으로부터 쫓겨나게 한 외적 요인이며, (나)의 화자가 묶여 있는 상황은 <보기 1>의 독재 시대의 억압으로 인한 자유의 상실을 드러낸다고 볼 수 있다.

[채점기준]

답안	배점	예상 소요 시간
① 매운 계절의 채찍	5점	5분 / 전체 60분
② 묶인 이 가슴	5점	

02 [모범답안]

날으는 새

[바른해설]
㉠ 화자는 '날으는 새'를 보고 자신이 '묶인 이 가슴'과 같이 자유를 구속받고 있는 처지임을 인식한다.
㉡ '죽어 너 되는 날의 길고 아득함이여'를 통해 죽음을 통해서라도 묶여 있는 상황에서 벗어나 자유를 누리고픈 화자의 마음이 드러난다. 여기서 '너'는 '날으는 새'로 자유의 속성을 가진 존재이다.

[채점기준]

답안	배점	예상 소요 시간
날으는 새	10점	3분 / 전체 60분

[03~04]

갈래	현대소설, 단편소설, 사실주의 소설	특징	• 해방 직후 전재민의 삶을 중심으로 시대 현실을 사실적으로 구성함 • '두꺼비', '수고비', '냄새' 등 상징적 소재를 통해 인물의 위선과 탐욕 부각 • 반복되는 내면 독백을 통해 심리적 고통과 무력감 고조 • 설화적 상징(은혜 갚은 두꺼비)을 전복하여 현실 풍자 효과를 극대화함
성격	사실적, 풍자적, 비판적, 상징적		
배경	해방 직후의 서울		
시점	전지적 작가 시점		
주제	해방 직후 전재민의 궁핍한 처지와 자신의 이익만을 중시하는 비정한 세태에 대한 비판		

03 [모범답안]

ⓐ 현세 / ⓑ 두갑이

[바른해설]

ⓐ의 '실뱀'은 이미 다 죽어 가는 존재로, 두갑이에게 이용당한 '현세'를 상징한다. 두갑이에 대한 분노가 치밀어도 현세가 그를 응징할 실제적인 힘이 없는 처지이기에 '다 죽어 가는 실뱀'이라고 표현한 것이다.

ⓑ의 '옴두꺼비'는 친구를 속이며 자신의 이익을 챙기는 이해타산적 인물이자 비열한 브로커인 '두갑이'를 빗댄 것이다. 즉 ⓑ를 통해 셋방 사람들을 강제로 내보내는 거짓 연극을 지시했을 뿐만 아니라 친구 현세와의 약속을 저버리고 그를 이용하기만 하는 부정적인 인물을 형상화한 것이다.

[채점기준]

답안	배점	예상 소요 시간
ⓐ 현세	5점	5분 / 전체 60분
ⓑ 두갑이	5점	

04 [모범답안]

① 참 / ② 거짓 / ③ 거짓 / ④ 참 / ⑤ 거짓

[바른해설]

① '두꺼비'는 생존의 기로에 놓인 사회적 약자를 이용해 자신의 이익을 챙기는 부정적인 인물을 상징하므로 해당 설명은 '참'이다.

② '두꺼비'는 혼란스럽고 타락한 현실에 영합하여 타인을 이용하는 인물을 빗댄 것이지, 현실 저항 의식을 지닌 인물을 상징하는 것도 아니고 시련에 좌절한 인물을 상징하는 것도 아니다. 그러므로 해당 설명은 '거짓'이다.

③ '두꺼비'는 친구를 속이며 자신의 잇속만을 챙긴 부정적인 인물인 두갑이를 가리키는 것이므로, 문제 해결 과정에서 이상적인 본보기로 삼은 존재를 형상화한 것은 아니다. 그러므로 해당 설명은 '거짓'이다.

④ '두꺼비'는 친구를 속이며 자신의 이익을 챙기는 이해타산적 인물이자 비열한 브로커인 '두갑이'를 빗댄 것이므로, 해당 설명은 '참'이다.

⑤ '두꺼비'는 혼란스럽고 타락한 현실에 영합한 두갑이를 빗댄 것이므로, 부정적인 현실에 영합하지 않는 의지적인 인물을 형상화한 것은 아니다. 그러므로 해당 설명은 '거짓'이다.

[채점기준]

답안	배점	예상 소요 시간
① 참	2점	
② 거짓	2점	
③ 거짓	2점	5분 / 전체 60분
④ 참	2점	
⑤ 거짓	2점	

[05~06]

갈래	연시조, 평시조		
성격	한정적, 예찬적, 도교적, 자족적, 의지적, 교훈적, 훈계적, 자연친화적	특징	• 자문자답의 방식으로 시적 의미를 강조하고 있음 • 영탄법, 의인법 등을 통해 삶의 자긍심을 드러내고 있음 • 화자의 정서를 직접적으로 표출하며 자연에서의 만족감을 드러냄
표현	대구법, 설의법, 대조법, 영탄법, 의인법, 반어법, 열거법		
주제	자연 속에서 사는 삶의 흥취와 늙음에 대한 감회		

05 [모범답안]

① 티 / ② 젊은

[바른해설]

① <제1수>의 2행에서 맑은 연못의 수면을 '티 없는 거울'에 빗대어 산 그림자가 비친 아름다움을 드러내고 있다. 그러므로 ①의 설명에 해당하는 시행의 첫 어절은 '티'이다.

② <제38수>의 1행에서 '젊은 벗님네'를 특정하여 늙은이를 비웃지 말라는 내용을 전달하고 있다. 그러므로 ②의 설명에 해당하는 시행의 첫 어절은 '젊은'이다.

[채점기준]

답안	배점	예상 소요 시간
① 티	5점	5분 / 전체 60분
② 젊은	5점	

06 [모범답안]

① 제1수 / ② 제3수 / ③ 제8수 / ④ 제14수

[바른해설]

①·② <제1수>의 '반무당 새로 여니'는 와룡산 기슭 아래에 조그만 연못을 만들었다는 의미이며, <제3수>의 '솔 아래 길을 내고 못 위에 대를 쌓으니'는 소나무 아래에 길을 내고 못 위에 새롭게 대를 쌓는다는 의미로, 화자가 자신의 생활 공간을 인위적으로 조성한 후 한가롭게 생활하는 것과 관련이 있다.

③ <제8수>의 초장에서는 봄과 여름의 특성을, 중장에서는 가을의 특성을, 종장에서는 겨울의 특성을 압축적으로 제시하면서 '더욱 좋다', '일러 무엇하리오' 등의 표현을 통해 산중의 생활 공간에서 사계절의 변화를 체험하는 화자의 즐거움을 드러내고 있다.

④ <제14수>의 초장과 중장에서 화자는 자신이 은거하는 장소(골짜기에 붉은 노을이 가득한 곳)가 무릉도원과 같다는 인식을 드러내고 있다.

[채점기준]

답안	배점	예상 소요 시간
① 제1수	2점	
② 제3수	2점	5분 / 전체 60분
③ 제8수	3점	
④ 제14수	3점	

[07~08]

갈래	단편 소설, 액자 소설	특징	• 설화체 문장을 통한 전달 방식 • 액자식 구성을 통해 이야기에 신뢰성을 부여함 • 신둥이라는 개를 통해 우리 민족의 생명력을 형상화함 • 묘사와 대화 사용을 절제함 • 상징적 표현이 두드러짐
성격	상징적, 암시적		
시점	내부 : 전지적 작가 시점 외부 : 1인칭 관찰자 시점		
배경	시간 : 일제강점기 공간 : 평안도 목넘이 마을		
주제	(신둥이로 상징되는) 우리 민족의 수난과 강인한 생명력, 생명에 대한 외경감		

07 [모범답안]

ⓐ 액자식

ⓑ 1인칭 관찰자

ⓒ 전지적 작가

[바른해설]

ⓐ 위 작품은 외부 이야기의 서술자인 '나'가 내부 이야기 속 사건에 대해 서술하는 '액자식' 구성이다.

ⓑ 외부 이야기의 서술자인 '나'가 작품 속 등장인물들을 관찰하며 이야기를 전달하는 '1인칭 관찰자' 시점이다.

ⓒ 작가가 내부 이야기 속 등장인물의 행동과 태도는 물론 내면 세계까지 분석하여 이야기를 이끌어가는 '전지적 작가' 시점이다.

[채점기준]

답안	배점	예상 소요 시간
ⓐ 액자식	4점	
ⓑ 1인칭 관찰자	3점	4분 / 전체 60분
ⓒ 전지적 작가	3점	

08 [모범답안]

백의민족

[바른해설]

위 작품은 '신둥이'라는 개의 이야기를 통해 우리 민족의 강인한 생명력을 표현한 작품이다. 〈보기〉의 ㉠에서 '신둥이는 흰둥이의 방언'이라고 하였으므로, '신둥이'는 '흰 옷을 즐겨 입었다'는 의미에서 우리 민족을 나타내는 '백의민족'을 상징한다고 볼 수 있다.

[채점기준]

답안	배점	예상 소요 시간
백의민족	10점	4분 / 전체 60분

[09~10]

갈래	현대 수필, 경수필	특징	• 유사한 성격의 사례들을 제시하고 있다. • 대립되는 소재의 대비를 통해 주제를 효과적으로 드러낸다. • 자연의 질서와 인간의 삶의 모습이 교차되어 나타난다.
성격	교훈적, 사색적, 종교적		
제재	설해를 입은 나무		
주제	부드러움이 지닌 힘		

09 [모범답안]

(하얀) 눈

[바른해설]

위 작품의 제목인 '설해목'은 '눈으로 피해를 입은 나무'를 일컫는 것으로, 본문에 겨울철 아름드리나무들이나 소나무들이 가지 끝에 사뿐사뿐 내려 쌓이는 그 가볍고 하얀 눈에 꺾인다고 묘사되어 있다. 그러므로 ⓐ의 '부드러운 것'은 가볍고 연약해 보이지만 강한 힘을 발휘하는 존재인 '(하얀) 눈'을 지칭한다.

[채점기준]

답안	배점	예상 소요 시간
(하얀) 눈	10점	3분 / 전체 60분

10 [모범답안]

부드러움이 강함을 이긴다.

[바른해설]

윗글의 ⓑ에서 '무쇠로 된 정'은 '강한 것'을 의미하고, '물결'은 '부드러운 것'을 의미한다. 즉, 바닷가의 조약돌을 둥글게 만든 것은 무쇠로 된 강한 정이 아니라 부드러운 물결 때문임을 말하고 있다. 이것은 윗글의 주제에 해당되며 '부드러움이 강함을 이긴다'는 역설적인 발상을 통해 삶의 지혜를 일깨워 주고 있다.

[채점기준]

답안	배점	예상 소요 시간
부드러움이 강함을 이긴다.	10점	5분 / 전체 60분

[11~12]

(가) 나희덕, 『음지의 꽃』

갈래	자유시, 서정시	특징	•영탄적 어조를 반복하여 생명의 경이로움을 강조함 •역설적 표현을 통해 버섯의 생명력을 예찬함 •참나무의 의인화를 통해 인격을 부여함 •힘겨운 상황 속에서도 죽음과 탄생이 교차하는 생명력에 대한 아름다움을 강조함
성격	영탄적, 역설적, 우의적		
제재	버섯		
주제	가혹한 현실 속에서도 잃지 않는 희망과 생명력		

(나) 김남조, 『겨울 바다』

갈래	자유시, 서정시	특징	•독백적 어조로 화자의 정서를 표현함 •대립적 이미지를 통해 주제를 강조함 •감각적 표현을 통해 화자의 정서를 형상화함
성격	주지적, 상징적, 종교적, 사색적		
제재	겨울 바다		
주제	삶의 허무와 이를 극복하고자 하는 의지		

11 [모범답안]
뿌리 없는 너의 독기

[바른해설]
위의 작품 (가)에서 '뿌리 없는 너의 독기'는 생명력이 소실된 공간에서 피어난 '버섯'을 표현한 구절로, '뿌리'가 없음에도 불구하고 생명력이 소실된 공간에 새로운 생명으로 피어나는 것을 '독기'로 표현하여 '너', 즉 '버섯'의 강한 생명력을 드러낸 것이다.

[채점기준]

답안	배점	예상 소요 시간
뿌리 없는 너의 독기	10점	3분 / 전체 60분

12 [모범답안]
허무의, 있었네

[바른해설]
작품 (나)의 3연에서는 소멸과 죽음의 이미지인 '불'과 역경 극복과 생명의 이미지인 '물'이라는 대립적인 소재를 통해 '허무'를 극복하고자 하는 화자의 내면 심리를 시각적으로 구체화하고 있다. 그러므로 해당 연의 첫 어절은 '허무의'이고 마지막 어절은 '있었네'이다.

[채점기준]

답안	배점	예상 소요 시간
허무의	5점	3분 / 전체 60분
있었네	5점	

[13~14]

갈래	단편 소설, 우화 소설	특징	•개구리를 의인화하는 우화 수법을 이용하여 풍자의 효과를 강화함 •그리스 신화를 활용하여 독자에게 내용 전달을 효과적으로 함 •상징적 소재를 사용하여 인간의 무지와 과도한 욕망을 효과적으로 형상화하고 비판함
성격	교훈적, 풍자적, 우화적		
배경	인간 세계를 떠난 신화와 동물의 세계		
주제	인간의 무지와 과도한 욕망 비판		

13 [모범답안]
자유의 소중함

[바른해설]
개구리들이 자신들의 무질서를 이유로 제우스에게 임금을 내려줄 것을 간청하자 제우스는 '너희들같이 어리석은 자의 눈에는 무질서로 보이리라'하며 개구리들에게 '자유의 소중함'을 일깨워주려 한다. 또한 '이 땅 위에서 가장 행복한 것은 바로 너희들이니'라고 하며 개구리들이 자유를 누리며 살고 있음을 지적한다.

[채점기준]

답안	배점	예상 소요 시간
자유의 소중함	10점	5분 / 전체 60분

14 [모범답안]
ⓐ 인간의 과도한 욕망
ⓑ 인간의 조작

[바른해설]
ⓐ "이 땅 위에 가장 행복한 것은 바로 너희들이니 돌아가 이 뜻을 뭇 개구리에게 선포하고 아예 어리석은 생각은 말라고 하

여라."라는 제우스의 말에서 알 수 있듯이, 현실의 문제가 '인간들의 과도한 욕망'에서 비롯된 것임을 의인화를 통해 제시하고 있다.

ⓑ "너희들같이 어리석은 자의 눈에는 무질서로 보이리라. 그러나 그 뒤에는 더 높은 질서가 있다."라는 제우스의 말에서 알 수 있듯이, 제우스가 보기에 개구리 사회는 더 높은 질서에 의해 문제없이 유지되고 있다. 그런데 개구리들은 새로운 질서를 원하고 있다. 이에 대해 제우스는 "아아, 의식이 비극이여, 너는 조작을 쉬지 못하고, 조작하면 반드시 이루어지나니 낸들 어찌하랴! 의식에는 이미 불행의 씨가 깃들었거든⋯⋯."이라는 말을 통해 개구리들이 보존되어야 할 가치인 더 높은 질서를 조작을 통해 훼손하려 한다고 비판한다. 이는 보존되어야 할 가치를 '인간의 조작'에 의해 훼손하는 행위에 대해 비판적인 시선을 드러낸 것이라고 볼 수 있다.

[채점기준]

답안	배점	예상 소요 시간
ⓐ 인간의 과도한 욕망	5점	5분 / 전체 60분
ⓑ 인간의 조작	5점	

[15~16]

갈래	고전 수필, 기행 수필, 한문 수필	특징	• 일반적인 통념을 깨뜨리는 작가의 참신한 발상이 돋보임 • 문답에 의한 구성 방식을 통해 작가의 주장을 논리적으로 전개함 • 적절한 비유와 구체적인 예시를 통해 대상을 실감나게 표현함
성격	독창적, 사색적, 논리적, 교훈적, 설득적		
제재	광활한 요동 벌판		
주제	광활한 요동 벌판에서 느낀 감회와 생각		

15 [모범답안]

백탑이 현신 합신다 아뢰오!

[바른해설]

윗글에서 "백탑이 현신 합신다 아뢰오!"는 무생물인 '백탑'이 행동의 주체가 되어 탑을 보러 오는 사람을 오히려 영접하러 나가는 것처럼 의인화하여 표현한 것으로, 정 진사의 마부인 태복이의 흥겨운 감정이 느껴진다.

[채점기준]

답안	배점	예상 소요 시간
백탑이 현신 합신다 아뢰오!	10점	3분 / 전체 60분

16 [모범답안]

가식 없는 갓난아이의 울음소리

[바른해설]

통곡하기에 좋은 장소인 하늘과 땅 사이에 시야가 탁 트인 드넓은 요동 벌판에서, 박지원은 태중에 있을 적에 막에 싸여 어둠 속에 갇힌 갓난아이가 하루아침에 텅 비고 드넓은 데로 솟구쳐 나와 손을 펴고 다리를 뻗게 되며 정신이 시원스레 트일 때 나오는 참된 목소리, 즉 '가식 없는 갓난아이의 울음소리'를 본받아 통곡할 것을 주문한다.

[채점기준]

답안	배점	예상 소요 시간
가식 없는 갓난아이의 울음소리	10점	5분 / 전체 60분

[17~18]

(가) 김광규, 「뺄셈」

갈래	자유시, 서정시, 운문시	특징	• 대조적 시어의 사용 • 단정적 어조를 통해 당위성을 부여함 • 덧셈과 뺄셈이라는 셈법에 삶의 자세를 빗댐 • 평이한 시어를 활용하여 일상에서 발견한 삶의 의미를 그려냄 • 의문형 어미를 반복적으로 사용하여 반성적 태도를 드러냄
성격	의지적, 성찰적, 반성적		
주제	욕망을 버리고 마음을 비우며 사는 삶		

(나) 이태준, 「낙화의 적막」

갈래	현대 수필	특징	• 일상생활에서 겪은 낙화를 통해 얻은 깨달음을 전달함 • 시간의 흐름에 따른 서술자의 정서 변화를 중심으로 내용을 전개함
성격	반성적, 성찰적, 경험적, 애찬적		
제재			
주제	낙화의 가치와 진정한 아름다움		

17 [모범답안]

ⓐ 채우며 살아가는 욕심의 삶

ⓑ 비우며 살아가는 진솔한 삶

[바른해설]

이 작품에서 화자는 덧셈과 뺄셈이라는 셈법에 삶의 자세를 빗대어 채우는 삶에 대한 반성과 비우는 삶에 대한 다짐을 드러내고 있다. 따라서 〈보기〉에서 '덧셈'은 '채우며 살아가는 욕심의 삶'을 의미하며, '뺄셈'은 '비우며 살아가는 진솔한 삶'을 의미하는 것으로 볼 수 있다.

[채점기준]

답안	배점	예상 소요 시간
ⓐ 채우며 살아가는 욕심의 삶	5점	4분 / 전체 60분
ⓑ 비우며 살아가는 진솔한 삶	5점	

18 [모범답안]

낙화는, 싶다

[바른해설]

글쓴이는 '낙화는 꽃이 아니냐 하는 옛 말씀'에서 '적멸의 경지에서처럼 위대한 예술감'을 느끼며 이전에 생각하지 못했던 '낙화'의 아름다움을 부각하고 있고, 아울러 '낙화야말로 더욱 볼 만한 꽃인가 싶다' 하며 낙화에 대한 새로운 인식을 불어넣고 있다.

[채점기준]

답안	배점	예상 소요 시간
낙화는	5점	3분 / 전체 60분
싶다	5점	

[19~20]

(가) 오장환, 『소야(小夜)의 노래』

갈래	자유시, 서정시	특징	• 역설법과 감정이입을 사용함 • 시각과 청각에 의한 감각적 표현이 두드러짐 • 풍경 묘사와 하강 이미지를 통해 정서를 환기함
성격	감각적		
제재	잃어버린 모성		
주제	억압적 현실에서 느끼는 비애와 어머니에 대한 그리움		

(나) 오세영, 『자화상 2』

갈래	자유시, 서정시	특징	• 까마귀를 의인화하여 화자가 지향하는 삶을 보여줌 • 색채에 일반적인 통념과 다른 의미를 부여함 • 공간의 대비를 통해 화자가 지향하는 가치를 보여줌
성격	비유적, 감각적, 의지적		
제재	까마귀		
주제	삶에 대한 성찰을 통해 고고하고 의연한 삶을 다짐함		

19 [모범답안]

쓸쓸한 자유

차디찬 묘 속에 살고 있느냐.

[바른해설]

'쓸쓸한 자유'는 어디든 갈 수 있는 자유이지만, 어디든 갈 수 없는 일제 강점기의 억압적인 현실을 역설적으로 표현한 것이다. 또한 '차디찬 묘 속에 살고 있느냐'는 죽어서나 들어가는 무덤 속에서 살고 있는 것이므로, 화자가 자신의 안식처이자 그리움의 대상인 '어메'와 함께 할 수 없는 안타까운 현실을 역설적으로 표현한 것이다.

[채점기준]

답안	배점	예상 소요 시간
쓸쓸한 자유	5점	5분 / 전체 60분
차디찬 묘 속에 살고 있느냐	5점	

20 [모범답안]

ⓐ 세속적인(탐욕적인) 존재

ⓑ 의연한(고고한) 존재

[바른해설]

이 작품은 '까치'와 '까마귀'의 대비를 통해 작가가 추구하는 삶의 모습을 드러내고 있다. '까치'는 인가의 안마당을 넘보는 '세속적인(탐욕적인)' 존재로 묘사되고 있다. 이에 반해 '까마귀'는 눈밭을 뒤지다 굶어죽을지언정 인가의 안마당을 넘보지 않는, 그리고 빈 가지 끝에 홀로 앉아 먼 지평선을 응시하는 '의연한(고고한)' 존재로 묘사되고 있다.

[채점기준]

답안	배점	예상 소요 시간
세속적인(탐욕적인) 존재	5점	5분 / 전체 60분
의연한(고고한) 존재	5점	

[21~22]

갈래	자유시, 서정시, 산문시	특징	• 산문적 진술로 명절의 모습을 회고적으로 그림 • 시간의 흐름에 따라 시상을 전개함 • 공동체적 삶의 일원이었던 시적 화자가 경험한 장면들을 구체적으로 열거함
성격	서사적, 회고적, 향토적		
제재	명절에 만나는 친척들, 명절 음식, 놀이		
주제	명절날의 화기애애한 친족 공동체의 모습		

21 [모범답안]
저녁술을, 논다

[바른해설]
위 작품은 시간의 흐름과 장소의 이동에 따라 시상이 전개되고 있다. 시간의 흐름상 '밤'에 해당되는 문장은 아이들이 저녁 숟가락을 놓고 배나무 동산에서 여러 놀이를 하며 밤이 어둡도록 노는 장면을 묘사한 단락이다. 그러므로 첫 어절은 '저녁술을'이고, 마지막 어절은 '논다'이다.

[채점기준]

답안	배점	예상 소요 시간
저녁술을	5점	5분 / 전체 60분
논다	5점	

22 [모범답안]
공동체적 유대감

[바른해설]
〈보기〉의 인터뷰에 드러난 것처럼 일제 강점기에 우리 민족은 일제의 수탈을 피하기 위해 또는 강제로 징용되면서 고향을 떠나 각기 흩어져 살게 되었고, 시인은 이로 인한 전통적인 가족 공동체가 파괴되어 감을 안타까워하고 있다. 각기 떨어져 살던 친척들이 모처럼 함께 모일 수 있는 날인 명절은 이들에게 공동체적 유대감과 삶의 안녕을 경험할 수 있는 매우 중요한 시간이었고, 시인은 시를 통해 이러한 '공동체적 유대감'을 회복하고 싶은 소망을 표현하였다고 인터뷰에서 밝히고 있다.

[채점기준]

답안	배점	예상 소요 시간
공동체적 유대감	10점	3분 / 전체 60분

[23~24]

갈래	궁정 수필, 한글 수필		• 절실하고 간곡한 묘사가 두드러짐
성격	사도 세자의 죽음		• 품위 있는 궁중 용어와 유려한 표현이 사용됨
주제	남편인 사도 세자의 참변으로 인한 많은 인생 회고	특징	• 『계축일기』, 『인현왕후전』과 함께 3대 궁정 수필로 일컬어짐

23 [모범답안]
동궁, 경모궁

[바른해설]
윗글에서 선희궁(영조의 후궁, 사도세자의 생모)이 "동궁의 병이 점점 깊어 바랄 것이~"라고 말한 대목과 빈궁(사도세자의 아내, 혜경궁 홍씨)이 "그저 나도 경모궁을 따라 죽어 모르는 것이 옳되~"라고 말한 대목 등에서 '동궁'과 '경모궁'은 세자(사도 세자)를 지칭함을 알 수 있다.

[채점기준]

답안	배점	예상 소요 시간
동궁	5점	5분 / 전체 60분
경모궁	5점	

24 [모범답안]
ⓒ → ⓐ → ⓓ → ⓑ → ⓔ

[바른해설]
윗글의 내용을 살펴보면 경모궁은 대처분임을 알고 벌써 곤룡포를 벗고 엎드려 있다(ⓒ). 뒤이어 영조가 뒤주를 내라 명하자(ⓐ) 세손이 휘령전으로 들어가 아비를 살려 달라고 애원한다(ⓓ). 세손이 나간 후 경모궁은 뒤주 안으로 들어가고(ⓑ), '나'는 세손과 함께 대궐을 나와 본집으로 간다(ⓔ).

[채점기준]

답안	배점	예상 소요 시간
ⓒ → ⓐ → ⓓ → ⓑ → ⓔ	10점	5분 / 전체 60분

[25~26]

갈래	실험극, 단만극		• 특별한 무대 장치와 소품이 없음
성격	풍자적, 교훈적		• 상징적인 사물을 사용하여 극의 주제 의식을 효과적으로 전달하고 있음
제재	결혼을 전제로 한 남녀의 만남	특징	• 관객에게 소품을 빌리고 계속 말을 걸어 관객을 극 중에 참여시키고 있음
주제	소유의 본질과 진정한 사랑의 의미		

25 [모범답안]
방백

[바른해설]
희곡의 3요소 중의 하나인 '대사'에는 대화, 독백, 방백이 있다. ⓐ는 극 중 등장인물인 '남자'가 말을 하지만 무대 위의 다른 등장인물인 '여자'에게는 들리지 않고 관객에게만 들리는 것으로 약속되어 있는 '방백'에 해당한다.

[채점기준]

답안	배점	예상 소요 시간
방백	10점	2분 / 전체 60분

26 [모범답안]

소유의 본질을 깨닫고 진실한 사랑에 눈을 떴기 때문이다.

[바른해설]

극 중 남자는 여자를 만나기 전에 부자로 행세하기 위해 물건들을 빌렸지만, 하인에게서 물건들을 차례대로 빼앗기며 여자와의 대화를 이어간다. 이 과정에서 남자는 소유라는 것은 본래 누군가로부터 잠시 빌린 것이며, 거짓에서 벗어나 진실한 태도를 보였을 때 사랑이 이루어진다는 점을 깨닫는다. 즉, 남자가 자질구레한 것들을 빼앗기지만 역설적으로 자꾸만 행복해지는 것은 소유의 본질을 깨닫고 진실한 사랑에 눈을 떴기 때문이다.

[채점기준]

답안	배점	예상 소요 시간
소유의 본질을 깨닫고 진실한 사랑에 눈을 떴기 때문이다.	10점	5분 / 전체 60분

Ⅱ. 독서

[01~02]

01 [모범답안]

① 이 또는 이(利)

② 의 또는 의(義)

③ 본

④ 말

[바른해설]

(가)는 유학에서 본과 말의 관계와 이에 따른 의와 이의 관계를 설명하고 있다. 유학에서는 경제와 관련된 이(利)와 도덕과 관련된 의(義) 중 의를 우선시하고, 의를 본으로 여기고 이를 말로 여겼다. 그리고 유학에서 어떤 대상이 중요한 본인지 그렇지 않은 말인지는 상황에 따라 다를 수 있다고 보았다.

[채점기준]

답안	배점	예상 소요 시간
① 이 또는 이(利)	2점	
② 의 또는 의(義)	2점	5분 / 전체 60분
③ 본	3점	
④ 말	3점	

02 [모범답안]

의이상보론

[바른해설]

이지함은 도덕적 의의 실현은 경제적 이를 바탕으로 나타날 수 있고, 경제적 이의 추구는 도덕적 의를 근본으로 해야 정당성을 지닐 수 있다는 '의이상보론'을 제시하였다.

[채점기준]

답안	배점	예상 소요 시간
의이상보론	10점	5분 / 전체 60분

[03~04]

03 [모범답안]

① ㉠ < ㉡

② ㉠ > ㉡

③ ㉠ < ㉡

[바른해설]

① 4문단에서 ㉡은 정보 생산에 큰 비용이 들 수 있다는 단점이 있다고 하였다. ㉡은 현금 거래 이외의 비현금 거래에 대해서도 거래로 인식하여 회계 정보를 처리해야 한다. 즉 ㉡은 ㉠보다 기록하고 관리해야 하는 회계 정보가 많기 때문에 정보를 생산하는 데 드는 비용이 많다(㉠ < ㉡).

② 3문단에서 ㉠은 회계 정보를 기록하기 위한 기준을 현금의 유입과 유출에 초점을 두는 방식이라고 하였다. 4문단에서 ㉡은 현금 거래 이외의 비현금 거래에 대해서도 거래로 인식하여 회계 처리를 하게 된다고 하였다. 그러므로 ㉡보다 ㉠이 현금의 유출입으로 인해 발생하는 재무 상태의 변화만을 장부에 기록할 회계 정보로 처리한다(㉠ > ㉡).

③ 4문단에서 ㉡은 현금 거래 이외의 비현금 거래에 대해서도 거래로 인식하여 회계 처리를 하며, 현금의 유출입이 발생하지 않은 회계 사건에 대해서는 미수 수익, 미지급 비용, 선급 비용, 선수 수익 등의 거래 항목을 사용한다고 하였다. 또한 ㉡은 수익과 비용을 포괄적으로 측정하여 성과에 관한 정보를 상세하게 제공할 수 있다는 점에서 회계 장부 조작의 위험성을 줄일 수 있다고 하였다. 따라서 ㉠보다 ㉡이 다양한 거래 항목을 활용하여 회계 장부의 조작을 예방할 수 있다(㉠ < ㉡).

[채점기준]

답안	배점	예상 소요 시간
① ㉠ < ㉡	3점	
② ㉠ > ㉡	4점	5분 / 전체 60분
③ ㉠ < ㉡	3점	

04 [모범답안]

① 현금

② 현금

③ 부채

④ 6월 15일

[바른해설]

① B 사원의 회계 장부는 하나의 거래를 대차 평균의 원리에 따라 차변과 대변에 이중 기록하는 방식인 복식 부기 회계 장부이다. 복식 부기에서 왼쪽 변은 차변으로 자산의 증가, 부채 및 자본의 감소, 비용 발생 등을 기록한다. 따라서 ⓑ에 기록된 '현금'은 자산의 증가를 나타낸 것으로 볼 수 있다.

②·③ A 사원의 회계 장부에 기록된 ⓐ(은행 대출)는 현금의 흐름으로 보았을 때, 기업에 현금이 유입된 것으로 수입에 해당한다. 따라서 이는 '현금'의 증가로 해석할 수 있다. 반면, B 사원의 회계 장부에 기록된 ⓒ(은행 대출)는 대변에 기록된 것으로 대변에는 자산의 감소, 부채 및 자본의 증가 등을 기록하므로, B 사원의 회계 장부에 기록된 ⓒ(은행 대출)는 '부채'의 증가로 해석할 수 있다.

④ A 사원의 회계 장부와 B 사원의 회계 장부에서 6월 15일에 모두 현금 지급이 이루어졌음을 알 수 있다.

[채점기준]

답안	배점	예상 소요 시간
① 현금	2점	
② 현금	3점	5분 / 전체 60분
③ 부채	3점	
④ 6월 15일	2점	

[05~06]

05 [모범답안]

부재자의 주소

[바른해설]

4문단에서 실종 선고가 확정되면 실종 선고를 받은 자는 민법상 사망한 것으로 간주되며 그의 주소를 중심으로 상속 관계가 시작되고 혼인 관계는 종료된다고 하였다. 따라서 실종 선고의 효과는 '부재자의 주소'를 기준으로 하는 특정한 법률관계에 국한된다.

[채점기준]

답안	배점	예상 소요 시간
부재자의 주소	10점	5분 / 전체 60분

06 [모범답안]

① 보통

② 2010. 5. 20.

③ 6

[바른해설]

① 갑은 항공기를 타고 이동하였지만 실종된 것은 항공기 추락으로 인한 것이 아니라, 산악 등반 중에 일어난 것이므로 '보통' 실종에 해당한다.

② 실종 기간은 갑의 마지막 소식이 있었던 '2010. 5. 20.'부터 계산을 시작한다.

③ 5문단에서 실종 선고 취소가 확정된 경우, 선의인 상속인은 현재 남아 있는 재산까지만 반환하면 된다고 하였다. 또한 3문단에서 공동 상속의 경우 상속 재산이 각자의 상속 비율만큼 나누어 이전되는데, 공동 상속인이 배우자와 자녀 1인일 때는 그 재산을 배우자가 60%, 나머지는 자녀가 갖는다고 하였다. 따라서 매매 대금 10억 원에서 배우자인 병은 6억 원을 받았으므로, 실종 선고 취소가 확정된 후에 '병'은 6억 원을 '갑'에게 반환해야 한다.

[채점기준]

답안	배점	예상 소요 시간
① 보통	2점	
② 2010. 5. 20.	3점	5분 / 전체 60분
③ 6	5점	

[07~08]

07 [모범답안]

ⓐ 귀납적 강도(참의 정도)

ⓑ 새로운 지식

[바른해설]

ⓐ (가)의 2문단에 따르면 귀납법으로 얻은 결론은 확률적으로 참이어서 거짓일 수도 있으므로 '참의 정도', 즉 '귀납적 강도'를 높일 방법을 찾아야만 했다고 서술되어 있다. 그러므로 ⓐ에는 기존의 귀납법의 한계에 해당하며 '낮을 수 있다'는 술어에 호응하는 '귀납적 강도' 또는 '참의 정도'가 들어갈 말로 적절하다.

ⓑ (가)의 2문단에 따르면 '베이컨은 연역법이 전제된 내용으로부터 결론을 도출하기 때문에 새로운 지식을 얻어 낼 수 없다는 점에 주목하여, 새로운 지식을 만들어 낼 수 있는 귀납법에 집중했다.'라고 서술되어 있다. 그러므로 ⓑ에는 고전적 연역법의 한계에 해당하며 '만들어 낼 수 없다'는 술어에 호응하는 '새로운 지식'이 들어갈 말로 적절하다.

[채점기준]

답안	배점	예상 소요 시간
ⓐ 귀납적 강도 (또는 참의 정도)	5점	5분 / 전체 60분
ⓑ 새로운 지식	5점	

09 [모범답안]

거미

[바른해설]

데카르트의 생산적인 연역법은 감각적 경험에 의한 사례는 철저히 배제한 채, 의심의 여지가 없는 자명한 명제, 즉 기존의 확정적 명제로부터 또 다른 명제들을 도출해 나가는 연역법에 해당한다. 그러므로 데카르트가 개발한 생산적인 연역법은 경험을 모으지 않고 자기 내부의 확정적인 것으로부터 독자적으로 사고를 전개해 나가는 '거미'의 방법에 해당한다.

[채점기준]

답안	배점	예상 소요 시간
거미	10점	2분 / 전체 60분

[09~10]

09 [모범답안]

ⓐ 존속 회사의 주식

ⓑ 주주가 회사를 상대로 자신이 보유하고 있는 주식을 되사 줄 것을 요구하는 권리

[바른해설]

제시문에 따르면 회사 합병은 여러 회사의 직원과 순자산을 하나의 회사로 합치는 것으로, 합병에 찬성하는 소멸 회사의 주주는 합병 대가로 존속 회사의 주식을 받게 되고, 합병에 반대하는 존속 회사 또는 소멸 회사의 주주에게는 주주가 회사를 상대로 자신이 보유하고 있는 주식을 되사 줄 것을 요구하는 권리인 주식 매수 청구권이 부여된다.

[채점기준]

답안	배점	예상 소요 시간
ⓐ 존속 회사의 주식	5점	5분 / 전체 60분
ⓑ 주주가 회사를 상대로 자신이 보유하고 있는 주식을 되사 줄 것을 요구하는 권리	5점	

10 [모범답안]

ⓐ 70억 / ⓑ 42억 / ⓒ 28억

[바른해설]

ⓐ 순자산은 자산에서 부채를 뺀 금액이므로, '(주)착한맛'의 분할 전 순자산은 100억 원의 자산에서 30억 원의 부채를 뺀 70억 원이다.

ⓑ 분할 후 '(주)착한맛'의 순자산은 분할 비율이 0.40이고 존속 회사이므로, 분할 전 순자산인 70억 원의 0.6배인 42억 원이 된다.

ⓒ 분할 후 '(주)꼬꼬맛'의 순자산은 분할 비율이 0.40이고 신설 회사이므로, 분할 전 순자산인 70억 원의 0.4배인 28억 원이 된다.

[채점기준]

답안	배점	예상 소요 시간
ⓐ 70억	2점	5분 / 전체 60분
ⓑ 42억	4점	
ⓒ 28억	4점	

[11~12]

11 [모범답안]

ⓐ 기대승

ⓑ 이황

ⓒ 이황

ⓓ 기대승

[바른해설]

ⓐ 제시문에 따르면 기대승은 사단도 정감이기 때문에 '기'의 영역과 무관한 것이 아니며, 사단이나 칠정 모두 '리'와 별개로 존재할 수 없다고 하였다. 그러므로 ⓐ에 들어갈 인물은 '기대승'이다.

ⓑ 제시문에 따르면 이황은 기대승의 비판을 인정하여 사단 또한 정감이라고 한 것을 인정하지만, 사단을 만물의 이치인 '리'가 발현한 것으로 보기 때문에 사단이 옳지 않은 상황에 있을 수 있다는 것에는 동의하지 않을 것이다. 그러므로 ⓑ에 들어갈 인물은 '이황'이다.

ⓒ 제시문에 따르면 이황은 사단과 칠정의 근거를 서로 다르게 보므로 사단은 '리'가, 칠정은 '기'가 정감으로 드러난 것이라고 판단할 것이다. 그러므로 ⓒ에 들어갈 인물은 '이황'이다.

ⓓ 제시문에 따르면 기대승은 정감을 '리'와 '기'의 결합으로 보므로 정감이 '성'에 해당하는 '인'이나 '의'와 비슷한 측면이 있다고 한 것에 대해 정감이 '리'와 별개로 존재하는 것이 아니라 '리'와 '기'의 결합으로 나타나기 때문이라고 판단할 것이다. 그러므로 ⓓ에 들어갈 인물은 '기대승'이다.

[채점기준]

답안	배점	예상 소요 시간
ⓐ 기대승	3점	
ⓑ 이황	2점	5분 / 전체 60분
ⓒ 이황	2점	
ⓓ 기대승	3점	

12 [모범답안]

ⓐ 경

ⓑ 성의

[바른해설]

제시문에 따르면 이황과 기대승은 수양 방법에 대해서도 견해 차가 드러났다. 이황은 '성'이 그대로 사단으로 발현될 수 있도록 '성'의 상태를 유지시키는 경(敬)의 자세를 중시했으며, '리'가 그대로 정감으로 발현될 수 있도록 사적인 욕망이 끼어들지 못하게 마음을 경건하게 하는 공부를 해야 한다고 주장하였다. 반면에 기대승은 칠정 그 자체를 제어하여 사단이 되도록 생각을 정성스럽게 하는 성의(誠意)를 강조했으며, 마음 그 자체에 집중하는 수양보다는 경전 공부를 통해 성현들의 행동을 익혀 따르는 것이 중요하다고 보았다. 그러므로 ⓐ에는 '경', ⓑ에는 '성의'가 들어갈 말로 적절하다.

[채점기준]

답안	배점	예상 소요 시간
ⓐ 경	5점	4분 / 전체 60분
ⓑ 성의	5점	

[13~14]

13 [모범답안]

ⓐ 실체설

ⓑ 과정설

ⓒ 실체설

ⓓ 과정설

[바른해설]

ⓐ [A]에서 광의의 개념으로서 공익은 사회 전반의 이익을 의미하는데 여기에는 정의, 형평 등 가치적인 요소도 포함이 된다고 하였다. 〈보기 1〉의 실체설에서는 공익이 선험적으로 존재한다고 전제하며 공공선, 평등, 정의 등을 공익으로 취급한다고 하였다. 따라서 [A]에서 언급된 광의의 개념으로서 공익이 포함하는 가치적 요소는 실체설에서 취급하고 있는 공익이라 할 수 있으며 선험적으로 존재하는 것으로 전제한다고 볼 수 있다.

ⓑ [A]에서 제시한 협의의 개념으로서의 공익은 경제적 이익을 의미한다고 하였다. 이는 공공복리의 의미로서 사회 구성원

들에게 구체적으로 귀속되는 이익이라고 하였다. 〈보기 1〉의 과정설은 사익을 초월한 별도의 공익이란 존재할 수 없으며 공익은 사익의 총합으로 볼 수 있다고 하였다.

ⓒ [A]에서 공익은 특정한 개인이나 집단의 이익이 아닌 사회 전반의 이익을 추구한다는 점에서 공공성과 밀접한 개념이라고 하였다. 〈보기 1〉에서 실체설은 공동체를 그 자체의 공공의지와 집단적 속성을 지닌 하나의 실체로 본다고 하였다. 그리고 공익은 사익을 초월한 별도의 실체적 개념으로 존재한다고 보았다.

ⓓ [A]에서 공공복리는 사회 공동체의 구성원들에게 구체적으로 귀속이 되는 이익이며 공개적 차원에서 확인되는 이익으로서의 공익이다. 〈보기 1〉에서 과정설은 상충되는 이익을 가진 집단들이 상호 조정을 거쳐 균형 상태의 결론에 도달할 때 공익이 실현된다고 보았다.

[채점기준]

답안	배점	예상 소요 시간
ⓐ 실체설	2점	
ⓑ 과정설	2점	5분 / 전체 60분
ⓒ 실체설	3점	
ⓓ 과정설	3점	

14 [모범답안]

접근성

[바른해설]

제시문에 따르면 공공성을 구성하는 하위 개념으로는 '국가 또는 정부와 관계된 것', '공익', '접근성'의 세 가지가 있다. 이중에 '알 권리의 보장'과 관련된 개념은 4문단에 서술되어 있는 '접근성'이다. 특히 알 권리의 보장은 단순히 정보를 사회 구성원들에게 공지하는 차원을 넘어서 사회 구성원들이 정보와 관련된 공적인 문제에 대하여 고찰할 수 있는 계기를 제공한다는 점에서 매우 중요한 것이라고 하였다.

[채점기준]

답안	배점	예상 소요 시간
접근성	10점	3분 / 전체 60분

[15~16]

15 [모범답안]

ⓐ 재생적 상상력

ⓑ 창조적 상상력

[바른해설]

ⓐ 제시문에 따르면 '재생적 상상력'은 개념을 이해하고 확인하는 것으로, 머릿속에 꽃의 도식을 떠올리는 것이다. 그러므로

장미꽃의 개념과 맞는 도식을 머릿속에 떠올리는 것은 '재생
적 상상력'에 해당한다.

ⓑ 제시문에 따르면 '창조적 상상력'은 개념에 구애받지 않는 것
으로, 예술가들이 사물의 개념에 의문을 품고 개념과 연결하
기 어려운 낯선 도식으로 작품을 표현한 것에 해당한다. 그
러므로 기존의 원근법을 무시하고 산과 마을의 풍경을 하나
의 덩어리로 표현한 입체파 화가의 그림은 '창조적 상상력'이
발휘된 것이다.

[채점기준]

답안	배점	예상 소요 시간
ⓐ 재생적 상상력	5점	5분 / 전체 60분
ⓑ 창조적 상상력	5점	

16 [모범답안]

ⓐ 차이

ⓑ 차이 자체

ⓒ 차이 자체

[바른해설]

ⓐ '어린 왕자'가 길들여지기 전의 여우와 정원에 있는 장미꽃들
을 다른 종과 구분할 수 있는 것은 개념적 '차이'를 알고 있는
것을 뜻한다.

ⓑ 〈보기 1〉에서 길들여지기 전의 여우가 다른 여우들과 다를 바
가 없다고 하였고, 정원의 장미꽃들도 똑같다고 하였다. 이들
은 어린 왕자가 개별적 존재의 특성, 즉 '차이 자체'를 발견하
지 못했다는 점에서 공통점이 있는 대상이다.

ⓒ '어린 왕자'가 길들인 후의 여우를 '세상에서 하나밖에 없는
여우'라고 말하는 이유는 다른 여우들과 다른, 특별하고 독자
적인 존재로 파악했기 때문이다. 이는 다른 여우들과의 개념
적 '차이 자체'를 파악하게 되었기 때문이다.

[채점기준]

답안	배점	예상 소요 시간
ⓐ 차이	3점	
ⓑ 차이 자체	3점	5분 / 전체 60분
ⓒ 차이 자체	4점	

[17~18]

17 [모범답안]

ⓐ 음향 저항

ⓑ 산란체의 크기

ⓒ 주파수

ⓓ (인체) 조직

[바른해설]

ⓐ 3문단에 따르면 반사는 두 조직의 경계면에서 발생하며, 두
매질 사이에 음향 저항의 차이가 클수록 반사되는 초음파의
세기가 증가한다고 하였으므로 ⓐ에 들어갈 말은 '음향 저항'
이 적절하다.

ⓑ 5문단의 '산란체의 크기가 초음파 파장의 길이보다 작을수록
산란의 강도가 증가한다.'는 내용에서 '산란체의 크기'가 산란
의 강도에 영향을 미치는 요인임을 알 수 있다.

ⓒ 5문단의 '산란 강도는 주파수의 네제곱에 비례하기 때문에
주파수를 높일수록 산란 강도가 증가하여 더 좋은 초음파 영
상을 얻을 수 있다.'는 내용에서 '주파수'가 산란의 강도에 영
향을 미치는 요인임을 알 수 있다.

ⓓ 5문단의 '초음파가 산란되는 강도는 조직마다 상이한데,
2.5MHz 초음파를 인체에 입사했을 때 혈액은 0.001로 가장
작은 반면에 지방은 1로 매우 큰 편이다.'는 내용에서 '(인체)
조직'이 산란의 강도에 영향을 미치는 요인임을 알 수 있다.

[채점기준]

답안	배점	예상 소요 시간
ⓐ 음향 저항	4점	
ⓑ 산란체의 크기	2점	4분 / 전체 60분
ⓒ 주파수	2점	
ⓓ (인체) 조직	2점	

18 [모범답안]

ⓐ 크다

ⓑ 빠르다

ⓒ 작다

[바른해설]

ⓐ 3문단에 따르면, 두 조직의 음향 저항의 차이가 클수록 반사
되는 초음파의 세기가 증가한다. [자료 1]에서 '지방(1.38)−근
육(1.70)'의 차이와 '근육(1.70)−뼈(7.80)'의 차이를 비교해 보면,
'근육─뼈'의 음향 저항의 차이가 더 크다. 따라서 '지방─근육'
의 경계면에서보다 '근육─뼈'의 경계면에서 반사되는 초음파
의 세기가 더 '크다'고 추론할 수 있다.

ⓑ 2문단에 따르면, 매질의 특성에 따라 초음파의 전파 속도
에 차이가 난다. [자료 1]을 보면 뼈에서 4,080m/s, 물에서는
1,540m/s, 공기에서는 331m/s의 전파 속도를 보이므로 고체
에서 가장 빠르고 그 다음이 액체, 기체 순임을 알 수 있다.
따라서 기체인 공기로 채워진 폐와 액체인 혈액으로 가득한
혈관을 비교하면, 초음파의 전파 속도는 폐 속보다 혈관 속
에서 더 '빠르다'고 추론할 수 있다.

ⓒ 4문단에 따르면, 조직의 경계면에서 초음파가 수직으로 입사
한 경우의 반사 계수가 1에 가까울수록 입사파 대부분이 반
사됨을 의미한다. 수직으로 입사한 초음파를 기준으로 하여

반사 계수를 나타낸 [자료 2]에 따르면, '연부 조직–공기'의 경계면에서는 0.990이고 '연부 조직–물'의 경계면에서는 0.05이다. 따라서 반사 계수가 1에 덜 가까운 '연부 조직–물'의 경계면에서 입사파가 반사되는 비율이 더 '작다'고 추론할 수 있다.

[채점기준]

답안	배점	예상 소요 시간
ⓐ 크다	3점	
ⓑ 빠르다	3점	5분 / 전체 60분
ⓒ 작다	4점	

[19~20]

19 [모범답안]
주연

[바른해설]
위의 제시문에서 아리스토텔레스가 삼단논법의 타당성을 판단하기 위해 제시한 개념은 '주연'이다. 명제 안에서 명사가 전체 대상을 지칭하는 데 사용되면 '주연된다'고 하며, 주어는 전칭 명제에서 주연되고 특칭 명제에서는 주연되지 않는다. 그리고 술어는 부정 명제에서 주연되고 긍정 명제에서는 주연되지 않는다.

[채점기준]

답안	배점	예상 소요 시간
주연	10점	3분 / 전체 60분

20 [모범답안]
ⓐ × / ×
ⓑ ○ / ○
ⓒ × / ○

[바른해설]
제시문의 [A]에 따르면 주어는 전체 대상을 지칭하는 전칭 명제에서 주연되고, 술어는 부정 명제에서 주연된다고 하였다.
ⓐ '어떤 철학자는 논리학자이다.'는 특칭 긍정 명제이므로 주어에 사용된 명사도 주연되지 않았고, 술어에 사용된 명사도 주연되지 않았다.
ⓑ '어떤 수학자도 과학자가 아니다.'는 전칭 부정 명제이므로 주어에 사용된 명사와 술어에 사용된 명사 모두 주연되었다.
ⓒ '어떤 심리학자는 요리사가 아니다.'는 특칭 부정 명제이므로 주어에 사용된 명사는 주연되지 않았지만, 술어에 사용된 명사는 주연되었다.

[채점기준]

답안	배점	예상 소요 시간
ⓐ × / ×	3점	
ⓑ ○ / ○	4점	5분 / 전체 60분
ⓒ × / ○	3점	

[21~22]

21 [모범답안]
ⓐ 81개 / ⓑ 100개

[바른해설]
ⓐ 종서척은 기장의 길이가 긴 세로 방향으로 늘어놓은 기장알 1개의 길이를 1분으로, 9개를 늘어놓은 9분을 1촌으로, 9촌을 1척으로 정한 것이다. 따라서 종서척에서 1척은 기장의 길이가 긴 세로 방향으로 기장알 81개를 늘어놓은 것이다.
ⓑ 횡서척은 기장의 길이가 짧은 가로 방향으로 늘어놓은 기장알 1개의 길이를 1분으로, 10개를 늘어놓은 10분을 1촌, 10촌을 1척으로 정한 것이다. 따라서 횡서척에서 1척은 기장의 길이가 짧은 가로 방향으로 기장알 100개를 늘어놓은 길이이다.

[채점기준]

답안	배점	예상 소요 시간
ⓐ 81개	5점	
ⓑ 100개	5점	5분 / 전체 60분

22 [모범답안]
ⓐ 태주 율관, 고선 율관
ⓑ 임종 율관, 남려 율관

[바른해설]
제시문의 [A]에서 황종 율관을 기준으로 삼분손익법을 사용해 11개의 율관을 순서대로 구하면 임종 율관, 태주 율관, 남려 율관, 고선 율관, 응종 율관, 유빈 율관, 대려 율관, 이칙 율관, 협종 율관, 무역 율관, 중려 율관이 된다고 하였다. 그리고 삼분손익법은 삼분손일법과 삼분익일법을 번갈아 사용해 율관의 길이를 산정하는 방법이라고 했으므로 임종 율관은 삼분손일법, 태주 율관은 삼분익일법, 남려 율관은 삼분손일법, 고선 율관은 삼분익일법으로 율관의 길이가 산정된다.

[채점기준]

답안	배점	예상 소요 시간
ⓐ 태주 율관, 고선 율관	5점	
ⓑ 임종 율관, 남려 율관	5점	5분 / 전체 60분

[23~24]

23 [모범답안]

자유 전자가 특정한 원자핵에 붙들려 있지 않아 원자핵 사이를 자유롭게 돌아다닐 수 있기 때문이다.

[바른해설]

원자가띠에 있는 전자는 에너지를 흡수하면 에너지 상태가 더 높은 전도띠로 이동하여 자유 전자가 된다. 자유 전자는 특정한 원자핵에 붙들려 있지 않아 원자핵 사이를 자유롭게 돌아다닐 수 있기 때문에 물체 안에 존재하는 자유 전자가 전하를 옮길 수 있게 된다.

[채점기준]

답안	배점	예상 소요 시간
자유 전자가 특정한 원자핵에 붙들려 있지 않아 원자핵 사이를 자유롭게 돌아다닐 수 있기 때문이다.	10점	5분 / 전체 60분

24 [모범답안]

ⓐ 전도띠 / ⓑ 자유 전자

ⓒ 원자가띠 / ⓓ 정공

[바른해설]

외인성 반도체는 첨가된 불순물의 종류에 따라 n형 반도체와 p형 반도체로 구분된다. '공여체'라는 불순물을 첨가한 n형 반도체는 전도띠에 전자를 존재하게 하여 음전하를 띤 자유 전자가 전하를 옮김으로써 전류를 흐르게 한다. '수용체'라는 불순물을 첨가한 p형 반도체는 원자가띠의 전자를 부족하게 하여 생긴 정공이 양전하를 옮김으로써 전류를 흐르게 한다.

[채점기준]

답안	배점	예상 소요 시간
ⓐ 전도띠	3점	5분 / 전체 60분
ⓑ 자유 전자	2점	
ⓒ 원자가띠	3점	
ⓓ 정공	2점	

[25~26]

25 [모범답안]

신경 세포 사이에 일정한 틈이 존재하며, 이 틈을 뛰어넘어 정보를 전달하는 신경 전달 물질이 존재한다.

[바른해설]

제시문에 따르면 20세기 초까지만 하더라도 신경 세포와 신경 세포 사이에는 세포질이 서로 전깃줄처럼 연결되어 정보가 전달되는 것으로 생각하였다. 그러나 현미경으로 자세히 관찰한 결과 신경 세포 사이에는 항상 일정한 틈이 존재하며, 이 틈을 뛰어넘어 정보를 전달하는 어떤 매개 물질, 즉 신경 전달 물질이 존재한다는 것을 발견하였다.

[채점기준]

답안	배점	예상 소요 시간
신경 세포 사이에 일정한 틈이 존재하며, 이 틈을 뛰어넘어 정보를 전달하는 신경 전달 물질이 존재한다.	10점	5분 / 전체 60분

26 [모범답안]

ⓐ 소포체

ⓑ 수용체

[바른해설]

ⓐ 제시문에 따르면 신경 전달 물질은 보통 때는 신경 섬유 말단부의 조그마한 주머니인 '소포체'에 저장되어 있다가 신경 정보가 전기적 신호로 신경 섬유막을 통해 말단부로 전파되어 오면, 이 주머니가 신경 세포막과 결합한 후 터져서 신경 전달 물질이 연접(시냅스) 틈으로 방출된다고 하였다.

ⓑ 제시문에 따르면 방출된 신경 전달 물질은 2만분의 1밀리미터 정도의 짧은 간격을 흘러서 다음 신경 세포막에 다다르고, 세포막에 있는 정보를 받아들이는 물질인 '수용체'와 결합함으로써 정보가 전달된다고 하였다.

[채점기준]

답안	배점	예상 소요 시간
ⓐ 소포체	5점	4분 / 전체 60분
ⓑ 수용체	5점	

2 수학

01 [모범답안]

$\log_3 x = t$라 하면 $1 \leq x \leq 27$일 때, $0 \leq t \leq 3$이므로 닫힌구간 $[1, 27]$에서 함수 $y = (\log_3 x)^2 - a\log_3 x$의 최솟값은 닫힌구간 $[0, 3]$에서 함수 $y = t^2 - at$의 최솟값과 같다.

$$y = t^2 - at = \left(t - \frac{a}{2}\right)^2 - \frac{a^2}{4}$$

(i) $\frac{a}{2} \geq 3$, 즉 $a \geq 6$인 경우

함수 $y = t^2 - at$는 $t = 3$일 때 최소이고 최솟값은

$9 - 3a = -2$

$a = \frac{11}{3}$이므로 $a \geq 6$을 만족시키지 않는다.

(ii) $0 < \frac{a}{2} < 3$, 즉 $0 < a < 6$인 경우

함수 $y = t^2 - at$는 $t = \frac{a}{2}$일 때 최소이고 최솟값은

$-\frac{a^2}{4} = -2$, $a^2 = 8$

$0 < a < 6$이므로 $a = 2\sqrt{2}$

(i), (ii)에서 구하는 a의 값은 $2\sqrt{2}$이다.

02 [모범답안]

함수 $y = 3^{x-1} + 2$의 역함수는

$x = 3^{y-1} + 2$, $3^{y-1} = x - 2$, $y - 1 = \log_3(x - 2)$

$y = \log_3(x - 2) + 1$이므로 $a = 1$

함수 $g(x) = \log_3(x - 2) + 1$의 그래프의 점근선의 방정식은 $x = 2$이므로 $b = 2$

따라서 $2a - b = 2 - 2 = 0$

03 [모범답안]

$g(x) = \log_{\frac{1}{3}}(-x + a) + 2$, $h(x) = \left(\frac{1}{9}\right)^{x+b} + 1$이라 하자.

함수 $g(x)$의 밑 $\frac{1}{3}$이 1보다 작으므로

함수 $g(x)$는 x의 값이 증가할 때, y의 값도 증가한다.

함수 $h(x)$의 밑 $\frac{1}{9}$은 1보다 작으므로

함수 $h(x)$는 x의 값이 증가할 때, y의 값은 감소한다.

$a > 3$이므로 닫힌구간 $[1, 5]$에서 함수 $f(x)$의 그래프는 그림과 같다.

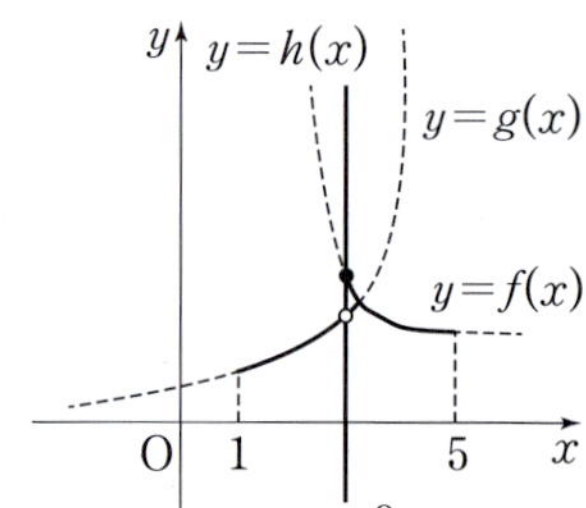

$g(3) > h(3)$이면 닫힌구간 $[1, 5]$에서 함수 $f(x)$의 최댓값이 존재하지 않으므로 $g(3) \leq h(3)$이고, 닫힌구간 $[1, 5]$에서 함수 $f(x)$의 최댓값은 $h(3)$이다.

$h(3) = \left(\frac{1}{9}\right)^{3+b} + 1 = 2$에서 $\left(\frac{1}{9}\right)^{3+b} = 1$

$3 + b = \log_{\frac{1}{9}} 1 = 0$, $b = -3$

닫힌구간 $[1, 5]$에서 함수 $f(x)$의 최솟값이 1이 되기 위해서는 $g(1) = 1$

$\log_{\frac{1}{3}}(a - 1) + 2 = 1$에서 $\log_{\frac{1}{3}}(a - 1) = 1$

$a - 1 = \left(\frac{1}{3}\right)^{-1} = 3$, $a = 4$

따라서 $\dfrac{ab}{2} = \dfrac{4 \times (-3)}{2} = -6$

04 [모범답안]

$-n^2 + 9n - 18 = -(n^2 - 9n + 18)$

$= -(n-3)(n-6)$이므로 $-n^2 + 9n - 18$의 n제곱근 중에서 음의 실수는

$-n^2 + 9n - 18 < 0$일 때,

홀수 n에 대하여 $\sqrt[n]{-n^2 + 9n - 18}$이고

$-n^2 + 9n - 18 > 0$일 때,

짝수 n에 대하여 $-\sqrt[n]{-n^2 + 9n - 18}$이다.

(i) $-n^2 + 9n - 18 < 0$일 때

$-(n-3)(n-6) < 0$에서 $(n-3)(n-6) > 0$이므로 $n < 3$ 또는 $n > 6$

즉, $2 \leq n < 3$ 또는 $6 < n \leq 11$을 만족시키는 홀수는 7, 9, 11이다.

(ii) $-n^2 + 9n - 18 > 0$일 때

$-(n-3)(n-6) > 0$에서

$(n-3)(n-6) < 0$이므로 $3 < n < 6$

즉, 이를 만족시키는 짝수는 4이다.

(i), (ii)에 의하여 조건을 만족시키는 모든 n의 값의 곱은

$4 \times 7 \times 9 \times 11 = 2772$

05 [모범답안]

$\log_a b = \dfrac{\log_b c}{3} = \dfrac{\log_c a}{9} = k$라 하면 $k > 0$이고

$\log_a b = k$, $\log_b c = 3k$, $\log_c a = 9k$

$\log_a b \times \log_b c \times \log_c a = 1$에서

$k \times 3k \times 9k = 27k^3 = 1$

$k^3 = \dfrac{1}{27}$, $k = \dfrac{1}{3}$이므로

$\log_a b + \log_b c + \log_c a = k + 3k + 9k = 13k = \dfrac{13}{3}$

06 [모범답안]

곡선 $y = 2^{x+2} - 1$을 x축에 대하여 대칭이동한 곡선은

$y = -2^{x+2} + 1$이므로 $f(x) = -2^{x+2} + 1$

곡선 $y = f(x)$와 y축이 만나는 점의 좌표가 $(0, a)$이므로

$a = -2^{0+2} + 1$, $a = -3$

한편, 점근선은 직선 $y = 1$이므로 $b = 1$

따라서 $\dfrac{ab}{2} = -\dfrac{3}{2}$

07 [모범답안]

$\left(\dfrac{1}{9}\right)^x = (3^{-2})^x = 3^{-2x}$이므로

부등식 $\left(\dfrac{1}{9}\right)^x < 3^{21-4x}$에서 $3^{-2x} < 3^{21-4x}$이다.

밑 3은 1보다 크므로 $-2x < 21 - 4x$에서

$x < \dfrac{21}{2} = 10.5$

따라서 부등식을 만족시키는 자연수 x의 값은

1, 2, 3, $\cdots$, 10이고 그 합은 $\dfrac{n(n+1)}{2} = \dfrac{10 \times 11}{2} = 55$

08 [모범답안]

로그의 진수의 조건에 의하여 $f(x) > 0$, $x > 1$

$f(x) > 0$에서 $0 < x < 7$이고, $x > 1$이므로 $1 < x < 7$

$\log_3 f(x) + \log_{\frac{1}{3}}(x-1) \leq 0$에서

$\log_3 f(x) - \log_3(x-1) \leq 0$

$\log_3 f(x) \leq \log_3(x-1)$

$f(x) \leq x - 1$ $\cdots\cdots$ ㉠

$1 < x < 7$에서 ㉠을 만족시키는 x의 값의 범위는

$4 \leq x < 7$

따라서 부등식을 만족시키는 모든 자연수 x의 값은 4, 5, 6이고,
그 곱은 $4 \times 5 \times 6 = 120$이다.

09 [모범답안]

두 곡선 $y = a^{x-1}$, $y = \log_a(x-1)$은 두 곡선 $y = a^x$,
$y = \log_a x$를 x축의 방향으로 각각 1만큼 평행이동한 것이다.

두 곡선 $y = a^x$, $y = \log_a x$는 직선 $y = x$에 대하여 대칭
이므로 두 곡선 $y = a^x$, $y = \log_a x$를 x축의 방향으로 각각
1만큼 평행이동한 두 곡선 $y = a^{x-1}$, $y = \log_a(x-1)$은
직선 $y = x - 1$에 대하여 대칭이다.

따라서 두 점 A, B는 두 직선 $y = x - 1$과 $y = -x + 4$

의 교점인 점 $\left(\dfrac{5}{2}, \dfrac{3}{2}\right)$에 대하여 대칭이다.

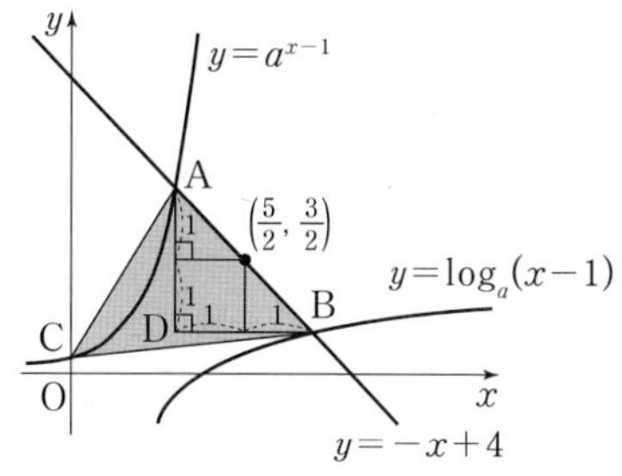

$\overline{AB} = 2\sqrt{2}$이므로 그림의 직각이등변삼각형 ADB에서

$A\left(\dfrac{3}{2}, \dfrac{5}{2}\right)$, $B\left(\dfrac{7}{2}, \dfrac{1}{2}\right)$임을 알 수 있다.

함수 $y = a^{x-1}$의 그래프가 점 $A\left(\dfrac{3}{2}, \dfrac{5}{2}\right)$를 지나므로

$a^{\frac{1}{2}} = \dfrac{5}{2}$, $a = \dfrac{25}{4}$

따라서 점 C의 좌표는 $\left(0, \dfrac{4}{25}\right)$이다.

선분 AB를 밑변으로 할 때,

점 C와 직선 $x + y - 4 = 0$ 사이의 거리는

$\dfrac{\left|0 + \dfrac{4}{25} - 4\right|}{\sqrt{2}} = \dfrac{\dfrac{96}{25}}{\sqrt{2}} = \dfrac{48\sqrt{2}}{25}$이므로

삼각형 ABC의 넓이 $S = \dfrac{1}{2} \times 2\sqrt{2} \times \dfrac{48\sqrt{2}}{25} = \dfrac{96}{25}$

$S = \dfrac{q}{p}$에서 $p = 25$, $q = 96$이므로

$q - p = 96 - 25 = 71$

10 [모범답안]

함수 $f(x) = 2\log_{\frac{1}{2}}(x + k)$는 밑 $\dfrac{1}{2}$이 1보다 작으므로

$x = 0$에서 최댓값을 갖고 $x = 12$에서 최솟값을 갖는다.

$f(0) = 2\log_{\frac{1}{2}} k = -4$에서

$\log_{\frac{1}{2}} k = -2$이므로 $k = \left(\dfrac{1}{2}\right)^{-2} = 4$

한편,

$m = f(12) = 2\log_{\frac{1}{2}}(12 + 4) = -2\log_2 16 = -8$

따라서 $m - k = (-8) - 4 = -12$

11 [모범답안]

$\sqrt[3]{k} = \sqrt[4]{2k}$에서 $(\sqrt[3]{k})^{12} = (\sqrt[4]{2k})^{12}$

이때 $(\sqrt[3]{k})^{12} = \{(\sqrt[3]{k})^3\}^4 = k^4$,

$(\sqrt[4]{2k})^{12} = \{(\sqrt[4]{2k})^4\}^3 = (2k)^3 = 8k^3$이므로

$k^4 = 8k^3$, $k^3(k-8) = 0$

$k > 0$이므로 $k = 8$

$\therefore \dfrac{1}{2}k = 4$

12 [모범답안]

$x^2-(\log_3 18)x+k=0$의 두 근이 $\log_3 2$, β이므로 근과 계수의 관계를 이용하면

$\log_3 2+\beta=\log_3 18$, $\beta\log_3 2=k$

$\log_3 2+\beta=\log_3 18$에서 $\beta=\log_3 18-\log_3 2=\log_3 9=2$이므로

$\therefore \beta=2$

따라서 $k=2\log_3 2=\log_3 4$이므로

$\therefore 3^k=3^{\log_3 4}=4$

13 [모범답안]

$\sqrt[n]{(2^k)^5}=\sqrt[n]{2^{5k}}=2^{\frac{5k}{n}}$의 값이 자연수가 되기 위해서는 n은 2 이상인 $5k$의 양의 약수이어야 한다. 그러므로 $f(k)$의 값은 $5k$의 양의 약수의 개수에서 1을 뺀 값과 같고 $f(k)=3$에서 $5k$의 양의 약수의 개수는 4이다.

$4=1\times 4=2\times 2$이므로 $k=5^2$ 또는 k는 5가 아닌 소수이다.

$k\leq 20$이므로 k의 값은 2, 3, 7, 11, 13, 17, 19이고 그 개수는 7개이다.

14 [모범답안]

x에 관한 방정식 $k=|3^x-27|$에서 절댓값에 의해 k의 범위는 $k>0$

$x\geq 3$일 때 $k=3^x-27$이므로 $3^x=27+k$

$x<3$일 때 $k=-(3^x-27)=-3^x+27$이므로 $3^x=27-k$

이때 주어진 방정식이 서로 다른 두 실근을 가질 조건은

$27+k>0$, $27-k>0$, $k>0$이므로

k값의 범위는

$0<k<27$

15 [모범답안]

$2^{\log_a 9}=3^{\log_5 8}$에서

$3^{\log_5 8}=8^{\log_5 3}=(2^3)^{\log_5 3}=2^{3\log_5 3}$이므로

$2^{\log_a 9}=2^{3\log_5 3}$ ······ ㉠

㉠의 양변에 밑이 2인 로그를 취하면

$\log_2 2^{\log_a 9}=\log_2 2^{3\log_5 3}$

$\log_a 9\times\log_2 2=3\log_5 3\times\log_2 2$

$\log_a 9=3\log_5 3$, $\log_a 3^2=3\log_5 3$,

$2\log_a 3=3\log_5 3$

$\dfrac{\log_a 3}{\log_5 3}=\dfrac{\log_3 5}{\log_3 a}=\dfrac{3}{2}$

$\dfrac{\log_3 5}{\log_3 a}=\log_a 5$이므로 $\log_a 5=\dfrac{3}{2}$ $\therefore 2\log_a 5=3$

16 [모범답안]

함수 $f(x)=\dfrac{3^x}{3^x+1}$에서 x의 값에 $-x$를 대입하면

$f(-x)=\dfrac{3^{-x}}{3^{-x}+1}$으로

두 식을 양변끼리 더하면

$f(x)+f(-x)=\dfrac{3^x}{3^x+1}+\dfrac{3^{-x}}{3^{-x}+1}=\dfrac{3^x}{3^x+1}+\dfrac{1}{3^x+1}$

$\qquad\qquad\quad =\dfrac{3^x+1}{3^x+1}$

$\therefore f(x)+f(-x)=1$

한편,

a와 b의 식을 더해주면

$a+b=\{f(1)+f(-1)\}+\{f(2)+f(-2)\}+\cdots$
$\qquad\qquad +\{f(100)+f(-100)\}$이므로

$\therefore a+b=1\times 100=100$

17 [모범답안]

$(\log_a \beta^3)^2>0$, $(\log_\beta \alpha)^2>0$이므로 산술·기하평균의 관계를 이용하면

$(3\log_a \beta)^2+(\log_\beta \alpha)^2\geq 2\sqrt{(3\log_a \beta)^2\times(\log_\beta \alpha)^2}$

$\qquad =2\sqrt{9\left(\log_a \beta\times\dfrac{1}{\log_a \beta}\right)^2}$

$\qquad =6$

(단, 등호는 $(\log_a \beta^3)^2=(\log_\beta \alpha)^2$일 때 성립)

따라서 $(\log_a \beta^3)^2+(\log_\beta \alpha)^2$의 최솟값은 6이다.

18 [모범답안]

함수 $y=\left(\dfrac{1}{3}\right)^x$의 그래프와 직선 $y=27$이 만나는 점의 x좌표는 $27=3^{-x}$이므로 $A=-3$

함수 $y=3^{x-1}$의 그래프와 직선 $y=27$이 만나는 점의 x좌표는 $27=3^{x-1}$이므로 $B=4$

따라서 두 점 A, B 사이의 길이는

$\therefore |A-B|=7$

19 [모범답안]

$x^{\frac{1}{2}}+x^{-\frac{1}{2}}=3$에서 $\left(x^{\frac{1}{2}}+x^{-\frac{1}{2}}\right)^2=9$이므로

$x^1+x^{-1}+2=9$

$\therefore x^1+x^{-1}=7$

따라서

$\dfrac{x^{\frac{3}{2}}+x^{-\frac{3}{2}}}{x+x^{-1}-1}=\dfrac{\left(x^{\frac{1}{2}}+x^{-\frac{1}{2}}\right)^3-3\left(x^{\frac{1}{2}}+x^{-\frac{1}{2}}\right)}{7-1}$

$\qquad\qquad\qquad =\dfrac{27-9}{6}=3$

20 [모범답안]

방정식 $x^2 - 8x + 4 = 0$에서 근과 계수의 관계를 이용하면
$\log_2 \alpha + \log_2 \beta = 8$, $\log_2 \alpha \times \log_2 \beta = 4$이다.

한편,

$$\log_\alpha \beta + \log_\beta \alpha = \frac{\log_2 \beta}{\log_2 \alpha} + \frac{\log_2 \alpha}{\log_2 \beta}$$

$$= \frac{(\log_2 \beta)^2 + (\log_2 \alpha)^2}{\log_2 \alpha \times \log_2 \beta}$$

$$= \frac{(\log_2 \alpha \times \log_2 \beta)^2 - 2(\log_2 \alpha \times \log_2 \beta)}{\log_2 \alpha \times \log_2 \beta}$$

따라서 구하고자 하는 값은

$$\frac{8^2 - 2 \times 4}{4} = 16 - 2 = 14$$

II. 삼각함수

01 [모범답안]

그림과 같이 원 $x^2 + y^2 = 1$과 직선 $x = \frac{1}{2}$은 서로 다른
두 점에서 만난다. 이 중 제1사분면 위의 점을 P_1이라 하고
동경 OP_1이 나타내는 각을 $\theta_1 \left(0 < \theta_1 < \frac{\pi}{2}\right)$, 제4사분면
위의 점을 P_2라 하고 동경 OP_2가 나타내는 각을
$\theta_2 \left(\frac{3}{2}\pi < \theta_2 < 2\pi\right)$라 하자.

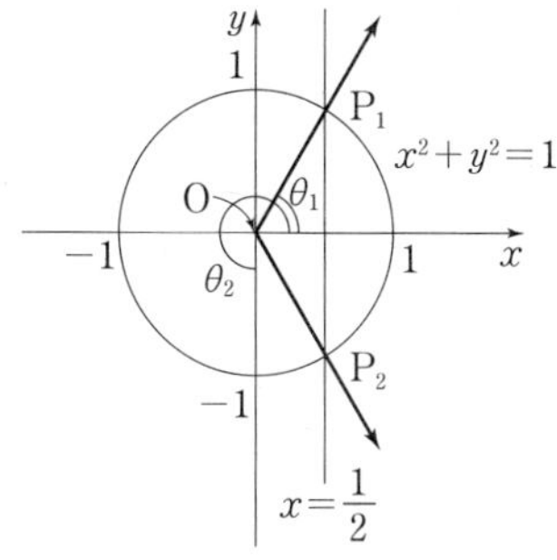

$\sin \theta_1 > 0$이고 $\sin \theta_2 < 0$이므로 $\theta = \theta_2$
원의 반지름의 길이가 1이므로

$$\cos \theta = \frac{1}{2}, \ \sin \theta = -\frac{\sqrt{3}}{2}$$

$$\tan \theta = \frac{\sin \theta}{\cos \theta} = \frac{-\frac{\sqrt{3}}{2}}{\frac{1}{2}} = -\sqrt{3}$$

따라서 $\dfrac{\tan \theta}{\sqrt{3}} = \dfrac{-\sqrt{3}}{\sqrt{3}} = -1$

02 [모범답안]

$$\tan \frac{5}{4}\pi = \tan\left(\pi + \frac{\pi}{4}\right) = \tan \frac{\pi}{4} = 1$$

$$\sin \frac{13}{6}\pi = \sin\left(2\pi + \frac{\pi}{6}\right) = \sin \frac{\pi}{6} = \frac{1}{2}$$

따라서 $\tan \dfrac{5}{4}\pi - \sin \dfrac{13}{6}\pi = 1 - \dfrac{1}{2} = \dfrac{1}{2}$

03 [모범답안]

함수 $f(x) = 3\sin \dfrac{x}{2}$의 최댓값이 3이므로 $a = 3$
또 함수 $g(x) = -2\cos 2x$의 최댓값은 $|-2| = 2$이므로
$b = 2$
따라서 $|b - a| = |2 - 3| = 1$

04 [모범답안]

$\overline{AB} = c$, $\overline{BC} = a$, $\overline{CA} = b$라 하면
코사인법칙에 의하여

$$\cos C = \frac{a^2 + b^2 - c^2}{2ab}$$이므로

$$\cos C = \frac{4^2 + 3^2 - (\sqrt{5})^2}{2 \times 4 \times 3} = \frac{16 + 9 - 5}{24} = \frac{5}{6}$$

05 [모범답안]

부채꼴 OEF의 내부와 부채꼴 OCD의 외부의 공통부분의
넓이는 부채꼴 OEF의 넓이에서 부채꼴 OCD의 넓이를 뺀
것과 같다.
이때 $\overline{OC} = r$이라 하면 $\overline{OE} = r + 1$이므로

$$\frac{1}{2} \times (r+1)^2 \times \frac{6}{7}\pi - \frac{1}{2} \times r^2 \times \frac{6}{7}\pi$$

$$\frac{3}{7}\pi \times \{(r+1)^2 - r^2\} = \frac{3}{7}(2r + 1)\pi$$

$$\frac{3}{7}(2r+1)\pi = 3\pi$$에서 $2r + 1 = 7$, $r = 3$

부채꼴 OAB의 내부와 부채꼴 OEF의 외부의 공통부분의
넓이가 부채꼴 OAB의 넓이의 $\dfrac{2}{3}$이므로 부채꼴 OEF의 넓
이는 부채꼴 OAB의 넓이의 $\dfrac{1}{3}$이다.
부채꼴 OAB의 넓이를 S라 하면

$$\frac{1}{2} \times 4^2 \times \frac{6}{7}\pi = \frac{1}{3}S$$

$$S = \frac{144}{7}\pi$$

따라서 $p = 7$, $q = 144$이므로 $q - p = 137$

06 [모범답안]

부채꼴의 반지름의 길이를 $r\,(r > 0)$이라 하면
이 부채꼴의 중심각의 크기는 $\dfrac{5}{3}\pi$이고
호의 길이는 $\dfrac{10}{9}\pi$이므로

$$r \times \frac{5}{3}\pi = \frac{10}{9}\pi$$

$$r = \frac{2}{3}$$

따라서 부채꼴의 넓이는

$$\frac{1}{2} \times \left(\frac{2}{3}\right)^2 \times \frac{5}{3}\pi = \frac{10}{27}\pi$$

07 [모범답안]

함수 $y = a\sin b\pi x$ 의 주기는 $\dfrac{2\pi}{b\pi} = \dfrac{2}{b}$

점 A의 x좌표가 점 B의 x좌표보다 작다고 하면

$A\left(\dfrac{1}{2b},\ a\right),\ B\left(\dfrac{5}{2b},\ a\right)$이므로

$$\overline{AB} = \frac{5}{2b} - \frac{1}{2b} = \frac{4}{2b} = \frac{2}{b}$$

삼각형 OAB의 넓이가 5이므로

$$\frac{1}{2} \times \frac{2}{b} \times a = 5,\ \frac{a}{b} = 5$$

$$a = 5b \ \cdots\cdots ㉠$$

직선 OA의 기울기와 직선 OB의 기울기의 곱이 $\dfrac{5}{4}$이므로

$$\frac{a}{\frac{1}{2b}} \times \frac{a}{\frac{5}{2b}} = 2ab \times \frac{2ab}{5} = \frac{4a^2b^2}{5} = \frac{5}{4}$$

$$a^2b^2 = \frac{26}{16}$$

$ab > 0$이므로 $ab = \dfrac{5}{4} \ \cdots\cdots ㉡$

㉠을 ㉡에 대입하면 $5b^2 = \dfrac{5}{4},\ b^2 = \dfrac{1}{4}$

$b > 0$이므로 $b = \dfrac{1}{2}$

$b = \dfrac{1}{2}$을 ㉠에 대입하면 $a = \dfrac{5}{2}$

따라서 $a - b = \dfrac{5}{2} - \dfrac{1}{2} = 2$

08 [모범답안]

함수 $f(x) = a - \sqrt{3}\tan 2x$ 의 그래프의 주기는 $\dfrac{\pi}{2}$ 이다.

함수 $f(x)$가 닫힌구간 $\left[-\dfrac{\pi}{6},\ b\right]$에서 최댓값과 최솟값을 가지므로 $-\dfrac{\pi}{6} < b < \dfrac{\pi}{4}$이다.

한편, 함수 $y = f(x)$의 그래프는 구간 $\left[-\dfrac{\pi}{6},\ b\right]$에서 x의 값이 증가할 때, y의 값은 감소하므로 함수 $f(x)$는 $x = -\dfrac{\pi}{6}$에서 최댓값 7을 갖는다.

즉, $f\left(-\dfrac{\pi}{6}\right) = a - \sqrt{3}\tan\left(-\dfrac{\pi}{3}\right) = 7$에서

$a + \sqrt{3}\tan\dfrac{\pi}{3} = 7,\ a + 3 = 7,\ a = 4$

함수 $f(x)$는 $x = b$에서 최솟값 3을 가지므로

$$f(b) = 4 - \sqrt{3}\tan 2b = 3$$에서 $\tan 2b = \dfrac{\sqrt{3}}{3}$

이때 $-\dfrac{\pi}{3} < 2b < \dfrac{\pi}{2}$이므로 $2b = \dfrac{\pi}{6},\ b = \dfrac{\pi}{12}$

따라서 $\dfrac{a}{b} = \dfrac{4}{\frac{\pi}{12}} = \dfrac{48}{\pi}$

09 [모범답안]

$\cos\left(\dfrac{\pi}{2} + x\right) = -\sin x$이므로

$4\sin^2 x - 4\cos\left(\dfrac{\pi}{2} + x\right) - 3 = 0$에서

$4\sin^2 x + 4\sin x - 3 = 0$

$(2\sin x - 1)(2\sin x + 3) = 0 \ \cdots\cdots ㉠$

$0 \le x < 4\pi$일 때, $2\sin x + 3 > 0$이므로 ㉠에서

$2\sin x - 1 = 0,\ \sin x = \dfrac{1}{2}$

$0 \le x < 4\pi$일 때, 방정식 $\sin x = \dfrac{1}{2}$의 해는

$x = \dfrac{\pi}{6}$ 또는 $x = \dfrac{5}{6}\pi$ 또는 $x = \dfrac{13}{6}\pi$ 또는 $x = \dfrac{17}{6}\pi$

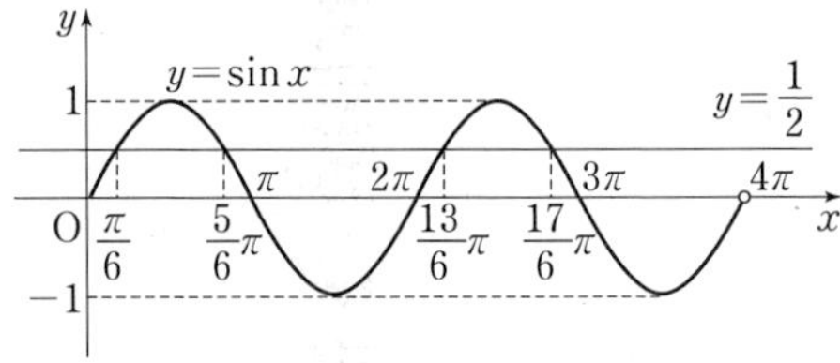

따라서 주어진 방정식을 만족시키는 x의 최솟값과 최댓값의 합은 $\dfrac{1}{6}\pi + \dfrac{17}{6}\pi = 3\pi$

10 [모범답안]

$\angle BAC = \angle CAD = \theta\left(0 < \theta < \dfrac{\pi}{2}\right)$라 하면

삼각형 ABC에서 코사인법칙에 의하여

$$\overline{BC}^2 = \overline{AB}^2 + \overline{AC}^2 - 2 \times \overline{AB} \times \overline{AC} \times \cos\theta$$
$$= 5^2 + (3\sqrt{5})^2 - 2 \times 5 \times 3\sqrt{5} \times \cos\theta$$
$$= 70 - 30\sqrt{5}\cos\theta$$

삼각형 ACD에서 코사인법칙에 의하여

$$\overline{CD}^2 = \overline{AD}^2 + \overline{AC}^2 - 2 \times \overline{AD} \times \overline{AC} \times \cos\theta$$
$$= 7^2 + (3\sqrt{5})^2 - 2 \times 7 \times 3\sqrt{5} \times \cos\theta$$
$$= 94 - 42\sqrt{5}\cos\theta$$

$\angle BAC = \angle CAD$이므로 $\overline{BC} = \overline{CD}$,

즉 $\overline{BC}^2 = \overline{CD}^2$이다.

이때 $70 - 30\sqrt{5}\cos\theta = 94 - 42\sqrt{5}\cos\theta$에서

$$\cos\theta = \frac{2\sqrt{5}}{5}$$

$$\overline{BC}^2 = 70 - 30\sqrt{5}\cos\theta = 70 - 30\sqrt{5} \times \frac{2\sqrt{5}}{5} = 10$$

$$\overline{BC} = \sqrt{10}$$

한편, $\sin^2\theta = 1 - \cos^2\theta = 1 - \left(\dfrac{2\sqrt{5}}{5}\right)^2 = \dfrac{1}{5}$이므로

$$\sin\theta = \frac{\sqrt{5}}{5}$$

따라서 구하는 원의 반지름의 길이를 R라 하면

삼각형 ABC에서 사인법칙에 의하여

$\dfrac{\overline{BC}}{\sin\theta} = 2R$이므로

$$\frac{\sqrt{10}}{\frac{\sqrt{5}}{5}} = 2R,\ 5\sqrt{2} = 2R$$

따라서 $R = \dfrac{5\sqrt{2}}{2}$

11 [모범답안]

제2사분면의 점 P의 좌표를
$(a, b)\ (a<0, b>0)$으로 놓자

점 Q는 점 P를 y축에 대하여 대칭이동한 점이므로 점 Q의 좌표는 $(-a, b)$이고, 점 R은 점 P를 직선 $y=x$에 대하여 대칭이동한 점이므로 점 R의 좌표는 (b, a)이다.

세 동경 OP, OQ, OR이 나타내는 각의 크기가 각각 α, β, γ 이므로

$$\sin\alpha=\frac{b}{\sqrt{a^2+b^2}},\ \cos\beta=\frac{-a}{\sqrt{(-a)^2+b^2}},\ \tan\gamma=\frac{a}{b}$$

$\sin\alpha\cos\beta=\dfrac{2}{5}$에서

$$\frac{b}{\sqrt{a^2+b^2}}\times\frac{-a}{\sqrt{(-a)^2+b^2}}=\frac{2}{5}$$
$$-5ab=2(a^2+b^2) \qquad\cdots\cdots\ \text{㉠}$$

㉠의 양변을 b^2으로 나누면

$$2\left(\frac{a}{b}\right)^2+5\times\frac{a}{b}+2=0,\ \left(\frac{a}{b}+2\right)\left(\frac{a}{b}+1\right)=0,$$

$$\frac{a}{b}=-2\ \text{또는}\ \frac{a}{b}=-\frac{1}{2}$$

$\cos(\angle PQR)<0$, $\angle PQR<\pi$에서 $\dfrac{\pi}{2}<\angle PQR<\pi$이므로 $\overline{PQ}^2+\overline{QR}^2<\overline{PR}^2$

$$(-2a)^2+(\sqrt{(b+a)^2+(a-b)^2})^2$$
$$<(\sqrt{(b-a)^2+(a-b)^2})^2$$
$$4a^2+2(a^2+b^2)<2(a-b)^2,\ 4a(a+b)<0$$

$a<0$, $b>0$이므로 $\dfrac{a}{b}>-1$

따라서 $\tan\gamma=\dfrac{a}{b}=-\dfrac{1}{2}$이고, $\dfrac{1}{\tan\gamma}=-2$

12 [모범답안]

$\tan\theta=\dfrac{\sin\theta}{\cos\theta}$이므로 $\tan\theta-\dfrac{1}{\tan\theta}=3$에서

$$\tan\theta-\frac{1}{\tan\theta}=\frac{\sin\theta}{\cos\theta}-\frac{\cos\theta}{\sin\theta}=\frac{\sin^2\theta-\cos^2\theta}{\sin\theta\cos\theta}$$
$$=\frac{(1-\cos^2\theta)-\cos^2\theta}{\sin\theta\cos\theta}=\frac{1-2\cos^2\theta}{\sin\theta\cos\theta}$$
$$=3$$

$\sin\theta-\cos\theta=\dfrac{1}{\sqrt{2}}$의 양변을 제곱하면

$$\sin^2\theta+\cos^2\theta-2\sin\theta\cos\theta=\frac{1}{2},\ 1-2\sin\theta\cos\theta=\frac{1}{2}$$

$$\sin\theta\cos\theta=\frac{1}{4}$$

따라서

$$\frac{1-2\cos^2\theta}{\sin\theta\cos\theta}=4-8\cos^2\theta=3$$

$$\therefore\ \cos^2\theta=\frac{1}{8}$$

13 [모범답안]

함수 $y=3\sin^2 x-2\sin x$에서 $\sin x=t$라 하면 t값의 범위는
$-1\le t\le 1$

$$3\sin^2 x-2\sin x=3t^2-2t=3\left(t-\frac{1}{3}\right)^2-\frac{1}{3}$$

따라서 $t=\dfrac{1}{3}$일 때, 최솟값 $-\dfrac{1}{3}$을 갖는다.

$$\therefore\ 3N=3\times\left(-\frac{1}{3}\right)=-1$$

14 [모범답안]

부등식 $2x^2+2x\sin\theta+\dfrac{3}{8}\ge 0$가 모든 실수 x에 대해 성립

하기 위해서는 판별식 $D\le 0$의 조건을 만족해야 한다.
따라서

$$\frac{D}{4}=\sin^2\theta-\frac{3}{4}=(1-\cos^2\theta)-\frac{3}{4}\le 0$$

$$\cos^2\theta-\frac{1}{4}\ge 0,\ \left(\cos\theta-\frac{1}{2}\right)\left(\cos\theta+\frac{1}{2}\right)\ge 0$$

$$\therefore\ \cos\theta\le-\frac{1}{2}\ \text{또는}\ \cos\theta\ge\frac{1}{2}$$

한편 $\dfrac{\pi}{2}<\theta<\dfrac{3}{2}\pi$에서 $\cos\theta$는 $-1\le\cos\theta<0$이므로

$\cos\theta$의 범위는 $-1\le\cos\theta\le-\dfrac{1}{2}$

15 [모범답안]

$$\sin\left(\frac{3}{2}\pi-x\right)=\sin\left(\pi+\frac{\pi}{2}-x\right)$$
$$=-\sin\left(\frac{\pi}{2}-x\right)=-\cos x$$

$$\cos\left(x+\frac{\pi}{2}\right)=-\sin x\text{이므로}$$

$$f(x)=\sin^2\left(\frac{3}{2}\pi-x\right)+k\cos\left(x+\frac{\pi}{2}\right)+k+1$$
$$=(-\cos x)^2+k(-\sin x)+k+1$$
$$=1-\sin^2 x-k\sin x+k+1$$
$$=-\sin^2 x-k\sin x+k+2$$
$$=-\left(\sin x+\frac{k}{2}\right)^2+\frac{k^2}{4}+k+2$$

$\sin x=t\ (-1\le t\le 1)$로 놓으면

$$f(x)=-\left(t+\frac{k}{2}\right)^2+\frac{k^2}{4}+k+2$$

(i) $-\dfrac{k}{2}>1$, 즉 $k<-2$일 때
함수 $f(x)$는 $t=\sin x=1$일 때 최대이다.
이때 $-1^2-k+k+2=1\ne 3$이므로 조건을 만족시키지 않는다.

(ii) $-\dfrac{k}{2}<-1$, 즉 $k>2$일 때

함수 $f(x)$는 $t=\sin x=-1$일 때 최대이다.

$-(-1)^2+k+k+2=3$, $2k+1=3$에서 $k=1$

이때 $k>2$를 만족시키지 않는다.

(iii) $-1\le-\dfrac{k}{2}\le1$, 즉 $-2\le k\le2$일 때

함수 $f(x)$는 $t=\sin x=-\dfrac{k}{2}$일 때 최대이므로

$\dfrac{k^2}{4}+k+2=3$, $k^2+4k-4=0$,

$k=-2\pm2\sqrt{2}$

$-2\le k\le2$이므로

$k=-2\pm2\sqrt{2}=2(\sqrt{2}-1)$

(i), (ii), (iii)에서 조건을 만족시키는 실수 k의 값은 $2(\sqrt{2}-1)$
이다.

16 [모범답안]

$\dfrac{\cos B}{b}-\dfrac{\cos A}{a}=\dfrac{c}{ab}$에서 양변에 ab를 곱해주면

(단, $ab>0$)

(i) $a\cos B-b\cos A=c$

이때 코사인 법칙을 이용하면

$\cos B=\dfrac{a^2+c^2-b^2}{2ac}$, $\cos A=\dfrac{b^2+c^2-a^2}{2bc}$

이를 (i)에 대입하면

$a\cos B-b\cos A=a\times\dfrac{a^2+c^2-b^2}{2ac}-b\times\dfrac{b^2+c^2-a^2}{2bc}$

$=\dfrac{(a^2+c^2-b^2)-(b^2+c^2-a^2)}{2c}$

$=\dfrac{a^2-b^2}{c}=c$

$\therefore a^2=b^2+c^2$

따라서 주어진 삼각형은 a가 빗변인 직각삼각형이다.

이때 $b=2$, $c=2$이므로 변 a의 길이는

$a^2=2^2+2^2$, $a=2\sqrt{2}$

17 [모범답안]

함수 $f(x)=\sin x+3$의 그래프는 $\sin x$의 그래프를 y축으로
3만큼 평행이동한 것으로 $f(x)$의 범위가 $2\le f(x)\le4$이다.
이때 $0\le x\le5\pi$까지 정의된 함수 $f(x)$의 그래프의 개형은 다
음과 같다.

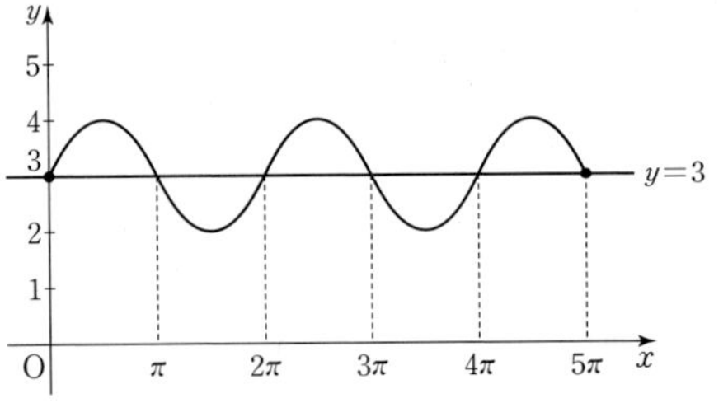

위의 그래프에 직선 $y=n$에서 n의 값을 1부터 6까지 차례대
로 대입하면

(1) $n=1$일 때, $f(x)$와 직선 $y=1$이 만나지 않으므로

$g(1)=0$

(2) $n=2$일 때, $f(x)$와 직선 $y=2$는 두 점에서 만나므로

$g(2)=2$

(3) $n=3$일 때, $f(x)$와 직선 $y=3$는 여섯 개의 점에서 만나므
로 $g(3)=6$

(4) $n=4$일 때, $f(x)$와 직선 $y=3$는 세 개의 점에서 만나므로

$g(4)=3$

(5), (6) $n=5$, $n=6$일 때, $f(x)$와 직선 $y=5$, $y=6$은 만나지
않으므로 $g(5)=0$, $g(6)=0$

$\therefore \displaystyle\sum_{k=1}^{6}g(k)=0+2+6+3+0+0=11$

18 [모범답안]

$\{\cos^2(91°)+\cos^2(92°)+\cos^2(93°)+\cdots$
$+\cos^2(120°)\}$에서

$\cos^2(91°)=\cos^2(90°+1°)=-\sin^2(1°)$

$\cos^2(92°)=\cos^2(90°+2°)=-\sin(2°)$

$\vdots$

$\cos^2(120°)=\cos^2(90°+30°)=-\sin^2(30°)$

따라서 $\{\cos^2(91°)+\cos^2(92°)+\cos^2(93°)+\cdots$
$+\cos^2(120°)\}$

$=-\{\sin^2(1°)+\sin^2(2°)+\cdots+\sin^2(30°)\}$

한편,

$\{\cos^2(181°)+\cos^2(182°)+\cos^2(183°)+\cdots$
$+\cos^2(210°)\}$에서

$\cos^2(181°)=\cos^2(180°+1°)=-\cos^2(1°)$

$\cos^2(182°)=\cos^2(180°+2°)=-\cos^2(2°)$

$\vdots$

$\cos^2(210°)=\cos^2(180°+30°)=-\cos^2(30°)$

따라서 $\{\cos^2(181°)+\cos^2(182°)+\cos^2(183°)+\cdots$
$+\cos^2(210°)\}$

$=-\{\cos^2(1°)+\cos^2(2°)+\cdots+\cos^2(30°)\}$

그러므로 구하고자 하는 값은

$-[\{\sin^2(1°)+\sin^2(2°)+\cdots+\sin^2(30°)\}$
$+\{\cos^2(1°)+\cos^2(2°)+\cdots\cos^2(30°)\}]$

$=-30$

19 [모범답안]

$\overline{AB}=\overline{DE}$, $\overline{AB}/\!/\overline{DE}$에서

사각형 $ABDE$는 평행사변형이므로 $\angle BAE=\angle BDE$

사각형 $ABDE$가 원에 내접하므로

$\angle BAE+\angle BDE=\pi$

따라서 사각형 $ABDE$는 직사각형이므로
두 선분 AD, BE는 원의 지름이다.

$$\cos(\angle ACB) = \cos(\angle AEB) = \cos(\angle EBD) = \frac{1}{3}$$

$$\text{이므로 } \sin(\angle ACB) = \sqrt{1 - \left(\frac{1}{3}\right)^2} = \frac{2\sqrt{2}}{3}$$

삼각형 ABC의 외접원의 지름의 길이가 6이므로 사인법칙에
의하여

$$\frac{\overline{AB}}{\sin(\angle ACB)} = 6,$$

$$\text{즉 } \overline{AB} = 6 \times \frac{2\sqrt{2}}{3} = 4\sqrt{2}$$

삼각형 ABC에서 $\overline{AC} = k$ $(k > 0)$으로 놓으면
$\overline{BC} = 5$이므로 삼각형 ABC에서 코사인법칙에 의하여

$$\overline{AB}^2 = \overline{AC}^2 + \overline{BC}^2 - 2 \times \overline{AC} \times \overline{BC} \times \cos(\angle ACB)$$

$$32 = k^2 + 25 - \frac{10}{3}k, \ 3k^2 - 10k - 21 = 0$$

$k > 0$이므로

$$k = \frac{5 + 2\sqrt{22}}{3}, \ \text{즉 } \overline{AC} = \frac{5 + 2\sqrt{22}}{3}$$

$$\text{따라서 } p = \frac{5}{3}, q = \frac{2}{3}\text{이므로}$$

$$p - q = \frac{5}{3} - \frac{2}{3} = 1$$

20 [모범답안]

부등식 $\sin x \geq \cos\dfrac{\pi}{3}$에서 $\cos\dfrac{\pi}{3} = \cos 60° = \dfrac{1}{2}$

$\sin x \geq \dfrac{1}{2}$이므로 x값의 범위는 $\dfrac{\pi}{6} \leq x \leq \dfrac{5}{6}\pi$

따라서

$\cos x$의 최댓값은 $x = \dfrac{\pi}{6}$일 때 이므로

$$\therefore \cos\frac{\pi}{6} = \frac{\sqrt{3}}{2}$$

<hr>

III. 수열

01 [모범답안]

등차수열 $\{a_n\}$의 공차를 d라 하면
$a_{12} = a_{10} + 2d$이므로 조건 ㈎에서
$a_1 + a_{12} = a_1 + a_{10} + 2d = 18, \ a_1 + a_{10} = 18 - 2d$
조건 ㈏에서

$$S_{10} = \frac{10(a_1 + a_{10})}{2} = 5 \times (18 - 2d) = 150$$

$18 - 2d = 30, \ d = -6$
한편, 조건 ㈎에서
$a_1 + a_{12} = 2a_1 + 11d = 2a_1 - 66 = 18, \ a_1 = 42$

$$\text{즉, } S_n = \frac{n\{84 + (n-1) \times (-6)\}}{2} = 3n(13 - n)$$

이므로

$S_n < 0$에서 $n > 13$
따라서 구하는 자연수 n의 최솟값은 14이다.

02 [모범답안]

세 실수 a^2, $4a$, 15가 이 순서대로 등차수열을 이루므로
$2 \times 4a = a^2 + 15, \ a^2 - 8a + 15 = 0$
$(a - 3)(a - 5) = 0$
$a = 3$ 또는 $a = 5$
(i) $a = 3$일 때
$a^2 = 9$이고 세 실수 9, 15, b가 이 순서대로 등비수열을 이루
므로 $15^2 = 9b$에서 $b = 25$
(ii) $a = 5$일 때
$a^2 = 25$이고 세 실수 25, 15, b가 이 순서대로 등비수열을 이
루므로 $15^2 = 25b$에서 $b = 9$
(i), (ii)에 의하여 모든 b의 값의 곱은 $25 \times 9 = 225$

03 [모범답안]

수열의 합과 일반항 사이의 관계에 의하여
$a_3 = S_3 - S_2$이므로 $a_3 = 3$
또 $a_5 = S_5 - S_4$이므로 $a_5 = 12$
수열 $\{a_n\}$이 등차수열이므로 a_3, a_5, a_7은 이 순서대로 등차
수열을 이룬다.
따라서 $a_3 + a_7 = 2a_5$이므로 $3 + a_7 = 24$에서
$a_7 = 21$

04 [모범답안]

$$\sum_{k=3}^{10} \frac{1}{3k^2 - 9k + 6} = \sum_{k=3}^{10} \frac{1}{3(k-1)(k-2)}$$

$$\frac{1}{3}\sum_{k=3}^{10}\left(\frac{1}{k-2} - \frac{1}{k-1}\right)$$

$$= \frac{1}{3}\left\{\left(1 - \frac{1}{2}\right) + \left(\frac{1}{2} - \frac{1}{3}\right) + \cdots + \left(\frac{1}{8} - \frac{1}{9}\right)\right\}$$

$$= \frac{1}{3} \times \left(1 - \frac{1}{9}\right) = \frac{8}{27}$$

05 [모범답안]

$a_5 = 2$이므로

$a_4 > a_3$이면 $2 = a_3 - a_4 > 0$이 되어 모순이다.

그러므로 $a_4 \leq a_3$이고 $a_5 = 3 - a_3$에서 $2 = 3 - a_3$

즉, $a_3 = 1$, $a_4 \leq 1$ …… ㉠

$a_2 > a_1$이면 $1 = a_1 - a_2 > 0$이 되어 모순이므로

$a_2 \leq a_1$이고 $a_3 = 1 - a_1$에서 $1 = 1 - a_1$

즉, $a_1 = 0$, $a_2 \leq 0$ …… ㉡

㉠, ㉡에서 $a_3 > a_2$이므로

$a_4 = a_2 - a_3 = a_2 - 1$

$$\sum_{k=1}^{5} a_k = a_1 + a_2 + a_3 + a_4 + a_5$$
$$= 0 + a_2 + 1 + (a_2 - 1) + 2$$
$$= 2a_2 + 2 = -4$$이므로

$2a_2 = -6$, $a_2 = -3$

따라서 $a_4 = -3 - 1 = -4$

06 [모범답안]

$S_{k+2} - S_k = a_{k+2} + a_{k+1} = 4$이고

등차수열 $\{a_n\}$의 공차가 2이므로

$a_1 + 2(k+1) + a_1 + 2k = 4$, $2a_1 + 4k = 2$

$a_1 = 1 - 2k$ …… ㉠

한편, $S_k = \dfrac{k\{2a_1 + 2(k-1)\}}{2} = -16$이고

㉠을 대입하면

$$\frac{k\{2(1-2k) + 2(k-1)\}}{2} = -16$$

$-k^2 = -16$에서 k는 자연수이므로 $k = 4$

이것을 ㉠에 대입하면 $a_1 = -7$

따라서 $a_{3k} = a_{12} = a_1 + 11d = -7 + 11 \times 2 = 15$

07 [모범답안]

주어진 등비수열의 공비를 r라 하면

$r = 1$일 때, $a_n = 1$이므로 $\dfrac{S_6}{S_3} = \dfrac{6}{3} = 2$,

$2a_4 - 7 = -5$가 되어 모순이다.

즉, $r \neq 1$

$$\frac{S_6}{S_3} = \frac{\dfrac{r^6 - 1}{r - 1}}{\dfrac{r^3 - 1}{r - 1}} = \frac{r^6 - 1}{r^3 - 1} = \frac{(r^3 + 1)(r^3 - 1)}{r^3 - 1} = r^3 + 1$$

이고

$\dfrac{S_6}{S_3} = 2a_4 - 7$에서 $2a_4 - 7 = 2r^3 - 7$이므로

$r^3 + 1 = 2r^3 - 7$

$r^3 = 8$, $r = 2$

따라서 $a_8 = a_1 r^7 = 1 \times 2^7 = 128$

08 [모범답안]

모든 자연수 n에 대하여

$S_{n+3} - S_n = 13 \times 3^{n-1}$이 성립하고

$S_{n+3} - S_n = a_{n+1} + a_{n+2} + a_{n+3}$이므로

모든 자연수 n에 대하여

$a_{n+1} + a_{n+2} + a_{n+3} = 13 \times 3^{n-1}$ …… ㉠

이 성립한다.

㉠에 $n = 1$을 대입하면 $a_2 + a_3 + a_4 = 13$이므로

등비수열 $\{a_n\}$의 공비를 r라 하면

$a_1 r + a_1 r^2 + a_1 r^3 = 13$

$a_1 r(1 + r + r^2) = 13$ …… ㉡

또 ㉠에 $n = 2$를 대입하면

$a_3 + a_4 + a_5 = 13 \times 3 = 39$이므로

$a_1 r^2 + a_1 r^3 + a_1 r^4 = 39$

$a_1 r^2(1 + r + r^2) = 39$ …… ㉢

㉢÷㉡을 하면

$\dfrac{a_1 r^2(1 + r + r^2)}{a_1 r(1 + r + r^2)} = \dfrac{39}{13}$에서 $r = 3$

$r = 3$을 ㉡에 대입하면

$a_1 \times 3 \times (1 + 3 + 9) = 13$에서 $a_1 = \dfrac{1}{3}$

따라서 $a_5 = a_1 r^4 = \dfrac{1}{3} \times 3^4 = 27$

09 [모범답안]

$\displaystyle\sum_{k=1}^{5}(2a_k + 5) = 45$에서

$2\displaystyle\sum_{k=1}^{5} a_k + 25 = 45$

$\displaystyle\sum_{k=1}^{5} a_k = 10$

$\displaystyle\sum_{k=1}^{5}(a_k + b_k) = 24$에서

$\displaystyle\sum_{k=1}^{5} a_k + \sum_{k=1}^{5} b_k = 24$

따라서 $\displaystyle\sum_{k=1}^{5} b_k = 24 - \sum_{k=1}^{5} a_k = 24 - 10 = 14$

10 [모범답안]

등차수열 $\{a_n\}$의 첫째항과 공차가 같으므로 $a_1 = a$라 하면

$a_n = a + (n-1) \times a = an$

$\displaystyle\sum_{k=1}^{15} \dfrac{1}{\sqrt{a_k} + \sqrt{a_{k+1}}} = 2$에서

$$\sum_{k=1}^{15} \frac{1}{\sqrt{a_k} + \sqrt{a_{k+1}}} = \sum_{k=1}^{15} \frac{1}{\sqrt{ak} + \sqrt{a(k+1)}}$$

$$= \sum_{k=1}^{15} \frac{\sqrt{a(k+1)} - \sqrt{ak}}{a}$$

$$= \frac{1}{a} \sum_{k=1}^{15} \{\sqrt{a(k+1)} - \sqrt{ak}\}$$

$$= \frac{1}{a}\{(\sqrt{2a} - \sqrt{a}) + (\sqrt{3a} - \sqrt{2a}) + (\sqrt{4a} - \sqrt{3a}) + \cdots + (\sqrt{16a} - \sqrt{15a})\}$$

$$= \frac{1}{a}(4\sqrt{a} - \sqrt{a}) = \frac{3\sqrt{a}}{a}$$이므로

$$\frac{3}{\sqrt{a}}=2,\ a=\frac{9}{4}$$

따라서 $a_8=8a=8\times\frac{9}{4}=18$

11 [모범답안]

등차수열 $\{a_n\}$의 공차를 $d(d>0)$이라 하자.

$(a_5)^2-(a_3)^2=(a_5-a_3)(a_5+a_3)$

$=2d(2a_1+6d)$

$(a_9)^2-(a_7)^2=(a_9-a_7)(a_9+a_7)$

$=2d(2a_1+14d)$

$(a_5)^2-(a_3)^2=4,\ (a_9)^2-(a_7)^2=20$에서

$2d(2a_1+6d)=4$ $\qquad\cdots\cdots\ \bigcirc$

$2d(2a_1+14d)=20$ $\qquad\cdots\cdots\ \bigcirc\!\!\bigcirc$

$\bigcirc,\ \bigcirc\!\!\bigcirc$에서 $\dfrac{2d(2a_1+14d)}{2d(2a_1+6d)}=\dfrac{a_1+7d}{a_1+3d}=5$

$a_1+7d=5a_1+15d$

$a_1=-2d$ $\qquad\cdots\cdots\ \bigcirc\!\!\bigcirc\!\!\bigcirc$

$\bigcirc\!\!\bigcirc\!\!\bigcirc$을 $\bigcirc$에 대입하면

$2d(-4d+6d)=4,\ d^2=1$

$d>0$이므로 $d=1$

따라서 $a_5=a_1+4d=-2d+4d=2d=2$

12 [모범답안]

$\displaystyle\sum_{k=2}^{63}\log_6\{\log_k(k+1)\}$

$=\displaystyle\sum_{k=2}^{63}\log_6\left(\frac{\log(k+1)}{\log(k)}\right)$

$=\log_6\left(\dfrac{\log3}{\log2}\right)+\log_6\left(\dfrac{\log4}{\log3}\right)+\cdots+\log_6\left(\dfrac{\log64}{\log63}\right)$

$=\log_6\left(\dfrac{\log3}{\log2}\times\dfrac{\log4}{\log3}\times\cdots\times\dfrac{\log64}{\log63}\right)$

$=\log_6\left(\dfrac{\log64}{\log2}\right)=\log_6(\log_2 2^6)=\log_6 6=1$

13 [모범답안]

$x^2-\sqrt{3}nx+2n=0$에서 근과 계수의 관계를 이용하면

$a+b=\sqrt{3}n,\ ab=2n$

따라서

$\displaystyle\sum_{k=1}^{5}(a_k{}^2+b_k{}^2)=\sum_{k=1}^{5}(a_k+b_k)^2-2a_kb_k$

$=\displaystyle\sum_{k=1}^{5}3k^2-\sum_{k=1}^{5}4k$

$=3\times\dfrac{5\times6\times11}{6}-4\times\dfrac{5\times6}{2}$

$=105$

14 [모범답안]

등차수열 $\{a_n\}$의 공차를 d라고 하면

$\displaystyle\sum_{k=1}^{50}a_{2k}-\sum_{k=1}^{50}a_{2k-1}=\sum_{k=1}^{50}(a_{2k}-a_{2k-1})$

$=(a_{100}-a_{99})+(a_{98}-a_{97})+\cdots+(a_2-a_1)=50d$

$a_3=a+2d=5,$

$a_{10}=a+9d=19,$

두 식을 연립하면

$a=1,\ d=2$가 나온다.

$\therefore\ 50\times2=100$

15 [모범답안]

$f(\log_2 3)=2^{\log_2 3}=3^{\log_2 2}=3$

$f(\log_2 3+2)=2^{\log_2 3+2}=2^2\times2^{\log_2 3}$

$\qquad\qquad\qquad =4\times3^{\log_2 2}=4\times3=12$

$f(\log_2(t^2+4t))=2^{\log_2(t^2+4t)}$

$\qquad\qquad\qquad =(t^2+4t)^{\log_2 2}=t^2+4t$

세 실수

$f(\log_2 3),\ f(\log_2 3+2),\ f(\log_2(t^2+4t)),$

즉 $3,\ 12,\ t^2+4t$가 이 순서대로 등차수열을 이루므로

$3+(t^2+4t)=2\times12$

$t^2+4t-21=0,\ (t-3)(t+7)=0$

$t>0$이므로 $t=3$

따라서 $\dfrac{1}{3}t=1$

16 [모범답안]

$\displaystyle\sum_{k=1}^{n}(a_{4k-3}+a_{4k-2}+a_{4k-1}+a_{4k})$

$=(a_1+a_2+a_3+a_4)+(a_5+a_6+a_7+a_8)+\cdots$

$\qquad\qquad\qquad +(a_{4n-3}+a_{4n-2}+a_{4n-1}+a_{4n})$

따라서

$\displaystyle\sum_{k=1}^{n}(a_{4k-3}+a_{4k-2}+a_{4k-1}+a_{4k})=\sum_{k=1}^{4n}a_k=n(2n+2)$

위 식에 $n=2$를 대입하면

$\therefore\ \displaystyle\sum_{k=1}^{8}a=2(2\times2+2)=12$

17 [모범답안]

$4\displaystyle\sum_{n=1}^{5}a_n+10\sum_{n=1}^{5}b_n=\sum_{n=1}^{5}4a_n+\sum_{n=1}^{5}10b_n$

$=\displaystyle\sum_{n=1}^{5}(4a_n+10b_n)=\sum_{n=1}^{5}4\left(a_n+\frac{5}{2}b_n\right)$

$=\displaystyle\sum_{n=1}^{5}\left(4\times\frac{3}{4}\right)=\sum_{n=1}^{5}3=3\times5=15$

18 [모범답안]

$$\sum_{k=2}^{81} k(a_{k-1}-a_k)$$
$$=2(a_1-a_2)+3(a_2-a_3)+\cdots+81(a_{80}-a_{81})$$
$$=2a_1+a_2+a_3+\cdots+a_{80}-81a_{81}$$
$$=a_1+(a_1+a_2+a_3+\cdots+a_{80})-81a_{81}$$
$$=1+50-81\times\frac{11}{81}=40$$

19 [모범답안]

$$\sum_{n=1}^{m}\left\{\sum_{i=1}^{n}(2i+1)\right\}$$
$$=\sum_{n=1}^{m}\left(2\times\frac{n(n+1)}{2}+n\right)=\sum_{n=1}^{m}(n^2+2n)$$
$$=\frac{m(m+1)(2m+1)}{6}+2\times\frac{m(m+1)}{2}$$
$$=m(m+1)\left(\frac{1}{3}m+\frac{1}{6}+1\right)$$
$$=\frac{1}{6}m(m+1)(2m+7)=26$$

이므로

$$m(m+1)(2m+7)=26\times6=156$$
$$156=3\times4\times13$$이고, m은 자연수이므로 $m=3$

20 [모범답안]

등비수열 $\{a_n\}$의 공비를 r이라 하면

$$3a_2-2a_1=0$$에서 $a_2=\frac{2}{3}a_1$이므로 $r=\frac{2}{3}$이다.

또한

$$a_5+a_4=\frac{40}{81},$$
$$\left(\frac{2}{3}\right)^4 a+\left(\frac{2}{3}\right)^3 a=\left(\frac{2}{3}\right)^3 a\times\left(\frac{2}{3}+1\right)=\frac{40}{81}$$이다.
$$\therefore a=1$$

따라서 $a_n=\left(\frac{2}{3}\right)^{n-1}$

$$\sum_{k=1}^{m} a_k=\frac{1-\left(\frac{2}{3}\right)^m}{1-\frac{2}{3}}=3\left\{1-\left(\frac{2}{3}\right)^m\right\}=\frac{19}{9}$$이므로

$$1-\left(\frac{2}{3}\right)^m=\frac{19}{27},\ \left(\frac{2}{3}\right)^m=\frac{8}{27}$$
$$\therefore m=3$$

Ⅳ. 함수의 극한과 연속

01 [모범답안]

주어진 그래프에서 $f(2)=1$, $\displaystyle\lim_{x\to1+}f(x)=2$

$\displaystyle\lim_{x\to1+}f(-x)$에서 $t=-x$라 하면

$x\to1+$일 때, $t\to-1-$이므로

$$\lim_{x\to1+}f(-x)=\lim_{t\to-1-}f(t)=-1$$

따라서 $f(2)-\dfrac{1}{2}\displaystyle\lim_{x\to1+}f(x)f(-x)$

$$=1-\frac{1}{2}\{2\times(-1)\}=2$$

02 [모범답안]

$x\neq0$일 때, $\dfrac{f(x)-x}{x}=\dfrac{f(x)}{x}-1$이므로

$$\lim_{x\to0}\frac{f(x)}{x}=\lim_{x\to0}\left[\left\{\frac{f(x)}{x}-1\right\}+1\right]$$
$$=\lim_{x\to0}\left\{\frac{f(x)}{x}-1\right\}+\lim_{x\to0}1=2+1=3$$

따라서

$$\lim_{x\to0}\frac{2x-f(x)}{f(x)}=\lim_{x\to0}\frac{2-\dfrac{f(x)}{x}}{\dfrac{f(x)}{x}}$$
$$=\frac{2-3}{3}=-\frac{1}{3}$$

03 [모범답안]

$\displaystyle\lim_{x\to-1}|f(x)-k|$의 값이 존재하므로

$$\lim_{x\to-1-}|f(x)-k|=\lim_{x\to-1+}|f(x)-k|$$이어야 한다.

$$\lim_{x\to-1-}|f(x)-k|=\lim_{x\to-1-}\left|-\frac{1}{2}x-\frac{3}{2}-k\right|=|k+1|,$$
$$\lim_{x\to-1+}|f(x)-k|=\lim_{x\to-1+}|-x+2-k|=|k-3|$$

이므로 $|k+1|=|k-3|$에서

$$k+1=k-3 \text{ 또는 } k+1=-(k-3)$$

그런데 $k+1=k-3$을 만족시키는 k의 값은

존재하지 않으므로

$$k+1=-(k-3)$$에서 $2k=2$, $k=1$

한편, 함수 $f(x)$는 $x=-1$에서만

극한값이 존재하지 않으므로

$\displaystyle\lim_{x\to a}\dfrac{f(x)}{|f(x)-1|}$의 값이 존재하지 않는 경우는

다음 두 가지이다.

(i) $\displaystyle\lim_{x\to a}|f(x)-1|=0$일 때

$a<-1$, $a>-1$일 때로 경우를 나눌 수 있다.

① $a<-1$일 때

$x<-1$에서 $f(x)-1=-\dfrac{1}{2}x-\dfrac{5}{2}$이므로

$$\lim_{x\to a}|f(x)-1|=\lim_{x\to a}\left|-\frac{1}{2}x-\frac{5}{2}\right|=\left|-\frac{1}{2}a-\frac{5}{2}\right|=0$$

에서 $a=-5$

② $a > -1$일 때

$x \geq -1$에서 $f(x) - 1 = -x + 1$이므로

$\lim_{x \to a} |f(x) - 1| = \lim_{x \to a} |-x + 1| = |-a + 1| = 0$

에서 $a = 1$

그런데 $\lim_{x \to -5} f(x) \neq 0$, $\lim_{x \to 1} f(x) \neq 0$이므로

$\lim_{x \to a} \dfrac{f(x)}{|f(x) - 1|}$의 값이 존재하지 않도록 하는 실수 a의 값은

$a = -5$ 또는 $a = 1$이다.

(ii) $\lim_{x \to a} |f(x) - 1| = \alpha$ (α는 $\alpha \neq 0$인 실수)일 때

$\lim_{x \to a} f(x)$의 값이 존재하지 않는 경우이므로 실수 a의 값은

-1이다.

(i), (ii)에 의하여 구하는 실수 a의 값은 -5, -1, 1이므로

그 곱은 5이다.

04 [모범답안]

$\lim_{x \to 2} \dfrac{f(x)f(x-a)}{(x-2)^2} = -9$ ······ ㉠

㉠에서 $x \to 2$일 때 (분모) $\to 0$이고 극한값이 존재하므로

(분자) $\to 0$이어야 한다.

즉, $\lim_{x \to 2} f(x)f(x-a) = 0$에서 $f(2)f(2-a) = 0$

이때 ㉠에서 $f(x)f(x-a)$는 $(x-2)^2$을 인수로 가져야 하

므로 다음 두 가지 경우가 가능하다.

(i) $f(x)$가 $(x-2)^2$을 인수로 가지거나 $f(x-a)$가

$(x-2)^2$을 인수로 가지는 경우

$f(x) = (x-2)^2$일 때

$f(x)f(x-a) = (x-2)^2(x-a-2)^2$이므로

$\lim_{x \to 2} \dfrac{f(x)f(x-a)}{(x-2)^2} = \lim_{x \to 2} \dfrac{(x-2)^2(x-a-2)^2}{(x-2)^2}$

$= \lim_{x \to 2} (x-a-2)^2 = a^2$

이때 $a^2 > 0$이므로 ㉠을 만족시키지 않는다.

마찬가지로 $f(x) = (x-2+a)^2$일 때에도

$f(x)f(x-a) = (x-2+a)^2(x-2)^2$이므로

㉠을 만족시키지 않는다.

(ii) $f(x)$가 $(x-2)$를 인수고 가지고 $f(x-a)$도

$(x-2)$를 인수로 가지는 경우

$f(x)f(x-a) = (x-2+a)(x-2)^2(x-a-2)$

이므로

$\lim_{x \to 2} \dfrac{f(x)f(x-a)}{(x-2)^2}$

$= \lim_{x \to 2} \dfrac{(x-2+a)(x-2)^2(x-a-2)}{(x-2)^2}$

$= \lim_{x \to 2} (x-2+a)(x-a-2)$

$= a \times (-a) = -a^2$

즉, $-a^2 = -9$이고 $a > 0$이므로 $a = 3$

(i), (ii)에서 $f(x) = (x+1)(x-2)$이므로

$f(-3) = (-2) \times (-5) = 10$

05 [모범답안]

조건 ㈎에서 함수 $|f(x)|$가 실수 전체의 집합에서 연속이므로

함수 $|f(x)|$는 $x = 0$에서 연속이다.

즉, $\lim_{x \to 0-} |f(x)| = \lim_{x \to 0+} |f(x)| = |f(0)|$이어야 한다.

이때 $\lim_{x \to 0-} |f(x)| = \lim_{x \to 0} \left| \dfrac{6x+1}{2x-1} \right| = |-1| = 1$,

$\lim_{x \to 0+} |f(x)| = \lim_{x \to 0} \left| -\dfrac{1}{2}x^2 + ax + b \right| = |b|$,

$|f(0)| = |b|$이므로

$|b| = 1$에서 $b = -1$ 또는 $b = 1$

한편, $x < 0$에서

$f(x) = \dfrac{6x+1}{2x-1} = \dfrac{6\left(x - \frac{1}{2}\right) + 4}{2\left(x - \frac{1}{2}\right)} = 3 + \dfrac{2}{x - \frac{1}{2}}$

$x \geq 0$에서

$f(x) = -\dfrac{1}{2}x^2 + ax + b$

$= -\dfrac{1}{2}(x-a)^2 + \dfrac{1}{2}a^2 + b$ ······ ㉠

이때 $x < 0$에서 함수 $y = f(x)$의 그래프의 점근선이 직선

$y = 3$이므로 $f(x) < 3$

그러므로 조건 ㈏를 만족시키려면 $x \geq 0$에서 함수 $f(x)$의

최댓값이 3이어야 한다.

즉, ㉠에서 $a > 0$이고

$\dfrac{1}{2}a^2 + b = 3$ ······ ㉡

(i) $b = -1$일 때

㉡에서 $\dfrac{1}{2}a^2 - 1 = 3$, $a^2 = 8$

$a > 0$이므로 $a = 2\sqrt{2}$

그런데 a가 정수이므로 조건을 만족시키지 않는다.

(ii) $b = 1$일 때

㉡에서 $\dfrac{1}{2}a^2 + 1 = 3$, $a^2 = 4$

$a > 0$이므로 $a = 2$

이때 a가 정수이므로 조건을 만족시킨다.

(i), (ii)에 의하여 $a = 2$, $b = 1$

따라서 $2b - a = 0$

06 [모범답안]

$f(x) = ax + b$ (a, b는 상수, $a \neq 0$)이라 하면

$\lim_{x \to 0} f(x) = \lim_{x \to 0} (ax + b) = b = 2$,

$\lim_{x \to 1} \dfrac{3(x^2-1)}{(x-1)f(x)} = \lim_{x \to 1} \dfrac{3(x-1)(x+1)}{(x-1)(ax+2)} = \lim_{x \to 1} \dfrac{3(x+1)}{ax+2}$

$= \dfrac{3\lim_{x \to 1}(x+1)}{\lim_{x \to 1}(ax+2)} = \dfrac{3(1+1)}{a+2} = \dfrac{6}{a+2} = 2$에서

$a + 2 = 3$이므로 $a = 1$

따라서 $f(x) = x + 2$이므로

$f(-1) = (-1) + 2 = 1$

07 [모범답안]

$\lim\limits_{x \to 1} \dfrac{(x-1)f(x)}{(x+a)(x+b)} = \dfrac{1}{4}$에서 $x \to 1$일 때

0이 아닌 극한값이 존재하고 (분자) $\to 0$이므로

(분모) $\to 0$이어야 한다.

즉, $\lim\limits_{x \to 1}\{(x+a)(x+b)\} = (1+a)(1+b) = 0$에서

$1+a = 0$ 또는 $1+b = 0$, 즉 $a = -1$ 또는 $b = -1$

한편, 다항함수 $y = f(x)$의 그래프가 점 $(1, 4)$를 지나므로

$f(1) = 4$

$a = -1$일 때,

$\lim\limits_{x \to 1} \dfrac{(x-1)f(x)}{(x-1)(x+b)} = \lim\limits_{x \to 1} \dfrac{f(x)}{x+b}$

$= \dfrac{f(1)}{1+b} = \dfrac{4}{1+b} = \dfrac{1}{4}$에서 $b = 15$

같은 방법으로 $b = -1$일 때, $a = 15$

따라서 $\dfrac{a+b}{2} = \dfrac{15-1}{2} = 7$

08 [모범답안]

$4x^2 = t \ (x > 0)$에서 $x = \dfrac{\sqrt{t}}{2}$이므로

점 A의 좌표는 $\left(\dfrac{\sqrt{t}}{2},\ t\right)$이다.

또 $x^2 = t \ (x > 0)$에서 $x = \sqrt{t}$이므로

점 B의 좌표는 $(\sqrt{t},\ t)$이다.

따라서 $f(t) = \sqrt{\dfrac{t}{4} + t^2}$, $g(t) = \sqrt{t + t^2}$이므로

$\lim\limits_{t \to \infty}\{g(t) - f(t)\} = \lim\limits_{t \to \infty}\left(\sqrt{t + t^2} - \sqrt{\dfrac{t}{4} + t^2}\right)$

$= \lim\limits_{t \to \infty} \dfrac{(t + t^2) - \left(\dfrac{t}{4} + t^2\right)}{\sqrt{t + t^2} + \sqrt{\dfrac{t}{4} + t^2}}$

$= \lim\limits_{t \to \infty} \dfrac{\dfrac{3}{4}t}{\sqrt{t + t^2} + \sqrt{\dfrac{t}{4} + t^2}}$

$= \lim\limits_{t \to \infty} \dfrac{\dfrac{3}{4}}{\sqrt{\dfrac{1}{t} + 1} + \sqrt{\dfrac{1}{4t} + 1}}$

$= \dfrac{\dfrac{3}{4}}{1 + 1} = \dfrac{3}{8}$

09 [모범답안]

함수 $f(x)$가 실수 전체의 집합에서 연속이므로

$x = 2$에서도 연속이어야 한다.

즉, $\lim\limits_{x \to 2-} f(x) = \lim\limits_{x \to 2+} f(x) = f(2)$

$\lim\limits_{x \to 2-}(x - a) = \lim\limits_{x \to 2+}(ax + 3) = 2a + 3$

$2 - a = 2a + 3$, $3a = -1$

$a = -\dfrac{1}{3}$

따라서 $f(x) = \begin{cases} x + \dfrac{1}{3} & (x < 2) \\[2mm] -\dfrac{1}{3}x + 3 & (x \geq 2) \end{cases}$이므로

$f(1) + f(5) = \left(1 + \dfrac{1}{3}\right) + \left(-\dfrac{5}{3} + 3\right) = \dfrac{4}{3} + \dfrac{4}{3} = \dfrac{8}{3}$

10 [모범답안]

(i) $x < 0$일 때

$g(x) = x + 3x + 4 = 4x + 4$이므로 $x \neq -1$일 때

$h(x) = \dfrac{x^2 - x - 2}{4x + 4} = \dfrac{(x+1)(x-2)}{4(x+1)} = \dfrac{x-2}{4}$

그러므로 $x < 0$에서 함수 $h(x)$가 연속이려면

$h(-1) = \lim\limits_{x \to -1} h(x) = \lim\limits_{x \to -1} \dfrac{x-2}{4} = -\dfrac{3}{4}$이어야 한다.

즉, $a = -\dfrac{3}{4}$

(ii) $x \geq 0$일 때

$g(x) = x - 3x + 4 = -2x + 4$이므로 $x \neq 2$일 때

$h(x) = \dfrac{x^2 - x - 2}{-2x + 4} = \dfrac{(x+1)(x-2)}{-2(x-2)} = -\dfrac{x+1}{2}$

그러므로 $x \geq 0$에서 함수 $h(x)$가 연속이려면

$h(2) = \lim\limits_{x \to 2} h(x) = \lim\limits_{x \to 2}\left(-\dfrac{x+1}{2}\right) = -\dfrac{3}{2}$이어야 한다.

즉, $b = -\dfrac{3}{2}$

따라서 $\dfrac{1}{2}b - a = \dfrac{1}{2}\left(-\dfrac{3}{2}\right) - \left(-\dfrac{3}{4}\right) = 0$

11 [모범답안]

함수 $f(x)$는 다항함수이므로 연속이다. 따라서

$\lim\limits_{x \to a} f(x) = f(a)$ (단, a는 상수)

$\lim\limits_{x \to 2} \dfrac{(x^3 - 8)}{(x^2 - 4)f(x)}$

$= \lim\limits_{x \to 2} \dfrac{(x-2)(x^2 + 2x + 4)}{(x-2)(x+2)f(x)}$

$= \lim\limits_{x \to 2} \dfrac{(x^2 + 2x + 4)}{(x+2)f(x)}$

$= \dfrac{(4 + 4 + 4)}{4f(2)} = \dfrac{12}{4f(2)} = \dfrac{3}{f(2)} = 1$

$\therefore f(2) = 3$

12 [모범답안]

$x - k = t$라고 하면 $\lim\limits_{x \to k} \dfrac{f(x-k)}{x-k} = 3$에서 $\lim\limits_{t \to 0} \dfrac{f(t)}{t} = 3$

한편, $\lim\limits_{x \to 0} \dfrac{4x + 7f(x)}{5x^2 + f(x)}$에서 분모와 분자를 x로 나누면

$\lim\limits_{x \to 0} \dfrac{4 + 7 \dfrac{f(x)}{x}}{5x + \dfrac{f(x)}{x}} = \dfrac{4 + 7 \times 3}{5 \times 0 + 3} = \dfrac{25}{3}$

$p = 25$, $q = 3$ $\quad \therefore p + q = 28$

13 [모범답안]

$\lim\limits_{x \to 0} \dfrac{f(x) - 3}{x} = 4$에서

$x \to 0$일 때 (분모) $\to 0$이고 극한값이 존재하므로

(분자) $\to 0$이어야 한다.

즉, $\lim\limits_{x \to 0}\{f(x) - 3\} = f(0) - 3 = 0$에서

$f(0) = 3$이므로

$$\lim_{x \to 0} \frac{\{f(x)\}^2 - 2f(x) - 3}{x}$$
$$= \lim_{x \to 0} \frac{\{f(x) + 1\}\{f(x) - 3\}}{x}$$
$$= \lim_{x \to 0} \frac{f(x) - 3}{x} \times \lim_{x \to 0} \{f(x) + 1\}$$
$$= 4 \times 4 = 16$$

14 [모범답안]

$f(1)f(3) < 0$이고 $f(x) = -f(-x)$에서
$$f(1)f(3) = \{-f(-1)\}\{-f(-3)\}$$
$$= f(-1)f(-3) < 0$$
$f(3)f(5) < 0$이고 $f(x) = -f(-x)$에서
$$f(3)f(5) = \{-f(-3)\}\{-f(-5)\}$$
$$= f(-3)f(-5) < 0$$임을 알 수 있다.

그러므로 함수 $f(x)$는
$$f(-5)f(-3) < 0, f(-1)f(-3) < 0,$$
$$f(1)f(3) < 0, f(3)f(5) < 0$$을 만족한다.
사잇값의 정리에 따라 방정식 $f(x) = 0$은
열린구간 $(-5, -3), (-3, -1), (1, 3), (3, 5)$에서 각각
적어도 하나의 실근을 가지므로 방정식 $f(x) = 0$은 적어도 4
개의 실근을 갖는다.

15 [모범답안]

함수 $g(x) = x^2 + ax + b$는 이차함수이므로 실수 전체에서
연속이다.

그러나 함수 $f(x)$는 구간이 나뉘어진 함수이므로 구간이 변
하는 구간에서 연속성을 따져보아야 한다.
$$\lim_{x \to (-5)-} f(x) = 26 \neq \lim_{x \to (-5)+} f(x) = -20$$이므로
$x = -5$에서 불연속이다.
$$\lim_{x \to 5-} f(x) = 30 \neq \lim_{x \to 5+} f(x) = 26$$이므로
$x = 5$에서 불연속이다.
그러므로 $x \pm 5$에서 $f(x)g(x)$가 연속인지를 조사하면
(i) $x = 5$일 때,
$$\lim_{x \to 5-} f(x)g(x) = \lim_{x \to 5+} f(x)g(x) = f(5)g(5)$$에서
$$\lim_{x \to 5-} f(x)g(x) = 30g(5)$$
$$\lim_{x \to 5+} f(x)g(x) = 26g(5)$$
즉, $30g(5) = 26g(5)$이므로 $g(5) = 0$이어야 한다.
(ii) $x = -5$일 때,
$$\lim_{x \to (-5)-} f(x)g(x) = \lim_{x \to (-5)+} f(x)g(x)$$
$$= f(-5)g(-5)$$
$$= 26g(-5)$$
$$\lim_{x \to (-5)+} f(x)g(x) = -20g(-5)$$

즉, $26g(-5) = -20g(-5)$이므로 $g(-5) = 0$이다.
그러므로 이차방정식 $x^2 + ax + b$의 두 실근은 $5, -5$이
다.
따라서 $a = (-5) + (5) = 0, b = (-5)(5) = -25$
$$\therefore a = 0, b = -25$$

16 [모범답안]

$$f(x) = \lim_{t \to \infty} \frac{2 + xt}{3 + t}(x - 4)$$이므로
$$f(x) = \lim_{t \to \infty} \frac{\frac{2}{t} + x}{\frac{3}{t} + 1}(x - 4) = x(x - 4)$$이다.

따라서
$$f(x) = x^2 - 4x = (x^2 - 4x + 4) - 4 = (x - 2)^2 - 4$$
닫힌구간 $[0, 6]$에서 최솟값은 $f(2) = -4$이며
$f(0) = 0, f(6) = 12$이므로 최댓값은 $f(6) = 12$이다.

17 [모범답안]

$A^2 + B^2 = (A - B)^2 + 2AB$를 이용하면
$$A^2 + B^2 = \lim_{x \to \infty} [\{f(x)\}^2 + \{g(x)\}^2]$$
$$(A - B) = \lim_{x \to \infty} \{f(x) - g(x)\} = 5$$
$$(A - B)^2 = \lim_{x \to \infty} \{f(x) - g(x)\}^2 = 5^2 = 25$$
$$2AB = 2\lim_{x \to \infty} f(x)g(x) = 6$$
그러므로 $\lim_{x \to \infty} [\{f(x)\}^2 + \{g(x)\}^2]$
$$= (A - B)^2 + 2AB = 25 + 6 = 31$$

18 [모범답안]

$$\left\{ \frac{1}{f(x)} - \frac{1}{(x-k)^2} \right\} = \frac{(x-k)^2 - f(x)}{f(x)(x-k)^2}$$
$$\lim_{x \to k} \left\{ \frac{1}{f(x)} - \frac{1}{(x-k)^2} \right\} = \lim_{x \to k} \frac{(x-k)^2 - f(x)}{f(x)(x-k)^2}$$
위 식에서 (분모) $\to 0$이므로 (분자) $\to 0$이어야 한다.
$$\therefore f(k) = 0$$
즉, $f(x) = (x-k)g(x)$ (단, $g(x)$는 삼차함수)
$$\lim_{x \to k} \frac{(x-k)^2 - f(x)}{f(x)(x-k)^2} = \lim_{x \to k} \frac{(x-k)^2 - (x-k)g(x)}{(x-k)g(x)(x-k)^2}$$
$$= \lim_{x \to k} \frac{(x-k) - g(x)}{g(x)(x-k)^2}$$
위 식에서 (분모) $\to 0$이므로 (분자) $\to 0$이어야 한다.
$$\therefore g(k) = 0$$
따라서 $f(x) = (x-k)g(x) = (x-k)^2 h(x)$ (단, $h(x)$는
이차함수)
$$\lim_{x \to k} \frac{(x-k)^2 - f(x)}{f(x)(x-k)^2} = \lim_{x \to k} \frac{(x-k)^2 - (x-k)^2 h(x)}{(x-k)h(x)(x-k)^2}$$
$$= \lim_{x \to k} \frac{1 - h(x)}{h(x)(x-k)^2}$$

위 식에서 (분모) $\to 0$이므로 (분자) $\to 0$이어야 한다.

$$\therefore h(k) = 1$$

이때 이차함수 $1 - h(x)$는 $x - k$를 인수로 가지며 위에서 동일한 구조가 반복된 것으로 보았을 때, 이차함수 $1 - h(x)$는 $(x - k)^2$를 인수로 갖는다.

따라서 $h(x) = 1 - a(x - k)^2$ (단, a는 0이 아닌 실수)

$$\lim_{x \to k} \frac{1 - h(x)}{h(x)(x - k)^2} = \lim_{x \to k} \frac{a(x - k)^2}{\{1 - a(x - k)^2\}(x - k)^2}$$
$$= \lim_{x \to k} \frac{a}{\{1 - a(x - k)^2\}} = a = 2$$

$$\therefore a = 2$$

따라서 $h(x) = 1 - 2(x - k)^2$이다.

$$\therefore f(x) = -2(x - k)^4 + (x - k)^2$$
$$f(0) = -2k^4 + k^2 = k^2(1 - 2k^2) = 0$$

$k = 0$, $k = \pm\dfrac{\sqrt{2}}{2}$이다. 이때 $k > 0$이므로 $k = \dfrac{\sqrt{2}}{2}$이다.

19 [모범답안]

$h(x) = f(x) - ng(x)$라 하면 방정식 $f(x) = ng(x)$의 실근은 방정식 $h(x) = 0$의 실근과 같다.

$h(x) = x^3 + x^2 - nx + 2n$에서

$h(-3) = 5n - 18$, $h(-2) = 4n - 40$이고,

방정식 $h(x) = 0$이 열린구간 $(-3, -2)$에서 오직 하나의 실근을 가지려면

$h(-3)h(-2) < 0$이어야 하므로

$(5n - 18)(4n - 4) < 0$, $1 < n < \dfrac{18}{5}$

따라서 조건을 만족시키는 자연수 n은 $2, 3$이고 그 곱은 $2 \times 3 = 6$이다.

20 [모범답안]

$f(x)$의 개형은 다음과 같다.

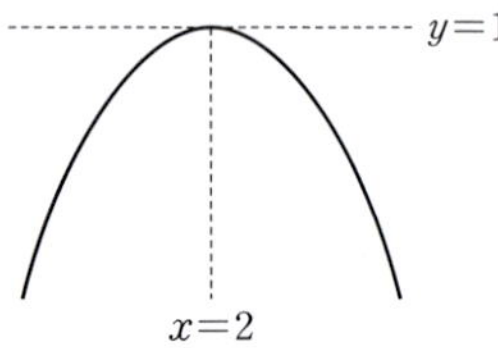

$x = 2$일 때 최댓값이 1이다.

이때 $\lim_{x \to 2-} f(x)$와 $\lim_{x \to 2+} f(x)$는 1에 가까워지지만 1보다 작으므로 $\lim_{x \to 2-} [f(x)] = 0$이며 동시에 $\lim_{x \to 2+} [f(x)] = 0$

$$\therefore \lim_{x \to 2} [f(x)] = 0$$

Ⅴ. 다항함수의 미분법

01 [모범답안]

$$\lim_{x \to 2} \frac{f(x) + 3}{x^2 - 2x} = \{f(2)\}^2 \quad \cdots\cdots \ \text{㉠}$$

㉠에서 $x \to 2$일 때 (분모) $\to 0$이고 극한값이 존재하므로 (분자) $\to 0$이어야 한다.

즉, $\lim_{x \to 2} \{f(x) + 3\} = 0$에서

$$f(2) = -3$$

함수 $f(x)$가 $x = 2$에서 미분가능하므로 ㉠에서

$$\lim_{x \to 2} \frac{f(x) + 3}{x^2 - 2x} = \lim_{x \to 2} \frac{f(x) - f(2)}{x(x - 2)}$$
$$= \lim_{x \to 2} \left\{ \frac{1}{x} \times \frac{f(x) - f(2)}{x - 2} \right\} = \frac{1}{2} f'(2)$$

따라서 $\dfrac{1}{2} f'(2) = (-3)^2 = 9$

02 [모범답안]

$$g(x) = (x^2 + 3x)f(x) \quad \cdots\cdots \ \text{㉠}$$
$$g'(x) = (2x + 3)f(x) + (x^2 + 3x)f'(x) \quad \cdots\cdots \ \text{㉡}$$

점 $(-1, -8)$이 곡선 $y = g(x)$ 위의 점이므로

$$g(-1) = -8$$

㉠의 양변에 $x = -1$을 대입하면

$$g(-1) = -2f(-1)$$

즉, $-2f(-1) = -8$에서 $f(-1) = 4$

곡선 $y = g(x)$ 위의 점 $(-1, g(-1))$에서의 접선의 기울기가 2이므로

$$g'(-1) = 2$$

㉡의 양변에 $x = -1$을 대입하면

$$g'(-1) = f(-1) - 2f'(-1)$$

즉, $2 = 4 - 2f'(-1)$에서 $f'(-1) = 1$

03 [모범답안]

$$\lim_{x \to 0} \frac{|f(x) - 3x|}{x} \quad \cdots\cdots \ \text{㉠}$$

㉠에서 $x \to 0$일 때 (분모) $\to 0$이고 조건 (가)에 의하여 극한값이 존재하므로 (분자) $\to 0$이어야 한다.

즉, $\lim_{x \to 0} |f(x) - 3x| = |f(0)| = 0$에서 $f(0) = 0$

함수 $f(x)$가 최고차항의 계수가 1인 삼차함수이므로

$f(x) = x^3 + ax^2 + bx$ (a, b는 상수)로 놓을 수 있다.

㉠에서

$$\lim_{x \to 0} \frac{|f(x) - 3x|}{x} = \lim_{x \to 0} \frac{|x(x^2 + ax + b - 3)|}{x}$$
$$= \lim_{x \to 0} \frac{|x| |x^2 + ax + b - 3|}{x} \quad \cdots\cdots \ \text{㉡}$$

㉡의 극한값이 존재해야 하므로

$$\lim_{x \to 0-} \frac{|x||x^2 + ax + b - 3|}{x}$$
$$= \lim_{x \to 0+} \frac{|x||x^2 + ax + b - 3|}{x} \text{ 이어야 한다.}$$

이때

$$\lim_{x \to 0-} \frac{|x||x^2 + ax + b - 3|}{x}$$
$$= \lim_{x \to 0-} \frac{-x|x^2 + ax + b - 3|}{x}$$
$$= -\lim_{x \to 0-}|x^2 + ax + b - 3| = -|b - 3|,$$

$$\lim_{x \to 0+} \frac{|x||x^2 + ax + b - 3|}{x}$$
$$= \lim_{x \to 0+} \frac{x|x^2 + ax + b - 3|}{x}$$
$$= \lim_{x \to 0+}|x^2 + ax + b - 3| = |b - 3| \text{이므로}$$

$|b - 3| = -|b - 3|$에서

$|b - 3| = 0$, $b = 3$

그러므로 $f(x) = x^3 + ax^2 + 3x$

조건 (나)에서 함수 $f(x)$가 실수 전체의 집합에서 증가하기 위

해서는 모든 실수 x에 대하여 $f'(x) \geq 0$이어야 한다.

이때 $f'(x) = 3x^2 + 2ax + 3$이므로

이차방정식 $3x^2 + 2ax + 3 = 0$의 판별식을 D라 하면

$D \leq 0$이어야 한다.

$\dfrac{D}{4} = a^2 - 9 \leq 0$, $(a + 3)(a - 3) \leq 0$

$-3 \leq a \leq 3$ ······ ㉢

이때 $f(2) = 4a + 14$이므로 ㉢에 의해

$2 \leq 4a + 14 \leq 26$

따라서 $f(2)$의 최댓값과 최솟값의 차는

$26 - 2 = 24$

04 [모범답안]

$0 \leq x \leq 2$일 때, $f'(x) \leq 0$이므로 $f(x)f'(x) \leq 0$에서

$f(x) \geq 0$이고 함수 $f(x)$는 감소한다.

함수 $f(x)$는 $x = 2$에서 극솟값을 가지므로

$f(2) = 0$인 경우 $f(4)$의 값이 최소가 된다.

$f(x) = x^3 + ax^2 + bx + c$ (a, b, c는 상수)라 하면

$f'(x) = 3x^2 + 2ax + b$

$f'(0) = 0$이므로 $b = 0$

$f'(2) = 0$이므로 $12 + 4a + b = 0$에서

$12 + 4a + 0 = 0$, $a = -3$

$f(2) = 0$일 때 $8 + 4a + 2b + c = 0$에서

$8 - 12 + 0 + c = 0$, $c = 4$

따라서 $f(2) = 0$일 때 $f(x) = x^3 - 3x^2 + 4$이므로

$f(4)$의 최솟값은 $f(4) = 64 - 48 + 4 = 20$

05 [모범답안]

$f(x) = -x^3 + 12x - 11$이라 하면

$f'(x) = -3x^2 + 12 = -3(x + 2)(x - 2)$

$f'(x) = 0$에서 $x = -2$ 또는 $x = 2$

함수 $f(x)$의 증가와 감소를 표로 나타내면 다음과 같다.

x	$\cdots$	-2	$\cdots$	2	$\cdots$
$f'(x)$	$-$	0	$+$	0	$-$
$f(x)$	$\searrow$	극소	$\nearrow$	극대	$\searrow$

$f(-2) = -27$, $f(2) = 5$이므로

함수 $f(x)$의 그래프와 직선 $y = k$는 그림과 같다.

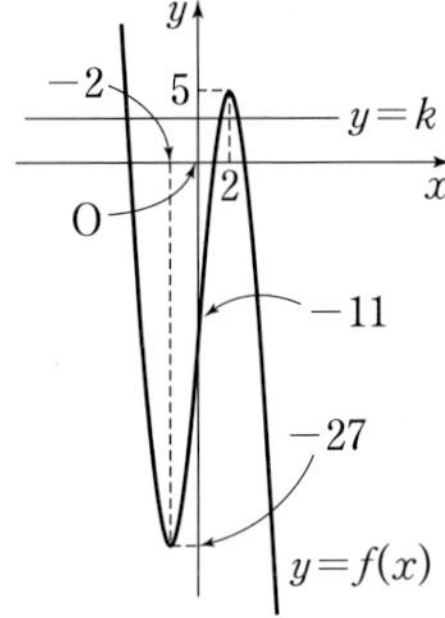

따라서 방정식 $-x^3 + 12x - 11 = k$가 서로 다른 양의

실근 2개와 음의 실근 1개를 갖도록 하는 정수 k의 값은

$-10, -9, -8, \cdots, 4$이고,

그 합은 $-\displaystyle\sum_{k=1}^{10} k + \sum_{k=1}^{4} k = -\left(\frac{10 \times 11}{2}\right) + \left(\frac{4 \times 5}{2}\right)$

$= -55 + 10 = -45$

06 [모범답안]

$\displaystyle\lim_{x \to 1} \frac{f(x) + 3}{x - 1} = 3$에서 $x \to 1$일 때 (분모) $\to 0$이고

극한값이 존재하므로 (분자) $\to 0$이어야 한다.

즉, $\displaystyle\lim_{x \to 1}\{f(x) + 3\} = f(1) + 3 = 0$이므로 $f(1) = -3$

이때 $\displaystyle\lim_{x \to 1} \frac{f(x) + 3}{x - 1} = \lim_{x \to 1} \frac{f(x) - f(1)}{x - 1} = f'(1)$이므로

$f'(1) = 3$

한편, $\displaystyle\lim_{x \to 1} \frac{f(x) + g(x)}{x - 1} = 12$에서 $x \to 1$일 때

(분모) $\to 0$이고 극한값이 존재하므로 (분자) $\to 0$이어야 한다.

즉, $\displaystyle\lim_{x \to 1}\{f(x) + g(x)\} = f(1) + g(1) = 0$이므로

$g(1) = -f(1) = -(-3) = 3$

이때

$\displaystyle\lim_{x \to 1} \frac{f(x) + g(x)}{x - 1} = \lim_{x \to 1}\left\{\frac{f(x) - f(1)}{x - 1} + \frac{g(x) - g(1)}{x - 1}\right\}$

$= f'(1) + g'(1) = 12$이므로

$g'(1) = 12 - f'(1) = 12 - 3 = 9$

따라서 $g(1) + g'(1) = 3 + 9 = 12$

07 [모범답안]

다항함수 $f(x)$는 실수 전체의 집합에서 미분가능하므로
닫힌구간 $[2, 4]$에서 연속이고 열린구간 $(2, 4)$에서 미분가능하다.

그러므로 평균값 정리에 의하여 $\dfrac{f(4) - f(2)}{4 - 2} = f'(c)$인 c가 열린구간 $(2, 4)$에 적어도 하나 존재한다.

조건 (가)에 의하여 $f(4) = 10$이므로
$f'(c) = \dfrac{10 - f(2)}{2}$이고, 조건 (나)에 의하여
$2 < x < 4$인 모든 실수 x에 대하여 $|f'(x)| \leq 6$이므로

$|f'(c)| = \left| \dfrac{10 - f(2)}{2} \right| \leq 6$

$|10 - f(2)| \leq 12, \; -12 \leq 10 - f(2) \leq 12,$

$-2 \leq f(2) \leq 22$

따라서 $M = 22, \; m = -2$이므로

$\dfrac{M - m}{2} = \dfrac{22 - (-2)}{2} = 12$

08 [모범답안]

닫힌구간 $[n, n + 2]$에서 정의된 함수 $f(x)$가 일대일함수가 되려면 이 구간에서 $f(x)$가 증가하거나 감소해야 한다. 즉, 구간 $[n, n + 2]$에 속하는 모든 실수 x에 대하여 $f'(x) \geq 0$이거나 $f'(x) \leq 0$이어야 한다.

이때 $f(x) = x^3 - 9x^2 + 24x + 5$에서

$f'(x) = 3x^2 - 18x + 24$

$= 3(x^2 - 6x + 8) = 3(x - 2)(x - 4)$이므로

구간 $(-\infty, 2]$에서 $f'(x) \geq 0$,

구간 $[2, 4]$에서 $f'(x) \leq 0$,

구간 $[4, \infty)$에서 $f'(x) \geq 0$이다.

따라서 조건을 만족시키는 10 이하의 자연수 n의 값은 2, 4, 5, 6, 7, 8, 9, 10이고 최솟값과 최댓값의 합은 $2 + 10 = 12$이다.

09 [모범답안]

$y = 2x^4 - 3x^2 - 2x + 4$에서

$y' = 8x^3 - 6x - 2$이므로

x좌표가 양수인 점에서 곡선 C에 접하는 접선의 접점의 x좌표를 t, 접선의 기울기를 $f(t)$라 하면

$f(t) = 8t^3 - 6t - 2 \; (t > 0)$

이때 $f'(t) = 24t^2 - 6 = 0$에서 $t = \dfrac{1}{2}$이므로
함수 $f(t)$의 증가와 감소를 표로 나타내면 다음과 같다.

t	(0)	$\cdots$	$\dfrac{1}{2}$	$\cdots$
$f'(t)$		$-$	0	$+$
$f(t)$	(-2)	$\searrow$	-4	$\nearrow$

그러므로 함수 $f(t)$는 $t > 0$에서 $t = \dfrac{1}{2}$일 때

최솟값 -4를 갖는다.

즉, 기울기가 최소인 접선의 접점은 점 $\left(\dfrac{1}{2}, \dfrac{19}{8} \right)$이고
기울기는 -4이므로 접선의 방정식은

$y - \dfrac{19}{8} = -4\left(x - \dfrac{1}{2} \right)$

$y = -4x + \dfrac{35}{8}$

따라서 구하는 접선의 y절편은 $\dfrac{35}{8}$이므로
$p = 8, \; q = 35$이고 $5p - q = 40 - 35 = 5$

10 [모범답안]

두 점 P, Q의 시각 $t \, (t \geq 0)$에서의 속도를 각각 v_1, v_2, 가속도를 각각 a_1, a_2라 하면

$v_1 = 6t^2 - 6t - 4, \; v_2 = 2t + 4$

$a_1 = 12t - 6, \; a_2 = 2$

$v_1 = v_2$에서

$6t^2 - 6t - 4 = 2t + 4$

$6t^2 - 8t - 8 = 0$

$2(3t + 2)(t - 2) = 0$

$t \geq 0$이므로 $t = 2$

$t = 2$일 때,

$a_1 = 12 \times 2 - 6 = 18, \; a_2 = 2$이므로

구하는 두 점 P, Q의 가속도의 곱은

$a_1 \times a_2 = 18 \times 2 = 36$

11 [모범답안]

함수 $f(x)$가 실수 전체의 집합에서 미분가능하므로 $x = a$에서도 미분가능하다. 함수 $f(x)$가 $x = a$에서 미분가능하면 $x = a$에서 연속이므로 $\lim\limits_{x \to a-} f(x) = \lim\limits_{x \to a+} f(x) = f(a)$이어야 한다.
이때

$$\lim_{x \to a-} f(x) = \lim_{x \to a-} (2x - 4) = 2a - 4$$

$$\lim_{x \to a+} f(x) = \lim_{x \to a+} (x^2 - 4x + b) = a^2 - 4a + b$$

$f(a) = a^2 - 4a + b$이므로

$2a - 4 = a^2 - 4a + b$에서 $b = -a^2 + 6a - 4$

또한 함수 $f(x)$가 $x = a$에서 미분가능하므로

$$\lim_{x \to a-} \frac{f(x) - f(a)}{x - a} = \lim_{x \to a+} \frac{f(x) - f(a)}{x - a}$$ 이어야 한다.

이때

$$\lim_{x \to a-} \frac{f(x) - f(a)}{x - a} = \lim_{x \to a-} \frac{(2x - 4) - (a^2 - 4a + b)}{x - a}$$

$$= \lim_{x \to a-} \frac{(2x - 4) - (2a - 4)}{x - a}$$

$$= \lim_{x \to a-} \frac{2(x - a)}{x - a} = \lim_{x \to a-} 2 = 2$$

$$\lim_{x \to a+} \frac{f(x)-f(a)}{x-a}$$
$$=\lim_{x \to a+} \frac{(x^2-4x+b)-(a^2-4a+b)}{x-a}$$
$$=\lim_{x \to a+} \frac{(x-a)(x+a-4)}{x-a}$$
$$=\lim_{x \to a+} (x+a-4)=2a-4 \text{이므로}$$

$2=2a-4$에서 $a=3$

따라서

$b=-a^2+6a-4=-3^2+6\times3-4=5$이므로

$$f(x)=\begin{cases} 2x-4 & (x<3) \\ x^2-4x+5 & (x\geq3) \end{cases} \text{에서}$$

$f(2b-a)=f(10-3)=f(7)=2\times7-4=10$

12 [모범답안]

$f(x)=(x-a)(x-b)(x-c)(x-d)$라고 하면

$f(4)=8$이므로

$(4-a)(4-b)(4-c)(4-d)=8$이다.

한편, 점 $(4,8)$에서의 접선의 기울기가 24이므로

$$f'(x)=(x-b)(x-c)(x-d)$$
$$+(x-a)(x-c)(x-d)$$
$$+(x-a)(x-b)(x-d)$$
$$+(x-a)(x-b)(x-c)\text{에서}$$

$$f'(4)=(4-b)(4-c)(4-d)$$
$$+(4-a)(4-c)(4-d)$$
$$+(4-a)(4-b)(4-d)+(4-a)(4-b)(4-c)=24$$

임을 알 수 있다.

$$\frac{1}{4-a}+\frac{1}{4-b}+\frac{1}{4-c}+\frac{1}{4-d}$$
$$=\frac{(4-b)(4-c)(4-d)+(4-a)(4-c)(4-d)+(4-a)(4-b)(4-d)+(4-a)(4-b)(4-c)}{(4-a)(4-b)(4-c)(4-d)}$$
$$=\frac{24}{8}=3$$

13 [모범답안]

미분가능하면 연속이므로 $\lim_{x \to 4}f(x)=f(4)$

따라서 $\lim_{x \to 4-}f(x)=32=\lim_{x \to 4+}f(x)=4m+n$

$\therefore 4m+n=32, n=32-4m$

또한 $x=4$에서 미분가능하면 $f'(4)$의 값이 존재한다. 따라서 좌미분계수와 우미분계수가 같다.

$$\lim_{x \to 4-}\frac{f(x)-f(4)}{x-4}=\lim_{x \to 4-}\frac{2x^2-32}{x-4}$$
$$=\lim_{x \to 4-}\frac{2(x-4)(x+4)}{x-4}$$
$$=\lim_{x \to 4-}2(x+4)=16$$

$$\lim_{x \to 4+}\frac{f(x)-f(4)}{x-4}=\lim_{x \to 4+}\frac{mx+n-32}{x-4}$$
$$=\lim_{x \to 4-}\frac{mx+(32-4m)-32}{x-4}$$
$$=\lim_{x \to 4-}\frac{m(x-4)}{x-4}=m$$

$\therefore m=16, n=-32$

14 [모범답안]

$f(-2)=0, f(\sqrt{3})=0$이므로

$\dfrac{f(\sqrt{3})-f(-2)}{\sqrt{3}-(-2)}=0=f'(c)$인 c값을 구하면

$f'(x)=4x^3-14x=4x\left(x^2-\dfrac{7}{2}\right)=0$의 실근은

$x=-\sqrt{\dfrac{7}{2}}, x=0, x=\sqrt{\dfrac{7}{2}}$이다.

$-2<c<\sqrt{3}$에서 $f'(c)=0$을 만족하는 c는 $0, -\sqrt{\dfrac{7}{2}}$

따라서 구하는 값의 합은 $-\sqrt{\dfrac{7}{2}}$이다.

15 [모범답안]

다항식 x^5+x^3+x+1을 $(x-1)^2$으로 나누었을 때 몫을 $Q(x)$, 나머지를 $mx+n(m, n$은 상수$)$이라고 하면

$x^5+x^3+x+1=(x-1)^2Q(x)+mx+n$

양변에 $x=1$을 대입하면, $m+n=4$

한편, $x^5+x^3+x+1=(x-1)^2Q(x)+mx+n$의 양변을 x에 대하여 미분하면

$5x^4+3x^2+1=2(x-1)Q(x)+(x-1)^2Q'(x)+m$

양변에 $x=1$을 대입하면, $m=9$

$m+n=4$이므로 $m=9, n=-5$

따라서 구하고자 하는 나머지는 $9x-5$이다.

16 [모범답안]

$(x-3)f'(x)=x^2-9-f(x)$에 $x=3$을 대입하면

$0=9-9-f(3), f(3)=0$

한편, $x\neq3$일 때 $f'(x)=\dfrac{x^2-9-f(x)}{(x-3)}$이다.

이때, 도함수 $f'(x)$가 연속함수이므로 $\lim_{x \to 3}f'(x)=f'(3)$이다.

$$f'(3)=\lim_{x \to 3}f'(x)=\lim_{x \to 3}\frac{x^2-9-f(x)}{(x-3)}$$
$$=\lim_{x \to 3}\frac{(x-3)(x+3)-\{f(x)-f(3)\}}{(x-3)}$$
$$=6-f'(3)$$

따라서 $f'(3)=6-f'(3)$에서

$2f'(x)=6, f'(3)=3$

17 [모범답안]

$f(x)=a\{(x+2)(x-2)\}^2=a(x^2-4)^2$
$=a(x^4-8x^2+16)$에서
$f'(x)=a(4x^3-16x)=4ax(x+2)(x-2)$
$f'(x)=0$에서 $x=-2$ 또는 $x=0$ 또는 $x=2$
$a>0$이므로 함수 $f(x)$의 증가와 감소를 표로 나타내면 다음과 같다.

x	$\cdots$	-2	$\cdots$	0	$\cdots$	2	$\cdots$
$f'(x)$	$-$	0	$+$	0	$-$	0	$+$
$f(x)$	$\searrow$	극소	$\nearrow$	극대	$\searrow$	극소	$\nearrow$

$f(-2)=0,\ f(0)=16a,\ f(2)=0$이므로
함수 $y=f(x)$의 그래프는 그림과 같다.
함수 $y=f(x)$의 그래프와 직선 $y=4$가 만나는
서로 다른 점의 개수가 3이려면 $16a=4$,
즉 $a=\dfrac{1}{4}$이어야 한다.

따라서 $f(x)=\dfrac{1}{4}(x+2)^2(x-2)^2$이므로
$f(12a)=f(3)=\dfrac{1}{4}\times 5^2\times 1^2=\dfrac{25}{4}$

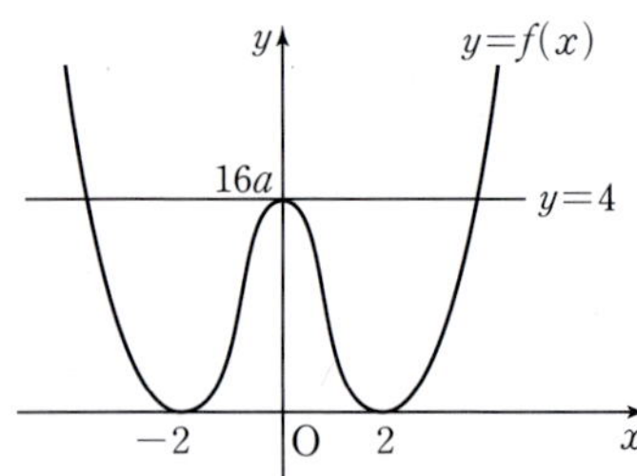

18 [모범답안]

$f(x)=2x^3+6x^2+4-a^2$이라 하면
$f'(x)=6x^2+12x=6x(x+2)$
$f'(x)=0$에서 $x=-2$ 또는 $x=0$
$x>0$에서 $f'(x)>0$이므로 $f(0)\geq0$을 만족시키면 $x>0$인
모든 실수 x에 대하여
부등식 $2x^3+6x^2+4-a^2>0$이 항상 성립한다.
$f(0)=4-a^2\geq0$, $a^2\leq4$
$-2\leq a\leq2$이므로 $a=-2,\ -1,\ 0,\ 1,\ 2$이고
그 개수는 5개다.

19 [모범답안]

함수 $f(x)$가 극값을 가지지 않으므로
$f'(x)=0$의 판별식 $D\leq0$의 조건을 만족시켜야 한다.
$f'(x)=3(a-4)x^2+6(b-2)x-3a$이므로
$\dfrac{D}{4}=9\{(b-2)^2+a(a-4)\}$

$=9\{(b-2)^2+(a-2)^2-4\}\leq0$
$(a-2)^2+(b-2)^2\leq2^2$이므로
반지름이 2인 원의 넓이는 4π이다.

20 [모범답안]

함수 $f(x)=ax^3-3(a^2+1)x^2+12ax$에서
$f'(x)=3ax^2-6(a^2+1)x+12a$
$f(x)$가 모든 실수 x에서 항상 증가하거나 항상 감소하므로
$f'(x)=0$의 판별식 $D\leq0$이다.
따라서
$\dfrac{D}{4}=\{3(a^2+1)\}^2-36a^2=9(a+1)^2(a-1)^2\leq0$
$a=\pm1$이다.
따라서 모든 a값의 곱은 -1이다.

VI. 다항함수의 적분법

01 [모범답안]

$f(x)=\displaystyle\int(x^2+x+a)\,dx-\int(x^2-3x)\,dx$
$=\displaystyle\int(4x+a)\,dx$
$=2x^2+ax+C$ (단, C는 적분상수)
$f'(x)=4x+a$
$\displaystyle\lim_{x\to2}\dfrac{f(x)}{x-2}=3$에서 $x\to2$일 때 (분모) $\to0$이고
극한값이 존재하므로 (분자) $\to0$이어야 한다.
즉, $\displaystyle\lim_{x\to2}f(x)=f(2)=0$
$\displaystyle\lim_{x\to2}\dfrac{f(x)}{x-2}=\lim_{x\to2}\dfrac{f(x)-f(2)}{x-2}=f'(2)$이므로
$f'(2)=3$
$f(x)=2x^2+ax+C$에 $x=2$를 대입하면
$8+2a+C=0$ … ㉠
$f'(x)=4x+2$에 $x=2$를 대입하면
$8+a=3$에서 $a=-5$
$a=-5$를 ㉠에 대입하면 $C=2$
따라서 $f(x)=2x^2-5x+2$이므로
$f(-1)=2+5+2=9$

02 [모범답안]

함수 $y=f(x+1)$의 그래프는 함수 $y=f(x)$의 그래프를
x축의 방향으로 -1만큼 평행이동한 그래프이므로
$\displaystyle\int_1^3 f(x)\,dx=5$에서
$\displaystyle\int_0^2 f(x+1)\,dx=\int_1^3 f(x)\,dx=5$

따라서

$$\int_0^2 \left\{\frac{1}{2}f(x+1) - 3\right\}dx$$
$$= \frac{1}{2} \times \int_0^2 f(x+1)\,dx - \int_0^2 3\,dx$$
$$= \frac{1}{2} \times 5 - [3x]_0^2$$
$$= \frac{5}{2} - 6 = -\frac{7}{2}$$

03 [모범답안]

$$\lim_{x \to 1} \frac{1}{x-1} \int_1^x f(t)\,dt = f(1) = 1 + a + b \text{이므로}$$
$1 + a + b = 3$에서 $a + b = 2$ …… ㉠

$tf(t)$의 한 부정적분을 $G(t)$라 하면

$$\lim_{h \to 0} \frac{1}{h} \int_{2-h}^{2+h} tf(t)\,dt = \lim_{h \to 0} \frac{1}{h}[G(t)]_{2-h}^{2+h}$$
$$= \lim_{h \to 0} \frac{G(2+h) - G(2-h)}{h}$$
$$= \lim_{h \to 0} \frac{G(2+h) - G(2)}{h} + \lim_{h \to 0} \frac{G(2-h) - G(2)}{-h}$$
$$= 2G'(2) = 2 \times 2f(2)$$
$$= 4f(2)$$

$4f(2) = 36$에서 $f(2) = 9$이므로

$4 + 2a + b = 9$에서

$2a + b = 5$ …… ㉡

㉠, ㉡을 연립하여 풀면

$a = 3,\ b = -1$

따라서 $f(x) = x^2 + 3x - 1$이므로

$f(-2) = 4 - 6 - 1 = -3$

04 [모범답안]

$f(x) = x^3 - ax^2 = x^2(x-a)$이므로

$f(x) = 0$에서 $x = 0$ 또는 $x = a$

$0 \le x \le a$에서 $f(x) \le 0$이므로

곡선 $y = f(x)$와 x축으로 둘러싸인 부분의 넓이는

$$\int_0^a |f(x)|\,dx = \int_0^a (-x^3 + ax^2)\,dx$$
$$= \left[-\frac{1}{4}x^4 + \frac{a}{3}x^3\right]_0^a$$
$$= -\frac{a^4}{4} + \frac{a^4}{3} = \frac{a^4}{12}$$

$\dfrac{a^4}{12} = \dfrac{64}{3}$에서 $a^4 = 4^4$

$a > 0$이므로 $a = 4$

05 [모범답안]

점 P의 운동 방향이 바뀔 때, 속도가 0이므로

$v(t) = -2t + 6 = 0$에서 $t = 3$

따라서 점 P가 시각 $t = 0$일 때부터 운동 방향이 바뀔 때까지 움직인 거리는

$$\int_0^3 |-2t + 6|\,dt = \int_0^3 (-2t + 6)\,dt = [-t^2 + 6t]_0^3$$
$$= -9 + 18 = 9$$

06 [모범답안]

$$G(x) = x^2 f(x) - 2x^6 + 3x^5 \text{ …… ㉠}$$

이때 $2xf(x)$의 한 부정적분이 $G(x)$이므로

$$G'(x) = 2xf(x)$$

㉠의 양변을 x에 대하여 미분하면

$$2xf(x) = 2xf(x) + x^2 f'(x) - 12x^5 + 15x^4$$
$$x^2 f'(x) = 12x^5 - 15x^4$$

$f(x)$는 다항함수이므로 $f'(x) = 12x^3 - 15x^2$

$$f(x) = \int (12x^3 - 15x^2)\,dx$$
$$= 3x^4 - 5x^3 + C \ (C\text{는 적분상수})$$

㉠에서 $G(1) = f(1) + 1$이고, $G(1) = 4$이므로

$4 = f(1) + 1,\ f(1) = 3$

$f(1) = 3 - 5 + C = 3$에서 $C = 5$

따라서 $f(x) = 3x^4 - 5x^3 + 5$이므로

$f(-1) = 3 + 5 + 5 = 13$

07 [모범답안]

$$\int_{-1}^1 f(x)\,dx = 2\int_0^1 ax^2\,dx = 2\left[\frac{a}{3}x^3\right]_0^1 = \frac{2}{3}a$$
$$\int_{-1}^1 f(x)\,dx = 2\int_0^1 (x^4 + bx^2)\,dx = 2\left[\frac{1}{5}x^5 + \frac{b}{3}x^3\right]_0^1$$
$$= \frac{2}{5} + \frac{2}{3}b \text{이므로 조건 (개)에서}$$
$$4\int_{-1}^1 f(x)\,dx + 5\int_{-1}^1 xf(x)\,dx$$
$$= 4 \times \frac{2}{3}a + 5 \times \left(\frac{2}{5} + \frac{2}{3}b\right) = 0$$
$$4a + 5b + 3 = 0 \text{ …… ㉠}$$

$f'(x) = 3x^2 + 2ax + b$이므로 조건 (내)에서

$f'(1) = 3 + 2a + b = 0$ …… ㉡

㉠, ㉡을 연립하여 풀면 $a = -2,\ b = 1$

따라서 $f(x) = x^3 - 2x^2 + x$이므로

$f(-1) = (-1) - 2 + (-1) = -4$

08 [모범답안]

$f(x) = x^3 + ax^2 + bx + c \ (a, b, c\text{는 상수})$라 하면

$$f'(x) = 3x^2 + 2ax + b$$

주어진 조건에서 함수 $g(x)$가 $x = 0$에서

극솟값 3을 가지므로

$$g(0) = \int_0^0 f'(t)\,dt + (0+1)f(0) + 1 = f(0) + 1 = 3$$

즉, $f(0) = 2$이므로 $c = 2$

$g'(x) = f'(x) + f(x) + (x+1)f'(x)$에서

$g'(0) = f'(0) + f(0) + (0+1)f'(0) = 2f'(0) + 2 = 0$

이므로 $f'(0) = -1$

즉, $b = -1$

주어진 조건에서 $g(1) = 8$이고

$f(x) = x^3 + ax^2 - x + 2$이므로

$$g(1) = \int_0^1 f'(t)\,dt + (1+1)f(1) + 1$$

$$= [f(t)]_0^1 + 2f(1) + 1$$
$$= f(1) - f(0) + 2f(1) + 1$$
$$= 3f(1) - 1$$
$$= 3(1 + a - 1 + 2) - 1$$
$$= 3a + 5 = 8 \text{에서 } a = 1$$

따라서 $f(x) = x^3 + x^2 - x + 2$이므로
$$f(3) = 27 + 9 - 3 + 2 = 35$$

09 [모범답안]

$f(x) = x^3 - 2x^2 + k$에서 $f'(x) = 3x^2 - 4x$이므로

$f'(x) = 0$에서 $x(3x - 4) = 0$

$x = 0$ 또는 $x = \dfrac{4}{3}$

즉, $x = 0$에서 극댓값을 가지므로

곡선 $y = x^3 - 2x^2 + k$ 위의 점 $(0, k)$에서의 접선의 방정식은 $y = k$이다.

곡선 $y = x^3 - 2x^2 + k$와 직선 $y = k$의 교점의 x좌표는

$x^3 - 2x^2 + k = k$에서 $x^3 - 2x^2 = 0$이므로

$x^2(x - 2) = 0$, $x = 0$ 또는 $x = 2$

따라서 곡선 $y = x^3 - 2x^2 + k$와 직선 $y = k$로 둘러싸인 부분의 넓이를 S라 하면

$$S = \int_0^2 |k - (x^3 - 2x^2 + k)|\, dx$$
$$= \int_0^2 (-x^3 + 2x^2)\, dx$$
$$= \left[-\frac{1}{4}x^4 + \frac{2}{3}x^3\right]_0^2 = \frac{4}{3}$$

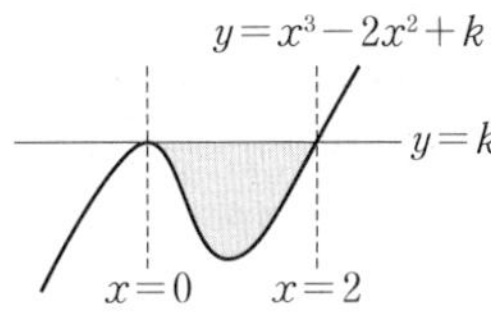

10 [모범답안]

두 점 P, Q가 동시에 원점을 출발한 후 다시 만나는 위치 x가

$x = k$일 때의 시각을 $t = a\ (a > 0)$이라 하면

$$0 + \int_0^a v_1\, dt = 0 + \int_0^a v_2\, dt$$
$$\int_0^a (3t^2 + t)\, dt = \int_0^a (2t^2 + 3t)\, dt$$
$$\left[t^3 + \frac{1}{2}t^2\right]_0^a = \left[\frac{2}{3}t^3 + \frac{3}{2}t^2\right]_0^a$$
$$a^3 + \frac{1}{2}a^2 = \frac{2}{3}a^3 + \frac{3}{2}a^2$$
$$\frac{1}{3}a^3 - a^2 = \frac{1}{3}a^2(a - 3) = 0$$

$a > 0$이므로 $a = 3$

따라서 시각 $t = 3$에서의 점 P의 위치(또는 점 Q의 위치)

$x = k$에서

$k = 3^3 + \dfrac{1}{2} \times 3^2 = \dfrac{63}{2}$이므로

$$\frac{1}{9}k = \frac{1}{9} \times \frac{63}{2} = \frac{7}{2}$$

11 [모범답안]

$$\int \{f(x) - 3\}\, dx + \int xf'(x)\, dx = x^3 - 2x^2 \text{에서}$$
$$\int \{f(x) + xf'(x) - 3\}\, dx = x^3 - 2x^2$$

이때 $\{xf(x)\}' = f(x) + xf'(x)$이므로

$xf(x)$는 $f(x) + xf'(x)$의 한 부정적분이다.

$$\int \{f(x) + xf'(x) - 3\}\, dx = xf(x) - 3x + C$$
$$= x^3 - 2x^2$$

$xf(x) = x^3 - 2x^2 + 3x - C$ (단, C는 적분상수) $\cdots\cdots$ ㉠

㉠의 양변에 $x = 0$을 대입하면 $C = 0$이므로

$xf(x) = x^3 - 2x^2 + 3x$

$x \neq 0$일 때 $f(x) = x^2 - 2x + 3$

이때 함수 $f(x)$가 다항함수이므로

$f(x) = x^2 - 2x + 3$이다.

$f'(x) = 2x - 2 = 2(x - 1)$이므로

$f'(x) = 0$에서 $x = 1$

$x = 1$의 좌우에서 $f'(x)$의 부호가 음에서 양으로 바뀌므로 함수 $f(x)$는 $x = 1$에서 극소이다.

따라서 $a = 1$이므로

$f(2a) = f(2) = 4 - 4 + 3 = 3$

12 [모범답안]

$\displaystyle\lim_{x \to \infty} \dfrac{f'(x)}{x} = 1$에서 분모가 일차식이므로 분자인 $f'(x)$는

최고차항의 계수가 1인 일차식이다.

$f'(x) = x + n\ (n$은 상수$)$라 하면

$\displaystyle\lim_{x \to -1} \dfrac{f(x)}{x + 1} = -1$에서 극한값이 존재하며 (분모) $\to 0$이므로

(분자) $\to 0$

따라서 $\displaystyle\lim_{x \to -1} f(x) = f(-1) = 0$

$$\lim_{x \to -1} \frac{f(x)}{x + 1} = \lim_{x \to -1} \frac{f(x) - f(-1)}{x - (-1)} = f'(-1) = -1$$

$f'(-1) = n - 1 = -1$이므로 $n = 0$

즉, $f'(x) = x$이므로

$$f(x) = \int f'(x)\, dx = \int x\, dx = \frac{1}{2}x^2 + C$$

$f(-1) = 0$이므로 $f(-1) = \dfrac{1}{2} + C = 0$, $C = -\dfrac{1}{2}$

따라서 $f(x) = \dfrac{1}{2}x^2 - \dfrac{1}{2}$

13 [모범답안]

주어진 곡선과 직선의 교점인 x좌표를 구하면,

$x^2 - 4x = ax$에서 $x^2 = (a + 4)x$

따라서 $x=0$, $x=a+4$가 교점이다.

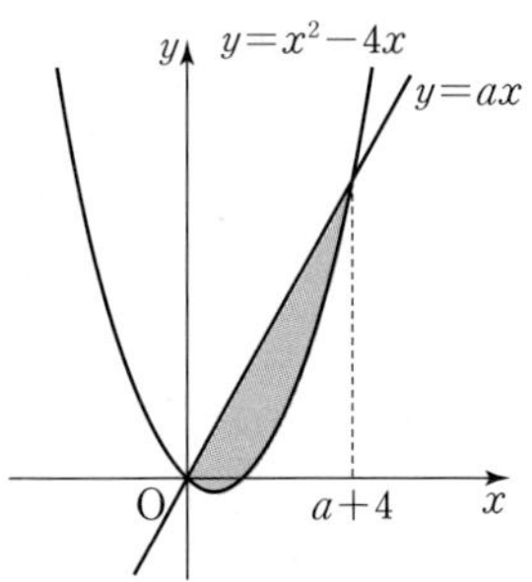

따라서 주어진 곡선과 직선으로 둘러싸인 도형의 넓이는

$$\int_0^{a+4} |(x^2-4x)-ax|\,dx$$

$$=\int_0^{a+4} \{(4+a)x-x^2\}dx$$

$$=\left[\frac{1}{2}(4+a)x^2-\frac{1}{3}x^3\right]_0^{a+4}$$

$$=\frac{1}{2}(4+a)(a+4)^2-\frac{1}{3}(a+4)^3$$

$$=\frac{1}{2}(a+4)^3-\frac{1}{3}(a+4)^3$$

$$=\frac{1}{6}(a+4)^3$$

$$=288$$

이때 $288=6^2\times2^3$이므로

$(a+4)^3=6^3\times2^3=12^3$, $a+4=12$

$\therefore a=8$

14 [모범답안]

두 곡선 $y=f(x)$, $y=g(x)$는 $y=x$에 대하여 대칭이다.

$f(6)=0$, $f(10)=2$이며 $g(x)$는 $f(x)$의 역함수 관계이므로

$g(0)=6$, $g(2)=10$이다.

$S_1=\int_6^{10} f(x)dx$, $S_2=\int_0^2 g(x)dx$라고 하면

$\int_6^{10} f(x)dx+\int_0^2 g(x)dx=S_1+S_2$이다.

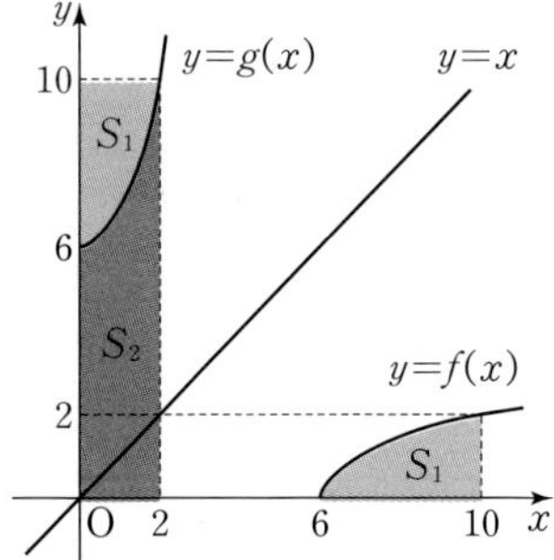

위의 그림과 같이 $\int_6^{10} f(x)dx+\int_0^2 g(x)dx=S_1+S_2$는

가로 길이가 2, 세로 길이가 10인 직사각형의 넓이이다.

따라서

$$\int_6^{10} f(x)dx+\int_0^2 g(x)dx=S_1+S_2=10\times2=20$$

15 [모범답안]

$f(x)g(x)=x^4+4x^2$는 사차함수이다.

따라서

$f(x)$가 이차함수이므로 $g(x)$도 이차함수이다.

$$g(x)=\int_0^x \{(t^2+2t)-f(t)\}dt$$

이 식의 양변을 x에 대하여 미분하면

$$g'(x)=(x^2+2x)-f(x)$$

$g'(x)$는 일차식이므로 $\{(x^2+2x)-f(x)\}$도 일차식이 되어야 한다.

그러므로 이차함수 $f(x)$에서 x^2의 계수는 1이다.

한편, $f(x)g(x)=x^4+4x^2=x^2(x^2+4)$

따라서 $\begin{cases} f(x)=x^2 \\ g(x)=x^2+4 \end{cases}$ 또는 $\begin{cases} f(x)=x^2+4 \\ g(x)=x^2 \end{cases}$ 이다.

이때 $g'(x)=(x^2+2x)-f(x)$를 만족해야 하므로,

$\begin{cases} f(x)=x^2+4 \\ g(x)=x^2 \end{cases}$ 는 불가능하다.

따라서 $\begin{cases} f(x)=x^2 \\ g(x)=x^2+4 \end{cases}$

16 [모범답안]

함수 $F(x)=2x^3+ax$가 함수 $f(x)$의 한 부정적분이므로,

$$f(x)=F'(x)=6x^2+a$$

$f(1)=6$이므로 $f(1)=6+a=6$, $a=0$

즉, $f(x)=6x^2$

한편, 함수 $G(x)$는 함수 $2xf(x)$의 한 부정적분이므로

$$G(x)=\int 2xf(x)dx=\int 2x\times(6x^2)dx=\int 12x^3dx$$

$$=3x^4+C\,(단, C는 적분상수)$$

이 때, $G(0)=0$이므로 $C=0$, $G(x)=3x^4$

$$G(1)=3$$

17 [모범답안]

모든 실수 x에 대하여 $f(x+3)=f(x)$이므로

$$\int_{-3}^0 f(x)dx=\int_0^3 f(x)dx=\int_3^6 f(x)dx$$이다.

이 때,

$$\int_{-3}^6 f(x)dx=\int_{-3}^0 f(x)dx+\int_0^3 f(x)dx$$

$$+\int_3^6 f(x)dx=3\int_{-3}^0 f(x)dx=60$$이므로

$$\int_{-3}^0 f(x)dx=20$$이다.

따라서

$$\int_0^{18} f(x)dx = \int_0^3 f(x)dx + \int_3^6 f(x)dx$$
$$+ \int_6^9 f(x)dx + \int_9^{12} f(x)dx + \int_{12}^{15} f(x)dx$$
$$+ \int_{15}^{18} f(x)dx = 6\int_0^3 f(x)dx = 12$$

18 [모범답안]

곡선 $y=f(x)$와 $y=g(x)$는 직선 $y=x$에 대하여 대칭이므로 구하는 도형의 넓이는 곡선 $y=f(x)$와 직선 $y=x$로 둘러싸인 도형의 넓이의 2배와 같다.

함수 $f(x)$와 역함수 $g(x)$의 교점은

$$x^3 - 2x^2 + 2x = x,\ x(x-1)^2 = 0$$

$\therefore x=0$ 또는 $x=1$

구하는 도형의 넓이를 S라 하면

$$S = 2\int_0^1 \{(x^3 - 2x^2 + 2x) - x\}dx$$
$$= 2\int_0^1 (x^3 - 2x^2 + x)dx = 2\left[\frac{1}{4}x^4 - \frac{2}{3}x^3 + \frac{1}{2}x^2\right]_0^1$$
$$= \frac{1}{6}$$

19 [모범답안]

$$f(x) = \frac{1}{3}x^3 - \frac{3}{2}x^2 + 2x + C\ (C\text{는 적분상수})$$

$$f'(x) = x^2 - 3x + 2 = (x-2)(x-1)$$

이때 $f'(x)=0$을 만족하는 x값은 $x=2$, $x=1$이므로 이를 이용하여 함수 $f(x)$의 극댓값, 극솟값을 구하면

x	$\cdots$	1	$\cdots$	2	$\cdots$
$f'(x)$		+	0	−	0	+
$f(x)$		↗	극대	↘	극소	↗

함수 $f(x)$는 극댓값 $f(1)$, 극솟값 $f(2)$를 갖는다.

$f(1) = \dfrac{4}{3}$를 대입하면

$$f(1) = \frac{1}{3} - \frac{3}{2} + 2 + C = \frac{4}{3},\ C = \frac{1}{2}$$

따라서 $f(x) = \dfrac{1}{3}x^3 - \dfrac{3}{2}x^2 + 2x + \dfrac{1}{2}$

$\therefore$ 극솟값 $f(2) = \dfrac{8}{3} - 6 + 4 + \dfrac{1}{2} = \dfrac{7}{6}$

20 [모범답안]

$f(x) = x^3 + 2$라고 하면 $f'(x) = 3x^2$

$f(x)$ 위의 점 $(1, 3)$에서 접선의 기울기 $f'(1) = 3$이므로 접선의 방정식은

$$y = 3(x-1) + 3 = 3x$$

곡선 $y = x^3 + 2$와 직선 $y = 3x$의 교점은

$$x^3 + 2 = 3x,\ (x-1)^2(x+2) = 0,\ x = -2,\ 1$$

따라서 그래프로 나타내면

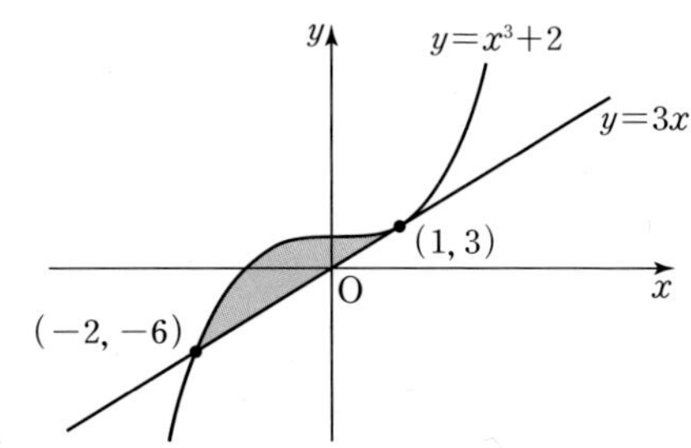

$$S = \int_{-2}^1 \{(x^3 + 2) - 3x\}dx = \left|\frac{1}{4}x^4 - \frac{3}{2}x^2 + 2x\right|_{-2}^1$$
$$= \frac{27}{4}$$
$\therefore 4S = 27$

3 모의고사

국어

01 [모범답안]

답안	배점	예상 소요 시간
야삼경 또는 야삼경(夜三更)	10점	5분 / 전체 60분

[바른해설]

이 작품은 접동새 설화를 배경으로 창작된 시다. 죽은 누나의 화신인 접동새가 동생들에 대한 그리움으로 슬피우는 시간은 밤이다. 밤 중에서도 특히 '야삼경'이라고 할 수 있는데, '야삼경'은 밤 11시부터 새벽 1시까지의 깊은 밤을 뜻한다. 따라서 죽은 누나가 동생들에 대한 그리움을 드러내는 시간적 배경이 되는 행은 '야삼경(夜三更) 남 다 자는 밤이 깊으면'이기 때문에, 첫 어절은 '야삼경'이다.

[채점기준]

– 야삼경 10점

02 [모범답안]

답안	배점	예상 소요 시간
① b(강)	5점	5분 / 전체 60분
② 성층	5점	

[바른해설]

제시문에 의하면 성층 현상은 따뜻하고 밀도가 낮은 물이 위에 놓이고 차갑고 밀도가 높은 물이 아래에 놓여 밀도 차에 의해 수층이 분리되면서 물이 수직으로 잘 이동하지 않는 현상을 말한다. 또 성층 현상이 일어나 물이 잘 섞이지 않으면 수면의 온도가 더욱 올라가게 되어 남세균이 증식하기 더 좋은 환경이 만들어진다는 것을 파악할 수 있다. 이 내용을 토대로 〈보기〉의 b강이 남세균이 증식하기 더 좋은 환경이라는 것과 그 근거가 되는 현상은 성층 현상이라는 것을 추론할 수 있다.

[채점기준]

– ①, ② 모두 정확하게 쓴 경우에만 인정함.
– 1개 맞은 경우 5점, 2개 맞은 경우 10점
– 순서가 바뀌면 0점 처리함.

03 [모범답안]

답안	배점	예상 소요 시간
① 탄소		
② 기후	10점	5분 / 전체 60분
③ 코어링법 또는 코어링		

[바른해설]

이 글에서는 목재의 연대를 파악하는 방법으로 1단락에서 탄소 연대법과 연륜 연대법을 제시하고 있다. 이어 연륜 연대법이 어떻게 연륜을 활용하여 목재의 연대를 파악하는지를 언급하며, 2단락에서 연륜은 당시 기후에 따라 면적이 달라지는데 이를 분석함으로써 나무의 생장 지역과 연대를 추정할 수 있다고 한다. 그리고 4단락에서 연륜을 측정할 때 쓰이는 대표적 방법인 코어링법과 카메라 촬영법을 소개하는데, 여기서 연륜이 노출되지 않은 목재 건축물을 코어링법을 쓰고, 연륜이 노출되지 않거나 작은 구멍에도 큰 영향을 받는 목공예품은 카메라 촬영법을 주로 사용한다고 설명하고 있다. 따라서 빈칸에 들어갈 적절한 말은 ① 탄소, ② 기후, ③ 코어링법이라고 할 수 있다.

[채점기준]

– ①, ②, ③ 모두 정확하게 쓴 경우에만 인정함.
– 1개 맞은 경우 4점, 2개 맞은 경우 7점, 3개 맞은 경우 10점으로 인정함. 순서가 바뀌면 0점 처리함.

04 [모범답안]

답안	배점	예상 소요 시간
묵시적 규범	10점	5분 / 전체 60분

[바른해설]

〈보기1〉의 답변1을 통해 세 명의 피험자가 처음에는 광점의 이동 범위에 대한 생각이 모두 달랐음을 알 수 있다. 답변 2, 3, 4를 통해, 피험자들이 집단으로 대화를 나눈 후 점점 유사한 이동 범위를 말하고 있음을 알 수 있다. 즉 피험자들 사이에 명문화되어 있지 않지만 암묵적으로 동의하는 묵시적 규범이 생겼고 이를 따랐다는 결론을 도출할 수 있다. 따라서 빈칸에 적절한 말은 묵시적 규범이다.

[채점기준]

– 묵시적 규범 10점

– 단순히 '규범'만 쓴 경우, '명시적 규범'이라고 쓴 경우 0점

수학

01 [모범답안]

답안	배점	예상 소요 시간
$a > 1$일 때, $y = a^{(x+2)} - 1$는 증가하므로 $x = 1$에서 최댓값을 가진다.	2점	
$a > 1$일 때, $a^3 = 4$을 만족하므로 $a = 4^{\frac{1}{3}}$이다.	3점	5분 / 전체 60분
$0 < a < 1$일 때, $y = a^{(x+2)} - 1$는 감소하므로 $x = -1$에서 최댓값을 가진다.	2점	
$0 < a < 1$일 때, $a = 4$ 그러므로 만족하는 a가 존재하지 않는다.	3점	

[바른해설]

$a > 1$일 때, $y = a^{(x+2)} - 1$는 증가하므로 $x = 1$에서 최댓값을 가진다.

$a > 1$일 때, $a^3 = 4$을 만족하므로 $a = 4^{\frac{1}{3}}$이다.

$0 < a < 1$일 때, $y = a^{(x+2)} - 1$는 감소하므로 $x = -1$에서 최댓값을 가진다.

$0 < a < 1$일 때, $a = 4$ 그러므로 만족하는 a가 존재하지 않는다.

02 [모범답안]

답안	배점	예상 소요 시간
$\alpha + \beta = -6\tan\left(\frac{\pi}{2} - \theta\right),$ $\alpha\beta = \tan(\pi + \theta)$	3점	
$\alpha + \beta = -6\tan\left(\frac{\pi}{2} - \theta\right)$ $= -6 \times \dfrac{\sin\left(\frac{\pi}{2} - \theta\right)}{\cos\left(\frac{\pi}{2} - \theta\right)}$ $= -6 \times \dfrac{\cos\theta}{\sin\theta} = -\dfrac{6}{\tan\theta}$ $\alpha\beta = \tan\theta$	3점	5분 / 전체 60분
주어진 식 $(3\alpha + 1)(3\beta + 1) = 1$을 정리하고 대입하면 $9 \times \tan\theta$ $= -3 \times \left(-\dfrac{6}{\tan\theta}\right)$이고 $\tan^2\theta = 2$이다.	4점	

[바른해설]

$\alpha + \beta = -6\tan\left(\frac{\pi}{2} - \theta\right),\ \alpha\beta = \tan(\pi + \theta)$

$\alpha + \beta = -6\tan\left(\frac{\pi}{2} - \theta\right) = -6 \times \dfrac{\sin\left(\frac{\pi}{2} - \theta\right)}{\cos\left(\frac{\pi}{2} - \theta\right)}$

$= -6 \times \dfrac{\cos\theta}{\sin\theta} = -\dfrac{6}{\tan\theta}$

$\alpha\beta = \tan\theta$

주어진 식 $(3\alpha + 1)(3\beta + 1) = 1$을 정리하고 대입하면

$9 \times \tan\theta = -3 \times \left(-\dfrac{6}{\tan\theta}\right)$이고 $\tan^2\theta = 2$이다.

03 [모범답안]

답안	배점	예상 소요 시간
$f'(x)$ $= \lim_{h \to 0} \dfrac{(x+h)^2 + 2(x+h) + 3 - (x^2 + 2x + 3)}{h}$ $= \lim_{h \to 0} \dfrac{(x^2 + 2xh + h^2) + 2(x+h) + 3 - (x^2 + 2x + 3)}{h}$ $= \lim_{h \to 0} \dfrac{(2xh + h^2) + 2h}{h}$ $= \lim_{h \to 0} (2x + h + 2)$ $= 2x + 2$	5점	
닫힌구간 $[-2, 1]$에서 $\dfrac{f(b) - f(a)}{b - a} = f'(c)$ $\dfrac{f(1) - f(-2)}{1 - (-2)} = \dfrac{6 - (3)}{1 - (-2)}$ $= 1$	2점	5분 / 전체 60분
$f'(c) = 2c + 2 = 1.$ $c = -\dfrac{1}{2} \in (-2, 1)$	3점	

[바른해설]

$f'(x) = \lim_{h \to 0} \dfrac{(x+h)^2 + 2(x+h) + 3 - (x^2 + 2x + 3)}{h}$

$= \lim_{h \to 0} \dfrac{(x^2 + 2xh + h^2) + 2(x+h) + 3 - (x^2 + 2x + 3)}{h}$

$= \lim_{h \to 0} \dfrac{(2xh + h^2) + 2h}{h}$

$= \lim_{h \to 0} (2x + h + 2) = 2x + 2$

닫힌구간 $[-2, 1]$에서

$$\frac{f(b) - f(a)}{b - a} = f'(c)$$
$$\frac{f(1) - f(-2)}{1 - (-2)} = \frac{6 - (3)}{1 - (-2)} = 1$$
$$f'(c) = 2c + 2 = 1,\ c = -\frac{1}{2} \in (-2, 1)$$

04 [모범답안]

답안	배점	예상 소요 시간
곡선 $f(x) = -x^3 + a$와 x축, y축, $x = 1$로 둘러싸인 부분의 넓이는 $$\int_0^1 (a - x^3)\,dx = \left[ax - \frac{x^4}{4}\right]_0^1$$ $$= a - \frac{1}{4}$$	4점	
둘러싸인 부분의 넓이는 직선 $y = 1$에 의하여 이등분된다. $f(1) = -1 + a > 1\ (a > 2)$ 이므로 이등분되는 넓이의 한 부분은 x축, y축, $x = 1$, $y = 1$으로 둘러싸인 변의 길이가 1인 정사각형 넓이다.	3점	5분 / 전체 60분
$2 = a - \dfrac{1}{4}$ 따라서 $a = \dfrac{9}{4}$ 이다.	3점	

[바른해설]

곡선 $f(x) = -x^3 + a$와 x축, y축, $x = 1$로 둘러싸인 부분의 넓이는

$$\int_0^1 (a - x^3)\,dx = \left[ax - \frac{x^4}{4}\right]_0^1 = a - \frac{1}{4}$$

둘러싸인 부분의 넓이는 직선 $y = 1$에 의하여 이등분된다.

$f(1) = -1 + a > 1\ (a > 2)$이므로

이등분되는 넓이의 한 부분은 x축, y축, $x = 1$, $y = 1$으로

둘러싸인 변의 길이가 1인 정사각형 넓이다.

$2 = a - \dfrac{1}{4}$ 따라서 $a = \dfrac{9}{4}$ 이다.

It is confidence in our bodies, minds and spirits that allows us
to keep looking for new adventures, new directions to grow in,
and new lessons to learn - which is what life is all about.
자신의 몸, 정신, 영혼에 대한 자신감이야말로 새로운 모험, 새로운 성장 방향,
새로운 교훈을 계속 찾아나서게 하는 원동력이며, 바로 이것이 인생이다.

– 오프라 윈프리 –